Agatha Christie

Das fahle Pferd

Scherz
Bern – München – Wien

Überarbeitete Fassung der einzig berechtigten Übertragung
aus dem Englischen
von Margaret Haas
Titel des Originals: »The Pale Horse«
Schutzumschlag von Heinz Looser
Foto: Thomas Cugini

14. Auflage 1992, ISBN 3-502-51349-X

Gesamtherstellung: Ebner Ulm

1

Die Espressomaschine hinter meinem Rücken zischte wie eine zornige Schlange. Das Geräusch klang unheimlich, um nicht zu sagen drohend in meinen Ohren, und ich dachte bei mir, daß fast alle unsere neuzeitlichen technischen Errungenschaften das gleiche Gefühl erwecken. Das bösartige Heulen eines Düsenflugzeugs, das dumpf-einschüchternde Dröhnen der Untergrundbahn, die schweren Lastzüge, die die Fundamente unserer Häuser erbeben lassen ... selbst die gewöhnlichsten Haushaltsgeräte mahnen zur Vorsicht, so große Erleichterungen sie auch bieten mögen. Staubsauger, Waschmaschinen, Schnellkochtöpfe, Geschirrspüler und Eisschränke scheinen zu sagen: Vorsicht, ich bin zwar zu deiner Bequemlichkeit da, aber wehe, wenn du die Kontrolle über mich verlierst!
Eine gefährliche Welt – ja, wahrhaftig gefährlich.
Ich rührte in dem dampfenden Kaffee, der vor mir stand. Er duftete höchst angenehm.
»Was möchten Sie sonst noch? Ein schönes Sandwich mit Schinken und Banane?«
Das schien mir eine seltsame Kombination. Bananen erinnerten mich an meine Kindheit – oder höchstens noch an *bananes flambées* mit Zucker und Rum. Und Schinken war in meiner Vorstellung unweigerlich mit Eiern verbunden. Aber man muß mit den Wölfen heulen, und da ich in Chelsea mit seinen vielen italienischen Restaurants lebte, mußte ich mich eben den Gewohnheiten von Chelsea beugen. Also bestellte ich ein schönes Sandwich mit Schinken und Banane.
Obwohl ich nun schon seit drei Monaten hier eine möblierte Wohnung hatte, fühlte ich mich in dieser Gegend von London immer noch als Fremdling. Ich schrieb an einem Buch über die Architektur der Moguln, doch dazu hätte ich mich genausogut in jedem beliebigen anderen Stadtteil niederlassen können. Meine Umgebung war mir völlig gleichgültig, sofern sie nicht direkt meine Arbeit betraf – ich lebte völlig in meiner eigenen Welt.
An diesem Abend jedoch hatte ich unter jenem Unlustge-

fühl gelitten, das jeden Schriftsteller von Zeit zu Zeit ergreift.
Lebensweise und Architektur der Moguln und all die faszinierenden Probleme, die sich daraus ergaben, fand ich auf einmal tödlich langweilig. Was bedeuteten sie schon? Weshalb wollte ich eigentlich darüber schreiben?
Ich blätterte zurück und überflog noch einmal, was ich bereits geschrieben hatte. Es schien mir alles gleich schlecht; erbärmlich geschrieben und unwahrscheinlich eintönig. Wer immer es auch gesagt hatte: »Geschichtliche Ereignisse sind nur Hindernisse auf unserm Weg« – vielleicht Henry Ford? –, der hatte vollkommen recht gehabt.
In dieser Stimmung stieß ich mein Manuskript haßerfüllt von mir, stand auf und schaute auf die Uhr. Es war kurz vor elf. Hatte ich eigentlich zu Abend gegessen? Nach dem leeren Gefühl in meinem Magen zu schließen, wohl nicht. Einen kleinen Lunch, ja – aber das war schon lange her.
Ich ging in die Küche und guckte in den Eisschrank. Da war ein Rest getrockneter Zunge, der mich jedoch gar nicht lockte. So kam es denn, daß ich die King's Road hinunterschlenderte und schließlich in einer Coffee Bar landete, die quer über dem Fenster in roten Neonbuchstaben den Namen »Luigi« trug, und jetzt tiefsinnig ein Sandwich mit Schinken und Banane betrachtete, während ich über die düsteren Aspekte des Lärms in unserem technischen Zeitalter und ihre atmosphärischen Auswirkungen nachgrübelte.
Die Espressomaschine zischte mir wieder ins Ohr. Ich bestellte eine zweite Tasse und sah mich im Lokal um. Meine Schwester behauptete immer, ich würde überhaupt nichts sehen oder bemerken von dem, was um mich herum vorging. »Du lebst vollkommen in deiner eigenen Welt«, pflegte sie vorwurfsvoll zu sagen. Nun schaute ich mich also um in dem erhebenden Gefühl, eine besondere Leistung zu vollbringen. Man las doch fast jeden Tag etwas über diese italienischen Restaurants und ihre Besitzer in den Zeitungen, und dies war meine Chance, mir mein eigenes Urteil über das Leben von heute zu bilden.
Es war recht düster im Raum, so daß ich nicht allzuviel se-

hen konnte. Die Gäste waren fast alle jüngere Leute und, wie ich vage vermutete, das, was man die *Off-beat*-Generation nennt. Die Mädchen sahen so aus, wie sie mir heutzutage alle vorkommen, nämlich schmuddelig. Auch schienen sie viel zu warm angezogen zu sein. Das hatte ich schon vor ein paar Wochen bemerkt, als ich mit einigen Bekannten dinierte. Die junge Frau am Nebentisch damals mochte etwa zwanzig gewesen sein; im Lokal war es ausgesprochen warm, doch sie trug einen gelben Wollpullover, einen schwarzen Rock und schwarzwollene Strümpfe, und der Schweiß rann ihr die ganze Zeit übers Gesicht. Sie roch nach schweißgetränkter Wolle und auch sehr penetrant nach ungewaschenem Haar. Wie meine Bekannten behaupteten, galt sie als sehr attraktiv. Da war ich aber anderer Ansicht! Bei mir erweckte sie nur den sehnlichen Wunsch, sie in ein heißes Bad zu stecken, ihr ein Stück Seife in die Hand zu drükken und sie anzuflehen, nun ordentlich loszuschrubben. Was nur bewies, wie ich vermute, wie wenig ich die heutige Zeit verstand. Vielleicht kam es durch die vielen Jahre, die ich im Ausland gelebt hatte. Mit Sehnsucht dachte ich an die Inderinnen mit ihrem schön geschlungenen schwarzen Haar, an die Saris in den leuchtendklaren Farben, die Stoffe, die in weichen Falten niederfielen, und an den Rhythmus der geschmeidigen schlanken Körper.
Diese angenehmen Erinnerungen wurden höchst unsanft unterbrochen. Zwei junge Mädchen an einem Nebentisch hatten begonnen, miteinander zu streiten. Die Jünglinge, die zu ihnen gehörten, versuchten, sie zu beschwichtigen, allerdings ohne sichtbaren Erfolg.
Plötzlich schwoll der Lärm zu voller Lautstärke an. Das eine Mädchen schlug dem anderen ins Gesicht, und dieses wiederum riß das erste vom Stuhl hoch. Sie schrien hysterisch und kämpften miteinander wie Fischweiber. Die eine war ein wuschliger Rotkopf, die andere hatte langes, blondes Haar.
Um was der Streit eigentlich ging, blieb mir unklar. Aber Rufe und Pfeifen erschollen von anderen Tischen.
»Los, Mädels! Gib's ihr, Lou!«

Der Mann hinter der Bar, ein schlanker, italienisch aussehender Mann, den ich für Luigi, den Besitzer, hielt, eilte herbei.
»Halt! Aufhören – aufhören, sag ich! In einer Minute wird die halbe Straße hier sein ... und die Polizei auch! Schluß damit, sag ich!«
Doch die Blonde hatte den Rotschopf am Haar gepackt und zerrte wütend daran, während sie schrie:
»Nichtsnutzige Hexe! Nur auf Männerfang aus!«
»Selbst Hexe, du Dreckstück!«
Luigi und die beiden verwirrten jungen Männer rissen die Mädchen auseinander. In den Fingern der Blonden hingen ganze Büschel roter Haare. Sie hielt sie wie Siegestrophäen hoch und ließ sie dann zu Boden fallen.
Die Tür flog auf, und ein breitschultriger Polizist trat ein.
»Was ist los hier?« fragte er energisch.
Sofort bildete das ganze Lokal eine Front gegen den gemeinsamen Feind.
»Ach, wir haben nur Spaß gemacht«, meinte der eine der jungen Männer.
»Nichts weiter«, bestätigte Luigi, »nur ein Scherz unter Freunden.«
Mit seinem Fuß schob er die Büschel roter Haare geschickt unter den nächsten Tisch. Die beiden zornigen Gegnerinnen lächelten einander zuckersüß an.
Der Polizist blickte mißtrauisch von einem Gast zum anderen.
»Wir wollten gerade gehen«, bemerkte die Blonde mit unschuldigem Augenaufschlag. »Komm, Doug.«
Durch einen seltsamen Zufall waren auch die meisten anderen Gäste gerade zum Aufbruch bereit. Der Polizist betrachtete grimmig die Szene. Seine Miene zeigte deutlich, daß er sie dieses Mal ungeschoren davonkommen lassen würde, aber ein scharfes Auge auf sie haben werde. Langsam zog er sich zurück.
Der Begleiter des Rotschopfs beglich die Rechnung.
»Fehlt Ihnen auch nichts?« fragte Luigi das Mädchen, das sich einen Schal um den Kopf band. »Lou hat Ihnen mächtig

zugesetzt – hat Ihnen die Haare in ganzen Büscheln ausgerissen.«
»Ich hab's überhaupt nicht gespürt«, bemerkte die Rote gleichgültig. Sie lächelte ihn an. »Tut mir leid, daß wir einen solchen Krach gemacht haben, Luigi.«
Die kleine Gesellschaft entfernte sich, das Lokal war nun fast leer. Ich griff in meine Tasche, um zu bezahlen.
»Sie ist ein feiner Kerl«, erklärte Luigi und schaute zur Tür, die sich hinter dem Rotschopf schloß. Er ergriff einen Besen und fegte die Haarbüschel hinter die Theke.
»Das muß ihr doch weh getan haben«, meinte ich.
»Ich hätt' laut aufgeheult, wenn ich's gewesen wär«, gab Luigi zu. »Aber ich sag's ja: Tommy ist ein feiner Kerl!«
»Sie kennen das Mädchen gut?«
»Oh, sie kommt fast jeden Abend her. Tuckerton heißt sie, Thomasina Tuckerton, wenn Sie es genau wissen wollen. Aber jedermann hier herum nennt sie Tommy Tucker. Sie stinkt direkt vor Geld. Ihr alter Herr hat ihr ein Vermögen hinterlassen ... und was tut sie? Kommt hierher nach Chelsea, lebt in einer kleinen Bude und treibt sich mit einer Bande herum, die alle das gleiche tun. Die Hälfte dieser Clique hat massenhaft Geld. Sie könnten sich alles leisten, was das Herz nur begehrt – könnten im Ritz wohnen, wenn sie Lust dazu hätten. Aber nein, das Leben, das sie führen, scheint ihnen Spaß zu machen. Mir unfaßbar!«
»Demnach würden Sie sich anders verhalten?«
»Ah, das kann man wohl sagen!« rief Luigi. »Aber wie es nun mal ist, muß ich von dem leben, was ich einnehme.«
Ich erhob mich und fragte, weshalb der Streit denn eigentlich ausgebrochen sei.
»Oh, Tommy hat sich den Freund von Lou angelacht. Dabei ist er es wahrhaftig nicht wert, daß man um ihn kämpft, der Typ.«
»Diese Lou ist anscheinend anderer Meinung«, bemerkte ich.
»Lou ist eine romantische Seele«, lachte Luigi gutmütig.
Dies entsprach zwar nicht meiner Vorstellung von Romantik, doch ich schwieg.

2

Es war etwa eine Woche später, als mir unter den Todesanzeigen in der *Times* ein Name auffiel:

> TUCKERTON. Am 2. Oktober starb im Krankenhaus Fallowfield in Amberley Thomasina Ann Tuckerton im Alter von zwanzig Jahren, einzige Tochter des verstorbenen Thomas Tuckerton, Esq. von Carrington Park, Amberley, Grafschaft Surrey. Stille Beisetzung. Keine Blumenspenden.

Nicht einmal Blumen für die arme Tommy Tucker ... und keinen »Spaß« mehr am Leben in Chelsea. Ich fühlte plötzlich ein tiefes Mitgefühl für all die Tommy Tuckers unserer Zeit. Doch wie durfte ich mir das Recht anmaßen, ihr Leben als verschwendet anzusehen? Vielleicht war im Gegenteil *mein* Leben, mein ruhiges, um Bücher kreisendes Gelehrtenleben, verschwendet. Ein Leben aus zweiter Hand! Hatte ich jemals einen Spaß, kannte ich Vergnügen? Ein völlig abwegiger, unfaßbarer Gedanke für mich! Natürlich lag mir gar nichts an solchen Späßen – aber war das auch richtig?
Ich schob den Gedanken an Tommy Tucker beiseite und wandte mich meinen Briefen zu.
Das wichtigste Schreiben kam von meiner Kusine Rhoda Despard, die mich um einen Gefallen bat. Ich klammerte mich daran, da ich an diesem Morgen ohnehin keine Lust verspürte, mich an meine Arbeit zu setzen. Und der Brief bot mir eine willkommene Entschuldigung.
Ich setzte also den Hut auf, ging rasch hinaus und winkte ein Taxi herbei, das mich zur Wohnung einer alten Freundin brachte, zu Mrs. Ariadne Oliver.
Mrs. Oliver ist eine sehr bekannte Verfasserin von Kriminalromanen. Ihr Mädchen Mildred behütete Haus und Herrn wie ein alter Drache vor dem Ansturm der profanen Welt.
Ich hob nur fragend meine Augenbrauen, und Mildred nickte.

»Sie gehen am besten gleich hinauf, Mr. Mark«, meinte sie. »Mrs. Oliver ist scheußlicher Laune; vielleicht gelingt es Ihnen, sie etwas aufzuheitern.«

Ich stieg in den zweiten Stock empor, klopfte leise an eine Tür und trat ein, ohne auf Antwort zu warten. Mrs. Olivers Arbeitszimmer ist ziemlich geräumig; die Wände sind tapeziert mit nistenden Vögeln in tropischem Laubwerk. Mrs. Oliver selbst lief wie eine Halbirre im Zimmer hin und her und murmelte vor sich hin. Sie warf mir nur einen kurzen, gleichgültigen Blick zu und setzte ihre Wanderung fort. Ihr Blick irrte über die Wände, glitt zum Fenster, und dann schlossen sich ihre Augen wie in verzweifeltem Todeskampf.

»Weshalb«, rief sie und richtete ihre Worte an das Weltall, »weshalb sagt denn dieser Idiot nicht sofort, daß er den Kakadu gesehen hat? Er muß ihn ja gesehen haben, es ist gar nicht anders möglich. Aber wenn er das sagt, ist der ganze Effekt futsch! Es muß doch einen Weg geben, es muß einen ...«

Sie stöhnte, fuhr mit allen Fingern durch das kurze graue Haar und verkrallte sich darin. Dann sah sie mich plötzlich mit sehenden Augen an und rief: »Hallo, Mark – ich werde noch verrückt« – und fuhr mit ihren Klagen fort.

»Dann ist auch noch Monika da. Je netter und liebenswerter ich sie machen will, um so dümmer wird sie. Und spießig noch dazu! Monika ... Monika ... ich glaube, der Name paßt nicht. Nancy? Wäre das besser? Oder Joan? Nein, jedermann hat eine Joan – langweilig. Mit Anne ist es nicht anders. Susan? Ich habe schon einmal eine Susan gehabt. Lucia? – Lucia? Lucia? Ja, eine Lucia kann ich sehen. Rote Haare. Pullover mit Rollkragen ... schwarze enge Hosen? Schwarze Strümpfe auf jeden Fall.«

Diese zeitweilige Lösung des einen Problems wurde durch ein anderes wieder abgelöst: den Kakadu, und erneut nahm Mrs. Oliver ihre rastlose Wanderung auf. Ohne zu wissen, was sie tat, hob sie irgend etwas auf und stellte es woandershin. Sorgfältig legte sie ihr Brillenetui in eine chinesische Lackdose, in der sich bereits ein Fächer befand; dann seufzte sie tief auf und erklärte:

»Ich bin froh, daß Sie es sind, Mark.«
»Das ist sehr freundlich von Ihnen.«
»Es hätte ja auch irgendein Mensch sein können, ein Versicherungsagent oder eine dumme Person, die von mir verlangte, einen Bazar zu eröffnen, oder ein Klempner oder ... ach, was weiß ich! Vielleicht auch jemand, der ein Interview erzwingen wollte. Immer die gleichen Fragen, die mich in Verlegenheit bringen. Was brachte Sie zuerst auf den Gedanken, Schriftstellerin zu werden? Wie viele Bücher haben Sie bereits geschrieben? Wie hoch sind Ihre Einnahmen? Und so weiter und so weiter. Ich weiß nie eine Antwort darauf, und dann denken die Leute, ich sei ein Dummkopf. Aber das würde jetzt auch nichts mehr ausmachen, denn ich werde bestimmt noch verrückt über diese Kakadugeschichte.«
»Will sich der logische Zusammenhang nicht einstellen?« erkundigte ich mich verständnisvoll. »Dann gehe ich wohl besser.«
»Nein, bleiben Sie, Mark. Sie sind immerhin eine Ablenkung.«
Ich akzeptierte das zweifelhafte Kompliment.
»Wollen Sie eine Zigarette?« fragte Mrs. Oliver geistesabwesend. »Irgendwo sind welche. Schauen Sie unter dem Deckel der Schreibmaschine nach.«
»Danke, ich habe meine eigenen – bitte, bedienen Sie sich. Oh, Entschuldigung, Sie rauchen ja nicht.«
»Und trinke nicht«, gab Mrs. Oliver zurück. »Leider. Alle diese amerikanischen Detektive haben immer eine Flasche Whisky in ihrem Schreibtisch oder sonstwo. Das scheint ihre sämtlichen Probleme zu lösen. Wissen Sie, Mark, ich kann mir absolut nicht vorstellen, wie ein Mörder im wirklichen Leben ungestraft davonkommen sollte. Mir scheint alles immer so klar auf der Hand zu liegen, sobald das Verbrechen geschehen ist.«
»Ach was, Unsinn! Sie haben doch wahrhaftig genug Bücher geschrieben, in denen zunächst nichts klar ist.«
»Mindestens fünfundfünfzig«, gab Mrs. Oliver zu. »Der Mord selbst ist immer ganz einfach und leicht. Aber eben

die Verschleierung nachher macht alles so schwierig. Weshalb sollte es denn jemand anders getan haben als ...? Man riecht es ja auf eine Meile gegen den Wind.«
»Aber nicht, wenn das Buch fertig ist«, tröstete ich.
»Ha, wissen Sie denn auch, was mich das kostet?« fragte Mrs. Oliver düster. »Sie mögen sagen, was Sie wollen, aber es ist einfach unnatürlich, daß fünf oder sechs Personen anwesend sind, wenn B. ermordet wird, und noch dazu alle ein Motiv hätten, ihn umzubringen – es sei denn, dieser B. sei wirklich der ganzen Welt verhaßt. Und in dem Fall würde sich kein Mensch darum kümmern, ob er nun erstochen oder vergiftet wurde.«
»Ich verstehe Ihr Problem vollkommen«, entgegnete ich. »Aber nachdem Sie es nun fünfundfünfzigmal gelöst haben, wird es Ihnen auch ein sechsundfünfzigstes Mal gelingen.«
Sie fuhr sich wieder durchs Haar und zerrte heftig daran.
»Nicht doch!« rief ich. »Sie werden sich die Haare mitsamt den Wurzeln ausreißen.«
»Blödsinn!« erklärte Mrs. Oliver. »Haare sind zäh. Nur als ich mit vierzehn Jahren die Masern mit sehr hohem Fieber hatte, da fielen sie mir aus – rings um die Stirn. Sah schmachvoll aus. Und es dauerte ein halbes Jahr, bis sie wieder richtig nachgewachsen waren. Furchtbar für ein Mädchen – Mädchen sind ja so eitel. Ich dachte gestern daran, als ich Mary Delafontaine im Krankenhaus besuchte. Ihr Haar ist ausgefallen, genauso wie meines damals. Sie erklärte, sie müsse eine Stirnperücke tragen, bis es besser aussehe. Aber mit sechzig wachsen die Haare vielleicht gar nicht wieder nach.«
»Ich habe vor ein paar Tagen gesehen, wie ein Mädchen einem anderen die Haare büschelweise ausriß«, bemerkte ich mit dem Stolz eines Menschen, der endlich einmal etwas vom wirklichen Leben mitbekommen hatte.
»An was für merkwürdigen Orten haben Sie sich denn herumgetrieben?« wunderte sich Mrs. Oliver.
»In einer Coffee Bar in Chelsea.«
»Oh, *Chelsea*!« rief sie aus. »Dort geschehen die ausgefallensten Dinge. *Beatniks* und *Sputniks* und *Squares* und die ganze

Beat-Generation. Ich schreibe selten darüber, weil ich immer Angst habe, daß ich die falschen Worte gebrauche und dann ausgelacht werde. Es ist besser, wenn ich mich an meine guten alten Rezepte halte.«
»Zum Beispiel?«
»Nun, Leute auf Vergnügungsfahrten, in Hotels, in Spitälern, Gemeindeversammlungen, Musikfesten – oder Ladenmädchen und Putzfrauen, auch junge Männer und Mädchen auf Wanderungen oder wissenschaftlichen Forschungsreisen oder ...« Sie mußte innehalten, weil sie ganz außer Atem war.
»Ja, solche Umgebungen lassen sich leichter schildern«, gab ich zu.
»Immerhin könnten Sie mich einmal in so eine Coffee Bar in Chelsea führen, nur um meine Erfahrungen zu erweitern«, schlug Mrs. Oliver nachdenklich vor.
»Wann immer Sie wollen. Heute abend?«
»Nein, heute nicht. Ich bin viel zu sehr mit meinem neuen Buch beschäftigt ... oder vielmehr damit, mich darüber zu ärgern, daß ich nicht vorankomme. Das ist das schlimmste dabei, wenn man Schriftstellerin ist – obwohl eigentlich alles schlimm und ermüdend ist, außer dem einen Moment, da man glaubt, eine wundervolle Idee zu haben und es kaum erwarten kann, mit dem Schreiben anzufangen. Sagen Sie, Mark: Halten Sie es für möglich, einen Menschen mit Hilfe von Fernwirkung zu töten?«
»Was verstehen Sie unter Fernwirkung? Auf einen Knopf drücken und radioaktive Todesstrahlen aussenden?«
»Nein, nein, keine Science-fiction. Ich meine ...« Sie hielt einen Augenblick inne. »Ja, ich glaube, ich meine wirklich Schwarze Magie.«
»Wachsfiguren, denen ein Dolch ins Herz gestochen wird?«
»Ach, solche Dummheiten kommen nicht in Frage«, rief Mrs. Oliver ärgerlich. »Aber es geschehen doch so eigenartige Dinge – in Afrika oder Westindien. Man hört immer wieder davon. Eingeborene, die einfach umfallen und tot sind. Zauberei oder Fetischglaube ... nun, Sie wissen schon, was ich meine.«

Ich erklärte ihr, das meiste dieser alten Aberglauben werde heute auf die Macht der Suggestion zurückgeführt. Dem Opfer wird gesagt, der Medizinmann habe seinen Tod vorausgesehen – und dann erledigt das Unterbewußtsein den Rest.
Mrs. Oliver schnaubte verächtlich.
»Wenn mir jemand einreden wollte, ich sei dazu bestimmt, mich hinzulegen und zu sterben, dann sollte der Betreffende sich in seinen Erwartungen aber gründlich getäuscht sehen!«
Ich lachte.
»In Ihren Adern fließt das Blut jahrhundertealter westlicher Skepsis. Sie wären kein gutes Medium für so etwas.«
»Glauben Sie ernstlich, daß solche Dinge geschehen können?«
»Ich weiß zu wenig darüber. Wie kommen Sie denn auf das Thema? Sollte etwa Ihr neues Meisterwerk einen Mord durch Suggestion enthalten?«
»Ganz bestimmt nicht! Altmodisches Rattengift oder Arsenik ist immer noch das beste für mich. Oder der zuverlässige Dolch. Dabei weiß man doch, woran man ist. Keine Feuerwaffen, wenn es sich vermeiden läßt, Feuerwaffen haben immer ihre Tücken. – Aber Sie sind bestimmt nicht hergekommen, Mark, um mit mir über meine Bücher zu reden.«
»Ehrlich gesagt, nein. Tatsache ist, daß meine Kusine Rhoda Despard demnächst ein Fest geben wird und . . .«
»Ausgeschlossen! Nie wieder!« rief Mrs. Oliver. »Wissen Sie, was letztesmal geschah? Ich wollte ein harmloses Mörderspiel inszenieren, und das erste, was uns in die Quere kam, was ein wirklicher Leichnam. Nein, danke! Ich habe das noch immer nicht ganz verwunden.«
»Diesmal gibt es kein Mörderspiel. Und Sie hätten nichts anderes zu tun, als in einem hübschen Zelt zu sitzen und Ihre eigenen Bücher zu signieren – zu fünf Shilling das Stück.«
»N-u-n«, meinte Mrs. Oliver zögernd. »Das klingt schon besser. Ich muß das Fest nicht eröffnen? Keine dummen Reden halten? Auch keinen Hut tragen?«
Ich versicherte, daß nichts dergleichen von ihr verlangt würde.
»Und es würde sich nur um ein oder zwei Stunden handeln«,

drang ich in sie. »Nachher kommt dann irgendein Spiel – vielleicht ein Kricketmatch – nein, nicht zu dieser Jahreszeit –, aber Kindertänze oder eine Maskenprämiierung . . .«
Ein wilder Schrei unterbrach mich.
»Das ist es!« rief Mrs. Oliver triumphierend. »Ein Kricketball! Natürlich! Er sieht ihn vom Fenster aus – wie er in die Luft fliegt –, das lenkt ihn ab. Deshalb vergißt er den Kakadu! Wie gut, daß Sie gekommen sind, Mark! Sie haben mich gerettet!«
»Ich verstehe allerdings nicht ganz . . .«
»Macht nichts, macht nichts! Hauptsache, daß ich es verstehe«, versicherte Mrs. Oliver. »Es ist alles ziemlich kompliziert, und ich habe keine Zeit, Ihnen das Ganze zu erklären. Es war sehr nett, daß Sie mich besucht haben . . . aber jetzt müssen Sie wirklich gehen, und zwar sofort. Ich muß arbeiten.«
»Gewiß, gewiß. Und wegen dieses Festes . . .?«
»Ich werde es mir überlegen. Quälen Sie mich jetzt nicht damit. Wo um alles in der Welt mag meine Brille nun wieder hingekommen sein? Es ist nicht zu glauben, wie die Dinge immer verschwinden . . .«

3

Mrs. Gerahty öffnete die Tür zur Pfarrei mit dem üblichen harten Ruck. Das wirkte nicht wie die Antwort auf ein Klingeln, sondern eher, als ob sie sagen wollte: ›Na, hab ich dich endlich erwischt!‹
»Nun? Was gibt's?« fragte sie angriffslustig.
Ein unscheinbarer Junge stand auf der Schwelle – ein Junge wie tausend andere. Er schnüffelte.
»Wohnt hier der Pfarrer?«
»Suchst du Pater Gorman?«
»Ja, er wird verlangt«, gab der Junge zurück.
»Wer wünscht ihn . . . und wo . . . und warum?«
»Benthall Street dreiundzwanzig. Eine Frau, die im Sterben

liegt. Mrs. Coppins schick mich. Hier wohnt doch der Pfarrer, nicht wahr? Die Frau sagt, der Vikar genüge nicht.«
Mrs. Gerahty befahl ihm, auf der Treppe zu warten, und zog sich zurück. Ein paar Minuten später erschien ein großer, älterer Priester mit einer kleinen Ledertasche in der Hand.
»Ich bin Pater Gorman«, sagte er. »Benthall Street? Das ist doch drüben beim Güterbahnhof, nicht wahr?«
»Stimmt. Ist ganz nah.«
Mit leichtem, frischem Schritt ging der Priester neben dem Knaben her.
»Mrs. – Coppins, sagtest du doch, nicht wahr?«
»So heißt die Frau, der das Haus gehört. Sie vermietet Zimmer. Eine der Mieterinnen verlangt nach Ihnen, Pater. Glaube, sie heißt Davis.«
Der Priester nickte. In kürzester Zeit waren sie in der Benthall Street angelangt. Der Junge zeigte auf ein hohes, schmales Haus in einer Reihe anderer schmaler, hoher Häuser.
»Hier ist es.«
»Kommst du nicht mit hinein?«
»Wohne nicht da, Mrs. Coppins gab mir einen Shilling, um die Bestellung auszurichten.«
»Ah, ich verstehe. Wie heißt du?«
»Mike Potter.«
»Danke schön, Mike.«
»Gern geschehen«, gab Mike höflich zurück und ging pfeifend davon. Das Sterben eines anderen Menschen machte nicht den geringsten Eindruck auf ihn.
Die Tür von Nummer 23 öffnete sich, und Mrs. Coppins, eine dickliche Frau mit rotem Gesicht, stand auf der Schwelle. Begeistert begrüßte sie den Priester.
»Kommen Sie, kommen Sie, Pater. Es geht ihr sehr schlecht, glaube ich. Sie sollte in einem Krankenhaus sein und nicht hier. Ich habe schon längst im Spital angerufen, aber Gott weiß, wann die jemanden schicken. Sechs Stunden mußte mein Schwager warten, als er sich den Fuß gebrochen hatte. Es ist eine Schande! Unser Geld steckt die

Krankenkasse ein, aber wenn man die Leute braucht, sind sie nie zur Stelle.«

Während sie so schwatzte, ging sie vor dem Priester die Treppe empor.

»Was fehlt der Frau?«

»Sie hatte eine Grippe, und es schien ihr bereits wieder besserzugehen. Aber ich behaupte, sie ist zu früh aufgestanden. Jedenfalls kam sie gestern abend nach Hause und sah aus wie eine Tote. Ich habe sie zu Bett gebracht; essen konnte sie nichts. Wollte auch keinen Arzt haben. Aber heute früh sah ich, daß sie hohes Fieber haben mußte. Die Krankheit hat sich auf die Lunge gelegt.«

»Lungenentzündung?«

Mrs. Coppins war zu sehr außer Atem, um antworten zu können; sie schnaubte wie eine Dampflokomotive und nickte mit dem Kopf. Dann stieß sie eine Tür auf, trat beiseite, um Pater Gorman einzulassen, und rief über seine Schulter hinweg: »Hier ist der Priester für Sie. Nun wird es Ihnen gleich viel bessergehen.« Ihre fröhliche Zuversicht klang unecht. Die Tür schloß sich – Mrs. Coppins hatte sich zurückgezogen.

Der Priester näherte sich der Kranken. Das Zimmer war altmodisch möbliert, doch sauber und freundlich. Im Bett nahe dem Fenster lag eine Frau und wandte mühsam den Kopf. Der Priester sah sofort, daß sie wirklich sehr schwer krank war.

»Oh, Sie sind gekommen ... Ich habe nicht mehr viel Zeit ...« Zwischen schweren, keuchenden Atemzügen stieß sie die Worte hervor. »Eine Schlechtigkeit ... solche Schlechtigkeit ... Ich muß ... ich kann nicht ... so sterben! – Bekennen ... bekennen ... meine Sünde ... Oh, so schrecklich ...« Die gequälten Augen schlossen sich halb.

Unzusammenhängende Worte lösten sich von ihren Lippen. Pater Gorman trat näher. Er sprach leise, tröstend, wie er es schon so oft getan hatte. Worte der Zuversicht, der Hoffnung – die üblichen Worte seines Glaubens, seiner Berufung. Langsam breitete sich Friede über die verängstigten Züge der Frau, die Atemzüge wurden ruhiger.

Als der Priester seine Rede beendet hatte, sprach die Sterbende wieder.
»Aufhören ... das muß aufhören ... Sie werden ...«
Pater Gorman antwortete zuversichtlich. »Ich werde bestimmt das Nötige veranlassen. Sie können mir vertrauen ...«
Ein Arzt und eine Ambulanz erschienen ein paar Minuten später. Mrs. Coppins empfing sie mit düsterem Triumph.
»Zu spät – wie üblich!« erklärte sie. »Sie ist tot.«

4

Pater Gorman schritt durch die hereinbrechende Dämmerung. Heute abend würde es Nebel geben, er breitete sich bereits in dichten Schwaden aus. Pater Gorman blieb nachdenklich stehen und überlegte. Eine phantastische Geschichte, die er da gehört hatte! Wieviel davon mochte Wahrheit sein – wieviel Fieberdelirium? Ein Teil jedenfalls stimmte, soviel stand fest. Er mußte unbedingt einige Namen aufschreiben, solange sie noch frisch in seiner Erinnerung hafteten. Aber die St. Francis Guild würde bereits versammelt sein, wenn er zurückkehrte. Rasch wandte sich der Priester um und trat in ein kleines Kaffeehaus, wo er sich an einen Cafétisch setzte und eine Tasse des braunen Getränks bestellte. Er griff in die Tasche seiner Soutane. Ach, Mrs. Gerahty! Er hatte sie doch gebeten, die Tasche zu flicken – aber wie üblich war es nicht geschehen. Sein Notizbuch, der Bleistift und ein paar lose Münzen waren durch das Futter geschlüpft. Mühsam kramte er die Münzen und den Bleistift hervor, aber das Notizbuch konnte er nicht zu fassen kriegen. Der bestellte Kaffee kam, und er bat die Kellnerin um einen Zettel.
»Genügt Ihnen das?«
Es war eine zerrissene Papiertüte. Pater Gorman nickte und begann zu schreiben. Die Namen – diese Namen, die er auf keinen Fall vergessen durfte.

Die Tür des Café's öffnete sich; drei junge geschniegelte Burschen traten ein und setzten sich lärmend.
Pater Gorman schrieb alles nieder, was ihm wichtig schien. Dann faltete er den Zettel und war im Begriff, ihn in die Tasche seiner Soutane zu stecken, als ihm das Loch darin einfiel. Da schob er, wie schon so oft, das zusammengefaltete Papier in seinen Stiefel.
Ein Mann kam herein und setzte sich ruhig in eine entfernte Ecke. Pater Gorman trank aus Höflichkeit einen Schluck von dem faden Gebräu, verlangte seine Rechnung und zahlte. Dann erhob er sich und ging hinaus.
Der Mann, der eben erst hereingekommen war, schien seine Absicht zu ändern. Er zog seine Uhr heraus und sprang erschrocken auf, als ob er sich in der Zeit geirrt hätte. Gleich darauf eilte auch er davon.
Der Nebel wurde immer dichter, und Pater Gorman beschleunigte seine Schritte. Er kannte seinen Distrikt genau und nahm daher eine Abkürzung – einen schmalen Seitenpfad, der dicht am Bahngleis entlangführte. Vielleicht hörte er den Mann, der hinter ihm herkam, dachte sich jedoch nichts dabei. Weshalb sollte er auch?
Der Schlag mit dem Knüppel traf ihn völlig unerwartet. Er stolperte vorwärts und fiel zu Boden . . .

5

Dr. Corrigan schlenderte pfeifend in das Büro von Inspektor Lejeune. Er schien bester Laune und sehr gesprächig.
»Ich habe mir Ihren *padre* angesehen«, bemerkte er.
»Und das Resultat?«
»Wir wollen die technischen Ausdrücke dem Leichenbeschauer überlassen. Tatsache ist, daß er mit einem Knüppel niedergeschlagen wurde. Wahrscheinlich hat ihn schon der erste Hieb getötet, aber der Angreifer wollte sichergehen. Sieht häßlich aus, die ganze Sache.«
»Das kann man wohl sagen«, knurrte Lejeune.

Er war ein kräftiger Mann mit dunklem Haar und grauen Augen. Sein ruhiges Gehabe trog, denn manchmal wurden seine Hände überraschend beweglich und ausdrucksvoll und verrieten seine Abstammung von französischen Hugenotten.

Nachdenklich meinte er: »Häßlicher als nötig für einen einfachen Raubmord, hm?«

»Handelte es sich denn um Raub?« wollte der Arzt wissen.

»Man vermutet es.« Lejeune zuckte die Achseln. »Seine Taschen waren nach außen gekehrt, und das Futter seiner Soutane ist zerrissen.«

»Da war doch keine große Ausbeute zu erwarten! Die meisten dieser Distriktspriester sind doch so arm wie die Kirchenmäuse.«

»Der Kopf wurde ihm völlig zerschmettert . . . um sicherzugehen, daß er auch wirklich tot war«, grübelte der Inspektor. »Das muß doch einen Grund haben.«

»Da gibt es zwei Möglichkeiten. Entweder handelt es sich um einen dieser brutalen jungen Burschen, die Gewalt einfach um der Gewalt willen ausüben – es gibt deren heutzutage leider genug.«

»Und das zweite Motiv?«

»Ein besonderer Haß auf den armen Pater. Ist das denkbar?«

Lejeune schüttelte den Kopf.

»Sehr unwahrscheinlich. Er war ein beliebter Mann, im ganzen Distrikt hochgeschätzt. Keine Feinde, soweit wir in Erfahrung bringen konnten. Und auch Raub ist nicht sehr wahrscheinlich. Es sei denn . . .«

»Nun?« erkundigte sich Dr. Corrigan. »Die Polizei hat also doch einen Hinweis, oder?«

»Er trug etwas bei sich, das der Verbrecher nicht gefunden hat – in seinem Stiefel, um genau zu sein.«

Dr. Corrigan stieß einen lauten Pfiff aus.

»Klingt wie eine Spionagegeschichte.«

Lejeune lächelte.

»Die Sache ist viel einfacher. Der Pfarrer hatte ein Loch in seiner Tasche; Sergeant Pine hat mit der Haushälterin gesprochen. Scheint etwas nachlässig zu sein, die gute Frau.

Jedenfalls hat sie seine Anzüge nicht mit der nötigen Sorgfalt gepflegt. Sie gab selbst zu, daß Pater Gorman immer wieder Zettel und Briefe in seine Schuhe steckte, damit sie nicht durch die Löcher in den Taschen seiner Soutane fallen konnten.«

»Und davon wußte der Verbrecher natürlich nichts?«

»Sicher nicht – wem käme schon ein solcher Gedanke? Aber wissen wir, daß er wirklich diesen Zettel gesucht hat und nicht etwas anderes?«

»Was stand denn auf dem Papier?«

Lejeune zog eine Schreibtischlade heraus und entnahm ihr einen zerknitterten, verschmutzten Papierfetzen.

»Nur eine Liste mit Namen«, bemerkte er und schob ihn dem Arzt hin.

Corrigan betrachtete ihn neugierig.

Ormerod
Sandford
Parkinson
Hesketh-Dubois
Shaw
Harmondsworth
Tuckerton
Corrigan?
Delafontaine?

Seine Augenbrauen hoben sich erstaunt. »Ich sehe, da steht sogar *mein* Name auf der Liste«, bemerkte er.

»Sagt Ihnen irgendeiner dieser Namen etwas?«

»Kein einziger!«

»Und Sie haben auch Pater Gorman nicht gekannt?«

»Nein.«

»Dann werden Sie uns kaum helfen können.«

»Haben Sie denn schon eine Idee, was diese Liste bedeuten könnte?«

Lejeune gab keine direkte Antwort.

»Ein junger Bursche – vielmehr ein Kind – läutete abends gegen sieben Uhr bei Pater Gorman. Er erklärte, eine Frau liege im Sterben und verlange nach dem Priester. Pater Gorman ging mit ihm fort.«

»Wohin? Wissen Sie das?«
»Ja, das ließ sich leicht ermitteln. Benthall Street dreiundzwanzig, die Besitzerin ist eine Frau namens Coppins. Die Kranke hieß Mrs. Davis. Der Priester kam etwa um Viertel nach sieben dort an und blieb eine halbe Stunde. Mrs. Davis starb, kurz ehe die Ambulanz eintraf, die sie ins Krankenhaus überführen sollte.«
»Verstehe.«
»Das nächste, was wir wieder von Pater Gorman hören, ist folgendes: Er ist in ein kleines Café dort in der Nähe gegangen und hatte eine Tasse Kaffee bestellt. Das Lokal ist einfach, aber anständig; nichts Kriminelles dort zu finden. Anscheinend suchte der *padre* dort etwas in seiner Tasche, konnte es nicht finden und bat daraufhin die Kellnerin um ein Stück Papier. Dies ...« Lejeune wies auf den Zettel, »dies hier gab man ihm.«
»Und was geschah dann?«
»Als er seinen Kaffee erhielt, war der Priester eifrig mit Schreiben beschäftigt. Kurz darauf verließ er das Lokal, nachdem er die Liste in den Schuh geschoben hatte – der Besitzer hat diese Bewegung bemerkt.«
»Waren noch andere Leute dort?«
»Drei junge, geschniegelte Bürschchen saßen an einem Tisch, und kurz ehe Pater Gorman sich entfernte, kam ein älterer Mann herein und setzte sich in eine Ecke. Aber er ging gleich wieder fort, ohne etwas zu bestellen.«
»Er könnte also dem Priester gefolgt sein?«
»Möglich. Der Besitzer hat nicht darauf geachtet – weiß auch nicht genau, wie der Betreffende aussah. Er beschrieb ihn bloß als einen unauffälligen, respektabel aussehenden Mann – also ein Allerweltstyp. Ungefähr mittelgroß, trug blauen oder braunen Mantel. Nicht direkt dunkelhaarig, aber auch nicht blond. Vorläufig ahnen wir nicht, was er mit dem Pater zu tun haben könnte. Er hat sich auf unseren Zeugenaufruf hin nicht gemeldet, aber das will wenig besagen, er ist gerade erst durchgegeben worden. Wir haben darum ersucht, jedermann möge sich melden, der Pater Gorman zwischen Viertel vor und Viertel nach acht gesehen hat. Bis jetzt haben nur

zwei Personen darauf reagiert: eine Frau und ein Apotheker, der sein Geschäft dort in der Nähe hat. Ich werde zu beiden hingehen und sie selbst befragen. Der Tote wurde um Viertel nach acht Uhr von zwei kleinen Jungen in der West Street entdeckt. Kennen Sie die Gegend? Es handelt sich eigentlich nur um einen schmalen Fußweg, auf der einen Seite begrenzt durch die Bahnschienen. – Den Rest wissen Sie.«
Dr. Corrigan nickte; er klopfte mit dem Finger auf den schmutzigen Zettel.
»Was halten Sie hiervon?« fragte er.
»Mir scheint es sehr wichtig«, erklärte Lejeune.
»Sie meinen also, die Sterbende habe dem Priester etwas erzählt, und er schrieb die Namen rasch auf, um sie nicht zu vergessen? Die Frage ist bloß: Was konnte er damit anfangen, wenn sie ihm unter dem Siegel der Verschwiegenheit anvertraut wurden?«
»Das braucht nicht unbedingt der Fall gewesen zu sein, auch wenn es sich um einen Priester handelt«, meinte Lejeune lebhaft. »Nehmen wir zum Beispiel an, diese Namen stünden mit ... hm ... Erpressung in Zusammenhang ...«
»Oh, das vermuten Sie also?«
»Ich habe noch keine direkte Vermutung! Vorläufig stelle ich nur eine Hypothese auf. Also: Die Leute auf dieser Liste wurden erpreßt; die sterbende Frau war entweder selbst die Erpresserin, oder sie hatte irgendwie davon erfahren. Vielleicht hat sie in letzter Minute bereut und gestanden, oder sie wollte soviel wie möglich wiedergutmachen. Pater Gorman übernahm diese Aufgabe.«
»Und dann?«
»Keine Ahnung«, erklärte Lejeune achselzuckend. »Vielleicht handelt es sich um eine sehr einträgliche Sache, und jemand wollte nicht, daß diese Geldquelle versiegt. Dieser Jemand wußte außerdem, daß Mrs. Davis im Sterben lag und nach einem Priester geschickt hatte. – Das übrige ergibt sich von selbst.«
»Ich frage mich nun«, überlegte Corrigan und studierte den Zettel noch einmal, »weshalb bei den beiden letzten Namen ein Fragezeichen steht?«

»Vielleicht war Pater Gorman nicht sicher, ob sie wirklich so lauteten.«
»Hm – möglich. Statt Corrigan könnte es zum Beispiel mit Leichtigkeit Mulligan heißen«, gab der Arzt grinsend zu. »Aber bei Delafontaine wird die Sache schon schwieriger. Da hören die Ähnlichkeiten rasch auf. Und seltsam, daß nicht eine einzige Adresse dabeisteht.« Wieder überflog er die Liste. »Parkinson ... gibt es eine Unmenge, Sandford ... ist auch nicht so ungewöhnlich. Hesketh-Dubios ... das gibt schon eher zu denken.«
Mit einem plötzlichen Entschluß lehnte sich der Doktor vor und nahm das Telefonbuch vom Schreibtisch.
»Wollen mal sehen. Hesketh, Mrs. A ... John und Co., Spengler ... Sir Isidore ... Ah! Hier haben wir's! Hesketh-Dubois, Lady, Ellesmereplatz neunundvierzig. Wie wär's, wenn wir die Dame anrufen würden?«
»Mit welcher Begründung?«
»Ach, uns wird schon was einfallen«, meinte der Arzt leichthin.
»Also los!« ermunterte Lejeune.
»Was?« Corrigan starrte ihn verblüfft an.
»Vorwärts! Sie wollten es doch so haben.« Lejeune lächelte mild. Er hob den Hörer ab und schaute Corrigan fragend an.
»Wie lautet die Nummer?«
»Grosvenor 6 45 78.«
Lejeune wiederholte die Angabe und schob dann den Hörer zum Doktor hinüber. »Viel Vergnügen«, bemerkte er dazu.
Corrigan machte ein etwas betretenes Gesicht, während er auf den Anschluß wartete. Es läutete ein paarmal, ehe jemand abnahm. Dann erklang eine Frauenstimme, außer Atem, wie es schien.
»Hier Grosvenor 6 45 78.«
»Bin ich mit dem Haus von Lady Hesketh-Dubois verbunden?«
»J-ja ... nun ... ich meine ...«
Dr. Corrigan überhörte das unsichere Gestammel.

»Kann ich bitte mit der Dame selbst sprechen?«
»Aber – nein, das ist unmöglich! Lady Hesketh-Dubois ist im April gestorben.«
»Oh!« Dr. Corrigan war so überrascht, daß er die Frage »Wer ist am Apparat?« unbeachtet ließ und sachte den Hörer niederlegte.
Kühl blickte er den Inspektor an.
»Also deshalb waren Sie so rasch zu dem Anruf bereit!«
Lejeune lächelte spöttisch. »Glauben Sie denn wirklich, wir kümmern uns nicht um das Nächstliegende?«
»Im April gestorben«, meinte Corrigan gedankenvoll, »also vor fünf Monaten. Also für einen Erpresser kaum mehr von Interesse. Sie hat doch nicht etwa Selbstmord begangen oder etwas Ähnliches?«
»Nein, sie starb an einem Gehirntumor.«
»Das bedeutet also, daß wir ganz von vorn anfangen müssen«, bemerkte Corrigan und betrachtete die Liste.
Lejeune seufzte. »Wir wissen überhaupt nicht, ob diese Namen etwas mit der Sache zu tun haben«, betonte er. »Es könnte sich ebensogut um eine ganz gewöhnliche Prügelei an einem nebligen Abend handeln – und dann hätten wir sehr wenig Hoffnung, den Verbrecher ausfindig zu machen . . . es sei denn, wir vertrauen auf unser Glück.«
»Haben Sie etwas dagegen, wenn ich mich noch etwas mit dieser Liste beschäftige?« erkundigte sich der Doktor.
»Keineswegs! Ich wünsche Ihnen viel Vergnügen dabei.«
»Damit wollen Sie wohl sagen, *ich* könne kaum etwas entdecken, das *Ihnen* entgangen sei. Seien Sie dessen nicht allzu sicher, mein Lieber. Ich werde mich auf einen einzigen Namen beschränken – auf Corrigan. Mr. oder Mrs. oder Miss Corrigan mit dem großen Fragezeichen. Sie werden wohl zugeben, daß mich dieser Name interessieren muß.«

6

»Wirklich, Mr. Lejeune, ich kann Ihnen nichts weiter sagen! Alles, was ich weiß, habe ich bereits Ihrem Sergeanten berichtet. Ich habe keine Ahnung, wer Mrs. Davis war und wo sie herkam. Sie hat sechs Monate bei mir gewohnt und ihre Miete immer pünktlich bezahlt. Eine sehr ruhige, nette Person. Ich kann mir nicht vorstellen, was ich Ihnen weiter sagen könnte.«
Mrs. Coppins machte eine Pause, um Atem zu schöpfen, und sah Lejeune dabei ärgerlich an. Er lächelte melancholisch und sanft – und wußte genau, daß dieses Lächeln meistens von Erfolg gekrönt war.
»Ich würde Ihnen bestimmt gern helfen, wenn ich es könnte«, fügte Mrs. Coppins dann auch prompt hinzu.
»Vielen Dank! Gerade das ist es, was wir brauchen: Hilfe! Frauen erkennen instinktiv so vieles, was uns Männern entgeht.«
Das war ein guter Schachzug – und sehr wirksam.
»Ah«, meinte Mrs. Coppins, »ich wünschte, mein Mann hätte das hören können! So überheblich und reizbar wie er immer war. ›Du behauptest Sachen, von denen du keine Ahnung hast!‹ sagte er immer. Und dabei behielt ich fast jedesmal recht.«
»Deshalb möchte ich so gern wissen, was Sie über Mrs. Davis dachten. Hielten Sie sie für eine unglückliche Frau?«
»Nein, das könnte ich nicht sagen. Eine richtige Geschäftsfrau, so kam sie mir immer vor. Sehr methodisch und genau – als wenn sie einen festen Plan für ihr Leben gemacht hätte und nicht davon abwich. Soviel ich weiß, hatte sie eine Stelle bei einer dieser Marktforschungsgesellschaften. Sie kennen das ja: Man geht von Haus zu Haus und erkundigt sich bei den Leuten, welches Waschpulver sie bevorzugen, welche Mehlsorte, für was sie am meisten Geld ausgeben und so weiter. Ich selbst finde natürlich, daß das eine ungehörige Schnüffelei ist, und wieso die Regierung oder sonst jemand das zu wissen braucht, begreife ich nicht. Aber nun, das gehört zu diesen neumodischen Dingen, und die Leute sind

ganz verrückt danach. Ich glaube, Mrs. Davis hat das immer sehr nett gemacht. Sie hatte eine so freundliche Art, nicht neugierig, sondern einfach sachlich.«
»Sie kennen nicht zufällig den Namen der Firma, bei der sie beschäftigt war?«
»Nein, leider nicht.«
»Hat sie jemals über ihre Verwandten gesprochen?«
»Nie. Ich habe vermutet, sie sei Witwe und habe ihren Mann schon vor vielen Jahren verloren. Wahrscheinlich war er Invalide – aber sie sprach nie davon.«
»Sie sagte Ihnen auch nicht, aus welcher Gegend des Landes sie stammte?«
»Ich glaube nicht, daß Sie aus London kam – wahrscheinlich irgendwo aus dem Norden, würde ich sagen.«
»Und Sie hatten nie das Gefühl, es gebe irgend etwas ... wie soll ich sagen ... nun, etwas Geheimnisvolles in ihrem Leben?«
Lejeune fühlte sich nicht ganz wohl bei dieser Frage. Wenn Mrs. Coppins sich leicht beeinflussen ließ, dann konnte ihre Antwort auf eine falsche Fährte führen. Doch sie ging nicht darauf ein.
»Ich habe nie etwas Derartiges bemerkt – wenigstens hat sie nichts gesagt. Das einzige, was mich etwas stutzig machte, war ihr Handkoffer. Gute Qualität, aber nicht neu. Und die Initialen darauf sind dick übermalt mit J. D. – Jessie Davis. Aber ursprünglich stand etwas anderes da, ich glaube J. H. Vielleicht war es jedoch auch ein A. Nun, zuerst dachte ich mir nichts weiter dabei. Man kann oft einen guten Lederkoffer aus zweiter Hand recht billig erstehen, und dann ist es nur natürlich, daß man die Buchstaben ändern läßt. Sie besaß nicht viele Sachen – nur diesen einzigen Koffer.«
Das wußte Lejeune bereits. Die Verstorbene hatte erstaunlich wenig eigene Besitztümer gehabt. Keine Briefe, keine Fotografien und anscheinend weder eine Versicherungskarte noch Scheckformulare. Ihre Kleider waren aus guten, soliden Stoffen für den täglichen Gebrauch und sehr sorgfältig gepflegt.
»Sie schien also ganz zufrieden?« fragte der Inspektor.

»J-a, ich glaube wohl.«
Der leise Zweifel in den Worten entging ihm nicht, und er hakte sofort ein. »Sie glauben es bloß?«
»Nun, darüber macht man sich eigentlich selten Gedanken, nicht wahr? Ich möchte sagen, es ging ihr recht gut, sie hatte eine gute Stelle und konnte mit dem Leben zufrieden sein. Aber sie gehörte nicht zu den Menschen, die überall ihr Herz ausschütten müssen. Doch als sie krank wurde . . .«
»Ja, was geschah da?« drängte Lejeune.
»Verärgert war sie zuerst, als sie die Grippe bekam. Es würde alle ihre Pläne über den Haufen werfen, meinte sie. Sie könne ihre Verabredungen nicht einhalten und so weiter. Aber Krankheit ist Krankheit, daran läßt sich nun einmal nichts ändern. So blieb sie also im Bett, kochte sich ihren Tee auf dem Gaskocher und nahm Aspirin. Ich riet ihr, doch den Arzt kommen zu lassen, aber davon wollte sie nichts wissen. Gegen die Grippe gebe es nur eins: im Bett bleiben und sich warm halten. Und ich solle ihr lieber nicht in die Nähe kommen, um mich nicht anzustecken. Als es ihr etwas besserging, brachte ich ihr heiße Suppe und Toast und gelegentlich einen Reispudding. Natürlich fühlte sie sich schwach – das ist bei Grippe immer so. Aber es war nicht schlimmer als bei anderen, möchte ich sagen. Sie saß dort am Kamin, und ich erinnere mich, daß sie einmal sagte: ›Wenn man nur nicht so viel Zeit zum Nachdenken hätte! Ich möchte nicht denken müssen, das hilft ja doch nichts.‹«
Lejeune blickte Mrs. Coppins sehr aufmerksam an, und sie erwärmte sich für ihr Thema.
»Ich gab ihr ein paar Zeitschriften zum Lesen, aber sie hatte keine rechte Lust dazu. Einmal bemerkte sie: ›Wenn die Dinge nicht so sind, wie sie sein sollten, dann ist es besser, nichts darüber zu wissen, meinen Sie nicht auch?‹ Und ich beruhigte sie: ›Natürlich, Sie haben ganz recht, meine Liebe!‹ Darauf meinte sie: ›Ich bin mir nicht sicher – ich weiß ja nichts *Bestimmtes.* Alles, was ich getan habe, war immer ganz korrekt. Mir selbst habe ich nichts vorzuwerfen.‹ Darauf gab ich ihr zur Antwort: ›Sicher nicht, meine Liebe!‹ Aber ich fragte mich, ob vielleicht in ihrer Firma nicht alles

mit rechten Dingen zuging und ob ihr etwas davon zu Ohren gekommen sein mochte. Aber sie hatte wohl das Gefühl, das ginge sie nichts an.«
»Sehr gut möglich«, stimmte Lejeune zu.
»Nun, dann erholte sie sich und nahm ihre Arbeit wieder auf. Ich sagte ihr, es sei bestimmt noch zu früh, aber sie wollte nichts davon hören. Doch wie recht hatte ich! Am zweiten Abend kam sie mit hohem Fieber nach Hause, das sah ich sofort. Sie kam ja kaum die Treppen hinauf. ›Sie müssen sofort einen Arzt rufen‹, sagte ich zu ihr – aber nein, sie wollte nicht! Am nächsten Tag wurde es schlimmer und schlimmer; ihre Augen waren ganz glasig, die Wangen brannten wie Feuer, und ihr Atem ging schwer. Gegen Abend keuchte sie ... und sie brachte die Worte kaum heraus: ›Ein Priester, ich muß mit einem Priester sprechen! Rasch – sonst ist es zu spät!‹ Aber sie wollte nicht unseren Vikar haben, es mußte unbedingt ein römisch-katholischer Priester sein. Ich hatte nicht gewußt, daß sie katholisch war, hatte nie ein Kruzifix oder einen Rosenkranz bei ihr gesehen.«
Doch Lejeune wußte, daß sie ein Kruzifix besessen hatte; es war zuunterst in ihrem Koffer versteckt. Er sagte nichts darüber, sondern lauschte weiter dem Bericht.
»Ich sah den jungen Mike auf der Straße und schickte ihn zu diesem Pater Gorman von St. Dominic. Dann rief ich sofort das Krankenhaus und den Arzt an.«
»Sie führten den Priester zu ihr hinauf, als er kam?«
»Ja, und dann ließ ich sie mit ihm allein.«
»Hat Mrs. Davis oder der Pater etwas gesagt?«
»Das könnte ich nicht mit Bestimmtheit behaupten. Ich schwatzte selbst – sagte, hier sei der Priester, und gleich würde es ihr wieder bessergehen, nur um sie zu beruhigen. Aber jetzt erinnere ich mich, daß sie etwas bemerkte, als ich die Tür schloß ... etwas über ›Schlechtigkeit‹ und ›bekennen‹. Ja, und dann noch etwas anderes – von einem Pferd muß es gewesen sein, vielleicht über Pferderennen. Ich setze selbst manchmal einen Shilling, aber man hört jetzt so viel, daß es bei diesen Rennen nicht immer mit rechten Dingen zugeht.«

»Schlechtigkeit«, wiederholte Lejeune betroffen. Das Wort stimmte ihn nachdenklich.
»Diese Katholiken müssen doch ihre Sünden bekennen, ehe sie sterben, nicht wahr? So wird es gewesen sein.«
Lejeune zweifelte nicht daran, daß es sich so verhielt. Aber dieses Wort – es schien so seltsam! Schlechtigkeit ...
Es mußte schon etwas Außergewöhnliches bedeuten, wenn der Priester, der darum wußte, gleich darauf umgebracht wurde.

7

Von den anderen drei Hausbewohnern konnte Lejeune nichts Neues erfahren. Alle drei hatten Mrs. Davis kaum vom Ansehen gekannt.
Auch die Frau, die sich bei der Polizei gemeldet hatte, wußte nichts Besonderes zu berichten. Sie war Katholikin und kannte Pater Gorman nur flüchtig. Sie hatte gesehen, wie der Geistliche aus der Benthall Street kam und in das kleine Café ging. Das war alles.
Doch Mr. Osborne, der Besitzer der Apotheke an der Ecke der Barton Street, konnte da schon mehr sagen.
Er war ein kleiner, glatzköpfiger Mann mittleren Alters, hatte ein rundliches, kluges Gesicht und trug eine Brille.
»Guten Abend, Inspektor«, begrüßte er Lejeune. »Bitte, kommen Sie in mein Büro.« Einladend hob er den Klappdekkel der altmodischen Theke, und sie gingen zusammen durch einen mit Flaschen und Glasbehältern vollgestellten Gang, wo ein junger Mann sachkundig Arzneien abfüllte, in ein kleines Zimmer mit einem Tisch, Schreibtisch und einigen Lehnstühlen. Mr. Osborne schloß die Tür, zog noch einen Vorhang vor und setzte sich, indem er gleichzeitig Lejeune den zweiten Stuhl anbot. Er lehnte sich vor, seine Augen glitzerten freudig erregt.
»Zufälligerweise kann ich Ihnen vielleicht wirklich helfen. Wir hatten einen sehr ruhigen Abend, in der Apotheke war

nicht viel zu tun, und meine junge Angestellte versah den Dienst. Am Donnerstag hatten wir bis acht Uhr abends offen. Draußen wurde der Nebel immer dichter, so daß nur wenige Leute vorbeikamen. Ich stand in der Tür und dachte bei mir, die Wetterprognose habe also diesmal ausnahmsweise recht behalten. – So stand ich also eine Weile da, und auf einmal sah ich Pater Gorman um die Ecke biegen. Ich kannte ihn natürlich, wenn auch nicht persönlich. Eine schreckliche Sache, dieser Mord an einem so beliebten Mann! Er ging in Richtung West Street – das ist die nächste Abzweigung links, wie Sie ja wissen werden. Ein paar Schritte hinter ihm kam ein anderer Mann. Ich hätte mir gar nichts dabei gedacht, wenn er nicht plötzlich stehengeblieben wäre, direkt gegenüber meiner Tür. Da wandte ich den Kopf und sah, daß Pater Gorman auf einmal ganz langsam ging; so, als ob er intensiv über ein Problem nachdächte und dabei alles andere vergaß. Dann aber besann er sich wieder und ging rascher. Und gleichzeitig setzte sich auch der andere Mann erneut in Bewegung; er rannte beinahe. Ich dachte mir – soweit ich überhaupt dachte –, es sei vielleicht ein Bekannter des Paters, der ihn einholen wolle, um ihm etwas zu sagen.«
»Aber tatsächlich könnte er ihm auch einfach gefolgt sein?« wollte Lejeune wissen.
»Jetzt bin ich sogar überzeugt davon – aber im Moment kam mir das natürlich nicht in den Sinn. Bei dem dichten Nebel verlor ich sie dann beide aus den Augen.«
»Könnten Sie diesen Mann wohl etwas näher beschreiben?«
Der Ton des Inspektors zeigte, daß er sich von dieser Frage wenig versprach. Er erwartete die üblichen Allgemeinplätze, doch Mr. Osborne erwies sich als ein viel besserer Beobachter als die meisten Menschen.
»Nun, ich glaube schon«, erklärte der Apotheker selbstzufrieden. »Es handelt sich um einen großen Mann . . .«
»Wie groß etwa?«
»Nahezu ein Meter achtzig, würde ich sagen. Das kann aber auch täuschen, weil er sehr dünn war. Abfallende Schultern und einen sehr starken Adamsapfel. Er trug das Haar ziem-

lich lang, denn es guckte unter seinem steilen Filzhut hervor. Große Hakennase, sehr auffallend. Über die Farbe seiner Augen kann ich natürlich nichts sagen, denn ich sah ihn nur von der Seite. Seinem Gang nach zu schließen, dürfte er ungefähr fünfzig Jahre alt gewesen sein.«
Lejeune schätzte die Entfernung vom einen Bürgersteig der Straße zum anderen ab ... und wunderte sich. Er wunderte sich sogar sehr.
Eine derart genaue Beschreibung, wie er sie durch den Apotheker erhalten hatte, konnte zweierlei bedeuten. Entweder besaß der Mann eine besonders lebhafte Einbildungskraft – und der Inspektor war an dergleichen gewöhnt, besonders bei Frauen. Sie machten sich einfach ein Bild davon, wie ihrer Meinung nach der Mörder auszusehen hatte, und gaben dieses ganz getreu wieder. Aber solche falschen Porträts enthielten meistens verräterische Einzelheiten wie wild rollende Augen, überhängende Brauen oder vorstehende Unterkiefer. Die Schilderung von Mr. Osborne dagegen klang wie die Beschreibung eines wirklichen Menschen. In diesem Fall war es möglich, daß er einer der seltenen Zeugen war, auf deren Aussage man sich verlassen konnte ... und die auch daran festhielten.
Wieder überdachte Lejeune die Entfernung zwischen den beiden Straßenseiten; nachdenklich ruhten seine Augen auf dem Apotheker.
Er fragte: »Glauben Sie, diesen Mann wiedererkennen zu können, wenn Sie ihm noch einmal begegneten?«
»Oh, ganz gewiß!« antwortete Mr. Osborne überzeugt. »Ich vergesse niemals ein Gesicht! Das ist eine meiner Spezialitäten. Ich habe oft gesagt, wenn einer dieser Giftmörder bei mir Arsenik kaufen würde, könnte ich ihn noch nach Jahren vor Gericht identifizieren. Und eigentlich habe ich immer gehofft, etwas Derartiges würde einmal geschehen.«
»Aber bis jetzt war es nicht der Fall?«
Betrübt mußte Mr. Osborne dies zugeben. »Und jetzt wird es auch kaum mehr geschehen«, fügte er hinzu. »Ich verkaufe mein Geschäft. Man hat mir einen sehr guten Preis

dafür geboten, und ich werde mich nach Bournemouth zurückziehen.«
»Tut Ihnen das nicht leid? – Es scheint doch ein recht schönes Geschäft zu sein.«
»Alteingesessen«, nickte Mr. Osborne mit einigem Stolz. »Es ist seit nahezu hundert Jahren im Besitz unserer Familie. Mein Großvater gründete es, und dann wurde es von meinem Vater übernommen. Eine richtige Familientradition. Als Junge sah ich das natürlich nicht ein – mir schien es nur muffig und dumpf. Wie viele junge Burschen bildete ich mir ein, ich sei ein großer Schauspieler. Mein Vater war sehr klug und versuchte nicht, mich davon abzuhalten. ›Probier's‹, sagte er nur. ›Du wirst bald genug einsehen, daß du kein wirklicher Künstler bist.‹ Und wie recht er damit hatte! Nach anderthalb Jahren kehrte ich reumütig ins Geschäft zurück, und mit der Zeit wurde ich sogar stolz darauf. Wir haben immer nur gute Ware geführt – altmodische, aber Qualität. Doch heutzutage ist es nicht mehr das gleiche für einen Apotheker, seit er all diese Kosmetiksachen führen soll ... Puder und Lippenstifte und Hautcreme und so weiter. Ich selbst rühre das Zeug nicht an, meine Angestellte kümmert sich darum. Nein, es ist nicht mehr wie früher! Darum verkaufe ich das Geschäft, und von dem Erlös kaufe ich mir einen netten kleinen Bungalow in der Nähe von Bournemouth.«
Nach einer Pause fuhr er fort: »Man muß sich zurückziehen, solange das Leben einem noch was zu bieten hat, das ist mein Motto. Ich habe eine ganze Menge Hobbys – Schmetterlinge zum Beispiel. Und gelegentlich beobachte ich Vögel. Außerdem arbeite ich gern im Garten; ich habe eine Menge Bücher darüber. Und natürlich Reisen; vielleicht mache ich eine dieser großen Rundfahrten mit, um fremde Länder kennenzulernen, ehe es zu spät ist.«
Lejeune erhob sich.
»Nun, ich wünsche Ihnen viel Glück dazu«, lächelte er. »Und falls Sie zufällig diesem Mann noch einmal begegnen, ehe Sie London verlassen ...«
»Dann werde ich Sie sofort verständigen, Inspektor. Das ist

selbstverständlich. Sie können auf mich zählen. Wie gesagt, ich habe ein gutes Auge für Gesichter und werde meine Augen offenhalten. O ja, Sie können sich auf mich verlassen!«

8

Ich kam mit meiner alten Freundin Hermia Redcliffe aus den Old Vic, wo wir uns eine Aufführung von *Macbeth* angesehen hatten. Es goß wie aus Kübeln. Als wir über die Straße zu meinem Wagen rannten, bemerkte Hermia ungerechterweise, es regne jedesmal, wenn man ins Old Vic gehe.
Ich widersprach und behauptete, sie gehöre nun einmal zu den Menschen, die sich nur an die schlechten Tage erinnerten.
»Nein, das stimmt nicht«, bemerkte sie, während ich den Motor anließ. »In Glyndebourne habe ich zum Beispiel immer Glück gehabt. Ich könnte mir nichts Herrlicheres vorstellen. Die Musik ... und die wunderbaren Blumenbeete ... besonders das eine schneeweiße.«
Wir sprachen eine Weile über Glyndebourne und seine Aufführungen, bis Hermia auf einmal bemerkte:
»Wir fahren nicht zufällig nach Dover zum Frühstück – oder?«
»Dover? Welch ausgefallener Gedanke! Ich dachte, wir gehen ins ›Fantasia‹. Nach all dem königlichen Blutvergießen braucht man ein kräftiges Essen. Shakespeare macht mich immer schrecklich hungrig.«
»Mich auch – genauso wie Wagner. Ein Sandwich mit Räucherlachs in der Pause reicht nicht aus, um den Lärm durchzustehen. Und weshalb ich von Dover sprach: Vielleicht hast du noch nicht bemerkt, daß wir diese Richtung eingeschlagen haben.«
»Wir müssen einen Umweg fahren«, erklärte ich geduldig.
»Aber du übertreibst den Umweg; wir sind schon weit in der New Kent Road.«

Ich schaute mich um und mußte zugeben, daß Hermia, wie üblich, recht hatte.
»Hier verirre ich mich immer«, seufzte ich entschuldigend.
»Es ist wirklich verwirrend«, bestätigte sie, »immer rund und rund um Waterloo Station herum.«
Als wir endlich zur Westminster Bridge zurückgefunden hatten, nahmen wir unser Gespräch über *Macbeth* wieder auf. Meine Freundin Hermia ist eine hübsche junge Dame von achtundzwanzig Jahren mit einem fast klassischen Profil und einer Fülle kastanienbraunen Haares, das sie im Nakken zu einem Knoten geschlungen trägt.
Im »Fantasia« wurden wir wie alte Stammgäste empfangen und bekamen einen kleinen Tisch bei der roten Samtwand. Das Lokal ist sehr beliebt, und die Tische stehen dicht beieinander. Als wir uns setzten, wurden wir von den beiden Gästen am Nachbartisch vergnügt begrüßt. David Ardingly ist Dozent für Geschichte in Oxford. Er stellte uns seine Begleiterin vor, ein außergewöhnlich attraktives Mädchen mit hochmodernem Haarschnitt – einer wilden Mähne, die ihr nach allen Seiten vom Kopf abstand. Doch seltsamerweise kleidete es sie gut. Sie hatte große blaue Augen und einen knallroten Mund, der meistens halb offenstand. Wie alle Freundinnen von David, die ich bis jetzt gesehen hatte, schien sie über alle Maßen dumm zu sein. David, der ein bemerkenswert kluger junger Mann ist, fand nur Erholung mit besonders albernen Mädchen.
»Dies ist Poppy, mein Lieblingskätzchen«, lachte er. »Poppy, ich stelle dir Mark und Hermia vor; sei vorsichtig, was du sagst, die beiden sind sehr ernsthafte Leute! Ich wette, sie kommen soeben von Shakespeare oder einer Wiedererwekkung von Ibsen.«
»Stimmt: *Macbeth* im Old Vic«, erklärte Hermia.
»Und wie fanden Sie die Vorstellung?«
»Ausgezeichnet«, gab Hermia zurück. »Die Bankettszene habe ich noch nie so gut gesehen.«
»Und die Hexen?«
»Abscheulich wie immer!«
David stimmte zu. »Ich weiß; sie tun so, als wären sie Dämo-

nen aus der guten alten Pantomime. Man erwartet immer, daß jetzt die Fee auftritt und mit silberheller Stimme sagt:
›Seid unbesorgt! Das Böse soll nicht jubilieren . . .‹
Zum Schluß kommt Macbeth selber und wird triumphieren.«
Wir lachten alle. Doch David, der eine rasche Auffassungsgabe besitzt, warf mir einen scharfen Blick zu.
»Was ist los mit Ihnen, Mark?«
»Nichts weiter. Es kam mir eben nur in den Sinn, was ich vor ein paar Tagen bereits über Hexen und Teufelsglaube hörte.«
»Na, ich weiß jedenfalls, wie ich diese Hexen darstellen würde, wenn ich jemals Regie führen sollte.« David hatte sich früher viel mit Dramaturgie befaßt.
»Und zwar wie?«
»Gar keinen Hokuspokus – einfach verschlagene alte Weiber, genauso wie die wirklichen Hexen in unseren Dörfern.«
»Aber es gibt doch heute gar keine Hexen mehr«, meinte Poppy und riß die blauen Augen weit auf.
»Das sagst du, weil du ein Londoner Kind bist, Poppy. Aber in jedem Dorf unseres guten alten England gibt es eine Hexe, darauf kannst du dich verlassen. Die alte Mrs. Brown zum Beispiel, im dritten Häuschen auf dem Hügel. Den Buben wird verboten, sie zu necken, und von Zeit zu Zeit schenkt man ihr Eier oder einen Pudding. Denn wenn man sie ärgert . . .«, David bewegte drohend den Zeigefinger, »dann gibt die Kuh keine Milch mehr, die Kartoffeln gedeihen nicht, oder der kleine Johnny bricht sich das Bein. Niemand wagt es, direkt zu sagen, Mrs. Brown sei eine Hexe . . . aber jeder weiß es.«
»Ach, du machst ja nur Spaß«, behauptete Poppy schmollend.
»Nein, das ist so; nicht wahr, Mark?«
»Sicherlich ist doch diese Art von lächerlichem Aberglauben heute ganz ausgerottet«, bemerkte Hermia zweifelnd.
»Nicht in den abgelegenen Dörfern! Was sagen Sie dazu, Mark?«
»Sie mögen recht haben, David«, sagte ich, »obschon ich gar nicht zuständig bin. Ich habe nie auf dem Lande gelebt.«
»Ich kann mir jedenfalls nicht vorstellen«, kam Hermia auf den Ausgangspunkt zurück, »wie Sie die Hexen in *Macbeth*

als gewöhnliche alte Weiber auftreten lassen könnten. Es muß sie doch auf jeden Fall eine Atmosphäre des Übernatürlichen umgeben.«

»Oh, überlegen Sie doch«, gab David lebhaft zurück. »Es ist genau das gleiche wie bei Verrückten. Wenn jemand herumtorkelt mit Stroh im Haar, sinnlose Worte ausstößt und wahnsinnig *aussieht,* wirkt das gar nicht erschreckend. Aber ich erinnere mich, daß ich einmal mit einer Botschaft zu einem Irrenarzt geschickt wurde und im Vorzimmer warten mußte. Dort saß eine nette alte Dame und nippte an einem Glas Milch. Sie machte höflich Konversation über das Wetter, doch plötzlich lehnte sie sich vor und fragte leise:

›Ist das Ihr Kind, das dort hinter dem Kamin begraben wurde? Um zwölf Uhr zehn kann man es jeden Tag sehen. Aber Sie müssen vorgeben, das Blut nicht zu bemerken.‹

Es waren nicht die Worte, sondern die ruhige Selbstverständlichkeit, mit der die Frau sprach, die mich schaudern machte. Aber jeder leiseste Hinweis auf Irrsinn in einem Manuskript veranlaßt den Schauspieler sofort, zu brüllen und zu toben.«

»Ich fand es übrigens interessant, daß der Darsteller des Macbeth gleichzeitig den dritten Mörder spielte. Machte man das früher auch schon?« wollte Hermia wissen.

»Ich glaube wohl«, meinte David. »Wie praktisch muß es doch in jenen Zeiten gewesen sein – da war immer gleich ein Mörder zur Stelle, wenn man etwas zu bereinigen hatte. Heutzutage geht das leider nicht mehr so einfach. Wie bequem wäre es doch, wenn man einfach ein Unternehmen anrufen und verlangen könnte: ›Bitte, senden Sie mir sofort zwei zuverlässige Mörder, ich möchte meine Erbtante loswerden.‹«

Wir lachten alle.

»Aber in gewissem Sinne *kann* man das doch tun, nicht wahr?« bemerkte Poppy unschuldsvoll.

Wir sahen sie an.

»In welchem Sinne, Kleines?« fragte David.

»Nun, ich meine, es gibt doch Leute, die so etwas tun ... Nur ist es wahrscheinlich sehr, sehr teuer.«

Poppys Augen waren arglos aufgerissen, die Lippen halb geöffnet.
»Was willst du damit sagen?« erkundigte sich David neugierig.
Poppy machte ein verwirrtes Gesicht.
»Oh, ich dachte ... wahrscheinlich habe ich alles durcheinandergebracht. Ich meinte Das fahle Pferd und all diese Dinge.«
»Ein *fahles* Pferd? Was ist denn das?«
Poppy errötete und senkte die Lider.
»Ach, ich bin wohl dumm! Ich habe bloß einmal das Wort gehört – aber sicher habe ich es falsch verstanden.«
»Komm, Kleines, bestell dir ein schönes Eis mit Schlagsahne«, lächelte David freundlich.

9

Es ist eine wohlbekannte Tatsache: Wenn einmal ein besonders ausgefallenes Wort erwähnt wurde, hören wir es bestimmt im Laufe von vierundzwanzig Stunden zum zweitenmal. Diese Erfahrung machte ich auch am folgenden Vormittag.
Mein Telefon klingelte, und ich meldete mich.
Ein Keuchen war zu hören, dann klang eine atemlose Stimme wie eine Herausforderung:
»Ich habe darüber nachgedacht, und ich werde kommen!«
Hastig überlegte ich, was das bedeuten könnte.
»Das ist ja sehr schön«, antwortete ich, um Zeit zu gewinnen.
»Es ... hm ... es betrifft also ...«
»Schließlich schlägt der Blitz nicht zweimal ein.«
»Äh – sind Sie sicher, daß Sie die richtige Nummer gewählt haben?«
»Aber natürlich! Sie sind doch Mark Easterbrook, oder?«
»Ich hab's!« rief ich mit plötzlicher Erleuchtung. »Mrs. Oliver!«

»Oh«, kam es erstaunt zurück. »Wußten Sie das denn nicht? Es handelt sich um dieses Fest von Rhoda. Ich werde also kommen und meine Bücher signieren, wenn ihr so viel daran liegt.«
»Das ist wirklich riesig nett von Ihnen! Sie werden natürlich die große Attraktion sein.«
»Aber es ist doch keine Gesellschaft, oder?« erkundigte sich Mrs. Oliver mißtrauisch. »Sie wissen, wie das ist. Die Leute kommen und fragen mich aus, was ich gerade schreibe – obwohl sie doch sehen, daß ich gerade Tomatensaft trinke. Und Sie sind sicher, daß man mich nicht etwa zum ›Roten Pferd‹ schleppt und verlangt, daß ich Bier trinke?«
»Zum *roten Pferd*?«
»Nun, meinetwegen auch zum fahlen Pferd. Kneipen meine ich. Dort passe ich einfach nicht hin; ich kann höchstens ein einziges Glas trinken.«
»Wie kommen Sie gerade auf den Namen ›Zum *fahlen* Pferd‹?«
»Es gibt doch dort herum ein Lokal, das so heißt, oder nicht? Kann aber auch sein, daß es ein schwarzes Pferd ist ... oder ganz woanders liegt. Vielleicht habe ich es mir auch bloß eingebildet. Ich bilde mir immer die unmöglichsten Dinge ein.«
»Wie sind Sie mit dem Kakadu weitergekommen?« fragte ich.
»Der Kakadu?« Mrs. Oliver schien absolut nicht zu verstehen.
»Und mit dem Kricketball?«
»Wirklich«, bemerkte Mrs. Oliver empört. »Sie müssen entweder verrückt sein oder einen Kater haben. Rote Pferde und Kakadus und Kricketbälle! Hat man so etwas schon gehört!«
Ich hörte ein Krachen, als sie den Hörer auflegte.
Während ich immer noch über diese zweite Erwähnung eines fahlen Pferdes nachgrübelte, läutete das Telefon wieder.
Diesmal war es Mr. Soames White, der ausgezeichnete Rechtsanwalt meiner verstorbenen Patin, Lady Hesketh-

Dubois. Er erinnerte mich daran, daß mir laut Testament das Recht zustünde, drei Bilder aus dem Nachlaß auszuwählen.
»Die Sachen sind natürlich nicht besonders wertvoll«, erklärte der Anwalt in seinem melancholischen Ton. »Aber ich habe gehört, daß Ihnen einige Bilder der Verstorbenen besonders gut gefielen.«
»Ja, sie besaß ein paar sehr hübsche Aquarelle von indischen Szenen«, gab ich zu. »Ich glaube, Sie haben mir bereits darüber geschrieben – aber ich muß gestehen, daß ich es völlig vergessen hatte.«
»Sehr richtig. Die gerichtliche Bestätigung des Testaments ist jetzt eingetroffen, und die Bevollmächtigten – zu denen ich selbst gehöre – werden einen Totalverkauf aller verbleibenden Effekten organisieren. Es wäre also wünschenswert, wenn Sie sich möglichst bald zum Ellesmere Square aufmachten und ...«
»Ich gehe sofort«, versprach ich.
Es schien ein ausgesprochen schlechter Tag für meine Arbeit zu sein.

10

Ich trug die drei Aquarelle unter dem Arm und hatte eben die Haustür von Ellesmere Square 49 hinter mir geschlossen, als ich fast über jemand stolperte. Ich entschuldigte mich höflich und ging weiter, um nach einem Taxi Ausschau zu halten – doch plötzlich klickte es in meinem Kopf, und ich wandte mich rasch um.
»Hallo – ist das nicht Corrigan?«
»Stimmt, und Sie ... ja, Sie sind Mark Easterbrook!«
Jim Corrigan und ich waren recht gute Freunde gewesen in Oxford, doch seit mindestens fünfzehn Jahren hatten wir uns nicht mehr gesehen.
»Es schien mir doch gleich so, als ob ich Sie kennen müßte, aber im ersten Moment konnte ich Sie nirgends unterbrin-

gen«, lachte Corrigan. »Ich lese gelegentlich Ihre Artikel, und ich muß gestehen, sie gefallen mir.«
»Und was ist aus Ihnen geworden? Haben Sie sich tatsächlich der Forschung verschrieben, wie Sie es im Sinn hatten?«
Corrigan seufzte. »Nein. Die Sache ist zu kostspielig, wenn man auf sich selbst gestellt ist. Man müßte einen interessierten Millionär dafür finden oder sich einem Verband anschließen. Also bin ich Polizeiarzt geworden. Ganz fesselnde Angelegenheit, man sieht da eine Menge Verbrechertypen. Aber ich will Sie nicht mit meinem Beruf langweilen. Kommen Sie lieber mit zu einem kleinen Lunch.«
»Gern – aber Sie wollten doch eigentlich hier hineingehen?« Ich wies auf das Haus hinter uns.
Er zuckte die Achseln. »Unwichtig; ich wäre doch nur ein sehr ungebetener Eindringling gewesen.«
»Es ist kein Mensch dort außer einem Mädchen.«
»Das habe ich mir gedacht. Aber ich wollte versuchen, etwas über die verstorbene Lady Hesketh-Dubois herauszubekommen.«
»Nun, da kann ich Ihnen vielleicht weiterhelfen. Lady Hesketh war meine Patin.«
»Tatsächlich? Das nenne ich aber Glück! Wo wollen wir hingehen? Ich kenne da ein kleines Lokal beim Lowndes Square – nichts Großartiges, aber man bekommt dort eine besonders gute Fischsuppe.«
Wir ließen uns in dem kleinen Restaurant nieder. Ein dampfender Suppentopf wurde von einem blassen Burschen in französischer Fischertracht vor uns hingestellt.
»Wirklich herrlich!« erklärte ich nach dem ersten Löffel. »Nun, Corrigan, was wollen Sie über die alte Dame erfahren? Und nebenbei: weshalb?«
»Das ist eine ziemlich lange Geschichte«, erklärte mein Freund. »Sagen Sie mir erst einmal, wes Geistes Kind die Lady war.«
Ich überlegte.
»Sehr altmodisch – viktorianischer Typ. Sie war die Witwe eines Exgouverneurs von einer unbekannten Insel. Sie war reich und liebte ihre Bequemlichkeit. Im Winter fuhr sie an

die Riviera oder in ähnliche Gegenden. Ihr Haus ist entsetzlich, vollgestopft mit viktorianischen Möbeln und Silberzeug aus jener Zeit. Sie hatte keine Kinder, umgab sich aber dafür mit ein paar guterzogenen Pudeln, die sie heiß und innig liebte. Eigensinnig und unerschütterlich konservativ. Freundlich, aber sehr selbstherrlich; wich nie von ihren Ansichten ab. – Was möchten Sie sonst noch wissen?«

»Darüber bin ich mir eben nicht klar«, seufzte Corrigan. »Ist es möglich, daß sie erpreßt wurde?«

»Erpreßt?« Höchstes Erstaunen lag in meiner Frage. »Das ist bestimmt das letzte, das ich mir denken könnte!«

Nun hörte ich zum erstenmal etwas über den Mord an Pater Gorman und die Begleitumstände.

Ich legte meinen Löffel hin und erkundigte mich: »Haben Sie diese Namenliste?«

»Nicht das Original, aber eine Abschrift davon. Hier ist sie – lesen Sie selbst.«

Damit zog er ein Papier aus der Tasche und schob es mir herüber. Ich studierte die Liste eingehend.

»Parkinson? Ich kenne zwei Parkinsons: Arthur ist bei der Marine; der andere, Henry, steckt in irgendeinem Ministerium. Ormerod – es gibt einen Major Ormerod; er war seinerzeit Rektor, als ich in Sandford zur Schule ging. Harmondsworth? Kenne ich nicht. Tuckerton ... doch nicht etwa Thomasina Tuckerton?«

Corrigan blickte mich neugierig an. »Könnte ohne weiteres möglich sein, denn wir wissen nichts über sie. Wer ist diese Thomasina?«

»Sie ist vor etwa einer Woche gestorben; ich las es in der Zeitung.«

»Dann dürfte das keine große Hilfe sein.«

Ich las weiter. »Shaw – ich kenne einen Zahnarzt, der so heißt; außerdem gibt es den Rechtsanwalt Jerome Shaw. Delafontaine – den Namen hörte ich kürzlich, aber ich kann mich nicht erinnern, in welchem Zusammenhang. Corrigan ...? Sollte sich das auf Sie selbst beziehen, mein Alter?«

»Ich hoffe nicht; denn ich habe das dumpfe Gefühl, daß es Unglück bringt, auf dieser Liste zu stehen.«

»Kann sein. Wie sind Sie übrigens auf den Gedanken gekommen, es handle sich dabei um Erpressung?«
»Das ist die Ansicht von Inspektor Lejeune. Es schien auch das nächstliegende – aber es kann natürlich noch viele andere Möglichkeiten geben. Es könnte eine Zusammenstellung von Rauschgiftschmugglern sein oder von Süchtigen... tatsächlich überhaupt alles mögliche. Eines steht jedenfalls fest: Diese Liste war so wichtig, daß Pater Gorman ihretwegen sterben mußte.«
Neugierig erkundigte ich mich: »Nehmen Sie immer solchen Anteil an der eigentlichen Polizeiarbeit?«
Er schüttelte den Kopf. »Nein, im allgemeinen nicht.«
»Und weshalb verhalten Sie sich in diesem speziellen Fall so ganz anders?«
»Das weiß ich wahrhaftig selbst nicht«, meinte Corrigan. »Vielleicht, weil mein eigener Name dabei ist. Hoch die Corrigans! Ein Corrigan versucht dem anderen beizustehen.«
»Beistehen? Das würde also bedeuten, daß Sie in dieser Aufstellung die Namen von Opfern erblicken... und nicht die von Bösewichtern? Das könnte doch auch sein, nicht wahr?«
»Sie haben vollkommen recht! Es ist absolut lächerlich, in dieser Sache etwas mit Bestimmtheit behaupten zu wollen. Aber ich habe nun einmal das Gefühl, es müßte so sein – vielleicht, weil Pater Gorman damit zu tun hatte. Ich bin ihm zwar selten begegnet, aber er war ein prächtiger Mensch. Jedermann hatte Hochachtung vor ihm, und seine Gemeinde liebte ihn aufrichtig. Ein richtiger Kämpfer vor dem Herrn. Ich werde den Gedanken nicht los, daß es bei dieser Liste um Leben und Tod geht.«
»Hat die Polizei denn noch gar nichts herausbekommen?«
»Sie strengt sich an, aber es geht sehr langsam voran. Hier ein paar Auskünfte und dort ein paar. Jetzt versucht man herauszukriegen, wo die Frau herkam, die ihn an ihr Sterbebett rufen ließ.«
»Wer war denn diese Frau – eine Mrs. Davis, sagten Sie doch?«
»Anscheinend gibt es da nichts Mysteriöses. Sie war Witwe.

Wir dachten zuerst, ihr Mann müsse etwas mit Pferderennen zu tun gehabt haben, aber das scheint nicht der Fall gewesen zu sein. Sie arbeitete für ein kleineres Marktforschungsunternehmen. Dort ist alles klar und einwandfrei. Angesehene Leute, wissen fast nichts über die Frau. Sie stammt aus dem Norden von England – Lancashire. Verblüffend ist eigentlich nur, daß sie so wenig persönliche Sachen besaß.«

Ich meinte achselzuckend: »Das dürfte für viel mehr Menschen zutreffen, als wir uns vorstellen.«

»Da haben Sie auch wieder recht.«

»Sie beschlossen also, der Sache selbst nachzugehen?«

»Ich versuche nur, auf eigene Faust etwas herauszubekommen. Hesketh-Dubois ist ein ungewöhnlicher Name, und ich dachte, dort könnte ich vielleicht etwas erfahren . . .« Er ließ den Satz unvollendet. »Doch das, was ich soeben von Ihnen gehört habe, hilft mir nicht weiter.«

»Auf alle Fälle war meine Patin weder süchtig, noch schmuggelte sie Rauschgift«, versicherte ich. »Auch war sie bestimmt keine Geheimagentin irgendwelcher Art. Ihr Leben verlief viel zu langweilig, als daß man sie hätte erpressen können. Ich kann mir absolut nicht vorstellen, was eine Liste bedeuten könnte, auf der ihr Name steht. Ihr Schmuck war auf der Bank deponiert, so daß sie also auch kein passendes Objekt für einen Diebstahl sein konnte.«

»Gibt es noch andere Hesketh-Dubois? Söhne vielleicht?«

»Ich sagte schon, sie hatte keine Kinder. Sie hatte wohl einen Neffen und eine Nichte, aber die tragen nicht den gleichen Namen. Ihr Mann war einziges Kind.«

Corrigan dankte mir und versicherte, ich habe ihm sehr geholfen. Er blickte auf seine Uhr und bemerkte vergnügt, er müsse jetzt gehen, um jemandem den Bauch aufzuschlitzen. Damit trennten wir uns.

Nachdenklich ging ich nach Hause. Es war mir aber unmöglich, mich auf meine Arbeit zu konzentrieren, und schließlich rief ich, einem plötzlichen Impuls folgend, David Ardingly an.

»David? Hier ist Mark. Ich möchte Sie um eine kleine Aus-

kunft bitten. Wie heißt diese Poppy, die gestern abend mit Ihnen war, mit vollem Namen?«
»Wollen Sie mir das Mädchen ausspannen?« David amüsierte sich bei diesem Gedanken, und ich ging darauf ein.
»Ach, Ihre Auswahl an jungen Freundinnen ist so groß, daß Sie ruhig auf eine verzichten können, mein Lieber!«
»Aber Sie haben doch selbst schon schwer zu tragen ... ich dachte immer, die Sache mit Hermia sei ernsthaft.«
Ernsthaft – wie genau dieses Wort mein Verhältnis zu Hermia charakterisierte! Merkwürdig, daß mir das noch nie aufgefallen war. Bisher war es mir immer als selbstverständlich erschienen, daß Hermia und ich eines Tages heiraten würden. Ich mochte sie recht gern, und wir hatten so viel Gemeinsames ...
Aus einem unerklärlichen Grund mußte ich plötzlich laut gähnen, als ich mir die Zukunft vorstellte. Hermia und ich würden uns ernsthafte Vorstellungen im Theater ansehen – wir würden über Kunst, über Musik sprechen ... Kein Zweifel, Hermia war eine ideale Gefährtin dafür.
»Aber nicht viel Vergnügen dabei!« sagte mir eine innere Stimme. Ich war entsetzt über mich.
»Hallo, schlafen Sie eigentlich?« rief David.
»Nicht im geringsten«, gab ich zurück. »Um die Wahrheit zu sagen: Ich fand Ihre Freundin Poppy sehr erfrischend.«
»Stimmt! Aber sie darf nur in kleinen Dosen genossen werden, sonst ... na ja. Ihr richtiger Name ist Pamela Stirling, und sie arbeitet in einem jener höchst feudalen Blumengeschäfte in Mayfair. Sie kennen die Sorte: drei tote Zweige, eine Tulpe mit zurückgeschlagenen Blütenblättern und ein geflecktes Lorbeerblatt. Kostenpunkt: drei Pfund.«
Er gab mir die Adresse des Geschäftes.
»Führen Sie Poppy aus, und amüsieren Sie sich gut dabei«, meinte er betont onkelhaft. »Sie ist die richtige Erholung nach des Tages Müh'und Plage. Das Mädchen weiß nichts, kennt nichts; eine vollkommen hohle Nuß. Sie wird alles glauben, was Sie ihr erzählen. Nebenbei: Sie ist sehr tugendhaft, also wiegen Sie sich nicht in falschen Hoffnungen!«
Er lachte und legte den Hörer auf.

11

Etwas beklommen öffnete ich die Tür zu dem großen Blumengeschäft. Der durchdringende Gardenienduft nahm mir fast den Atem. Die Verkäuferinnen in ihren hellgrünen Kitteln verwirrten mich, denn sie sahen alle aus wie Poppy.
Doch endlich entdeckte ich sie; sie war eben dabei, eine Adresse zu notieren, und ließ sich vom Kunden die Straße buchstabieren. Es schien ein schwieriges Geschäft für sie zu sein. Dann hatte sie noch einige Mühe, das Wechselgeld auf fünf Pfund richtig herauszugeben. Als sie schließlich frei war, trat ich auf sie zu.
»Sie erinnern sich an mich? Wir haben uns im ›Fantasia‹ getroffen – mit David Ardingly«, begann ich.
»O ja«, gab sie zurück, doch ihre Augen glitten unsicher über mein Gesicht.
»Ich wollte Sie etwas fragen ...« Plötzlich fühlte ich Zweifel in mir aufsteigen. »Aber vielleicht wäre es besser, wenn ich ein paar Blumen kaufte?«
Wie ein Automat, bei dem man auf den richtigen Knopf gedrückt hatte, sagte sie sofort:
»Wir haben sehr schöne Rosen, heute frisch bekommen.«
Überall standen Rosen herum. »Vielleicht von diesen gelben? Wie teuer sind sie?«
»Sie sind wirklich sehr preiswert – nur fünf Shilling das Stück.«
Ich schluckte, doch dann verlangte ich sechs Stück.
»Und vielleicht ein paar von diesen sehr, sehr hübschen Blättern dazu?« schlug sie vor.
Ich schaute mir zweifelnd die sehr, sehr hübschen Blätter an, die bereits am Verwelken waren. Statt ihrer wählte ich einige Asparaguszweige, was mich sofort in Poppys Achtung sinken ließ.
»Ja, ich wollte Sie etwas fragen«, kam ich auf mein Anliegen zurück, während sie reichlich ungeschickt die Zweige und Rosen arrangierte. »Gestern abend sagten Sie doch etwas von einem ›fahlen Pferd‹ ...«

Entsetzt fuhr sie zurück und ließ die Zweige samt den Rosen zu Boden fallen.
»Können Sie mir etwas mehr darüber sagen?«
Poppy faßte sich wieder. »Wie meinten Sie?« fragte sie.
»Ich habe mich nach dem ›fahlen Pferd‹ erkundigt.«
»Ein fahles Pferd?« fragte Poppy unschuldsvoll und schüttelte den Kopf. »Davon habe ich nie etwas gehört.«
»Doch. Jemand erzählte Ihnen davon; wer war es?«
Poppy holte tief Atem und sprach überstürzt: »Ich habe nicht die leiseste Ahnung, was Sie meinen. Und wir dürfen uns nicht mit den Kunden unterhalten . . .« Rasch hob sie meine Rosen auf und schlug sie flüchtig in ein Papier.
»Das macht fünfunddreißig Shilling, bitte.«
Ich gab ihr zwei Pfundnoten. Sie schob mir sechs Shilling in die Hand und wandte sich eifrig einem anderen Kunden zu.
Aber ich hatte bemerkt, daß ihre Hände zitterten.
Langsam ging ich hinaus. Erst später kam mir zum Bewußtsein, daß sie mir zuviel Geld herausgegeben hatte. Ich sah wieder das hübsche, leere Puppengesicht vor mir und die großen blauen Augen. Aber diese blauen Augen hatten mir etwas gezeigt . . .
Angst, sagte ich mir. Sie hat tödliche Angst – aber vor was? Und weshalb?

12

»Welche Erlösung!« seufzte Mrs. Oliver. »Zu denken, daß alles vorbei . . . und nichts geschehen ist.«
Wir fühlten uns wirklich alle erleichtert. Rhodas Fest war vorübergegangen wie alle derartigen Festlichkeiten: große Angst und Sorge wegen des Wetters, das sich am Vormittag sehr launisch gezeigt hatte – lange Überlegungen, ob man Stühle im Freien aufstellen oder alles in der großen Scheune und das Hauptzelt verlegen sollte – leidenschaft-

liche Diskussionen über den Tee-Ausschank und die einzelnen Vorführungen – periodische Ausbrüche von Rhodas prächtigen, aber ungezogenen Hunden, die eigentlich im Haus eingesperrt bleiben sollten, weil man nicht wußte, wie sie sich den Gästen gegenüber benehmen würden.

Schließlich war es Abend geworden. Die ländlichen Tänze in der Scheune hatten noch kein Ende gefunden. Ein großes Feuerwerk stand auf dem Programm, doch die geplagten Veranstalter hatten sich ins Haus zurückgezogen und erholten sich bei einem kalten Essen in der Küche. Jeder schwatzte drauflos und kümmerte sich wenig darum, was der andere sagte. Es war alles sehr gemütlich und ungezwungen. Die endlich erlösten Hunde zerknackten Knochen unter dem Tisch.

Die Gesellschaft bestand aus meiner Kusine Rhoda und ihrem Mann, Colonel Despard, Miss Macalister, der schottischen Erzieherin der Kinder, ferner einer jungen rothaarigen Dame, die sehr passend als Ginger angeredet wurde, aus Mrs. Oliver und Rev. Caleb Dane Calthrop mit Frau. Der Reverend war ein reizender älterer Gelehrter, der zu jeder Bemerkung eine Analogie bei den Griechen und Römern fand. Aber er erwartete nie, daß man darauf einging.

»Wie Horaz sagt . . .«, bemerkte er und blickte wohlwollend in die Runde.

Die übliche Pause entstand, und dann meinte Ginger nachdenklich: »Ich bin überzeugt, Mrs. Horsefall hat beim Auslosen des Champagners geschummelt. Ihr Neffe hat ihn gewonnen.«

Mrs. Dane Calthrop, eine verwirrende Frau mit klaren Augen, sah Mrs. Oliver durchdringend an. Ganz unerwartet fragte sie:

»Sie befürchten, daß auf diesem Fest etwas geschehen würde – was?«

»Nun, irgendein Mord oder dergleichen.«

Mrs. Calthrop schien sehr interessiert.

»Weshalb gerade ein Mord?«

»Das weiß ich wirklich nicht – aber beim letzten Fest, an dem ich teilnahm, passierte das.«
»Ich verstehe. Und das hat Sie natürlich außer Fassung gebracht?«
»Ganz entschieden!«
Der Reverend ging von Latein zu Griechisch über.
Nach einer Pause äußerte Miss Macalister gewisse Zweifel über die korrekte Durchführung der Verlosung einer lebendigen Gans.
»Es war sehr nett von dem alten Lugg von ›King's Arms‹, uns zwölf Dutzend Flaschen Bier zu spenden«, erklärte Colonel Despard.
»King's Arms?« fragte ich scharf.
»Das bekannteste Lokal hier herum, mein Lieber«, gab Rhoda Auskunft.
»Gibt es nicht noch ein anderes – Das fahle Pferd, wenn ich mich recht erinnere?«
Hier löste das Wort keine Aufregung aus, wie ich fast erwartet hatte. Die Gesichter wandten sich mir gleichgültig lächelnd zu.
»Das fahle Pferd ist kein Lokal, Mark«, ließ Rhoda sich wieder vernehmen. »Wenigstens nicht *mehr.*«
»Es *war* einmal eine alte Wirtschaft«, mischte Despard sich ein. »Dürfte bereits aus dem 16. Jahrhundert stammen. Aber jetzt ist es ein gewöhnliches Wohnhaus. Nach meinem Empfinden hätte man den Namen ändern sollen.«
»O nein!« rief Ginger aus. »Es wäre doch langweilig gewesen, es ›Zur schönen Aussicht‹ oder ›Am Wegrand‹ zu taufen. Ich finde ›Das fahle Pferd‹ viel origineller, und außerdem gab es doch so ein schönes Schild dafür. Es hängt jetzt eingerahmt in der Halle.«
»Wem gehört das Haus?« erkundigte ich mich.
»Thyrza Grey«, gab Rhoda Auskunft. »Du hast sie heute beim Fest gesehen – die große Frau mit kurzem, grauem Haar.«
»Glaubt fest an Okkultismus«, lächelte Despard. »Trance, Spiritismus, Magie – nicht direkt Schwarze Messe, aber all dieses andere Zeug.«

Ginger brach plötzlich in Lachen aus.
»Tut mir leid«, entschuldigte sie sich. »Aber ich stelle mir soeben Miss Grey als königliche Mätresse – als Madame de Montespan zum Beispiel – auf einem schwarzen Samtaltar vor.«
»Ginger!« rief Rhoda. »Solche Dinge dürfen Sie doch nicht vor unserem Reverend sagen.«
»Entschuldigen Sie, Mr. Dane Calthrop.«
»Das macht gar nichts«, lächelte der Reverend. »Die alten Sophisten würden sagen . . .« Und die Fortsetzung folgte auf griechisch.
Nach einer respektvollen Pause wagte ich erneut einen Vorstoß. »Rhoda, du hast mir immer noch nicht gesagt, wer jetzt in diesem ›Fahlen Pferd‹ wohnt. Doch sicher nicht Miss Grey allein?«
»Oh, nur noch eine Freundin von ihr, Sybil Stamfordis. Sie spielt das Medium, soviel ich weiß. Du hast sie sicher gesehen – trägt immer eine Menge Perlenschnüre und Skarabäen. Manchmal erscheint sie auch im Sari. Ich kann mir zwar nicht vorstellen, weshalb, denn sie ist nie in Indien gewesen.«
»Und dann ist da auch noch Bella«, fügte Mrs. Calthrop hinzu. »Sie ist Köchin – und außerdem eine Hexe. Sie stammt aus dem Dorf Little Dunning. Dort war sie sehr bekannt für ihre Kunststücke; es liegt in ihrer Familie: Auch ihre Mutter war eine Hexe.«
Sie sprach, als ob es sich um selbstverständliche, alltägliche Tatsachen handelte.
»Das klingt ja so, als glaubten Sie selbst an Hexerei, Mrs. Dane Calthrop«, meinte ich erstaunt.
»Aber natürlich tue ich das! Darin liegt gar nichts Geheimnisvolles oder Mysteriöses. Das sind einfach Tatsachen. Eine bloße Familieneigentümlichkeit, die weitervererbt wird. Den Kindern im Dorf befiehlt man, ihre Katze nicht zu ärgern, und von Zeit zu Zeit bringt man ihr einen Laib Käse oder selbstgemachte Marmelade.«
Ich sah sie zweifelnd an, doch sie schien es ganz ernst zu meinen.

»Sybil trat heute als Wahrsagerin auf«, erklärte Rhoda. »Sie war im grünen Zelt. Ich glaube, diese Kunst versteht sie.«
»Oh, mir hat sie lauter schöne Dinge geweissagt«, lachte Ginger. »Viel Geld ... ein dunkler Fremdling aus Übersee ... zwei Gatten und sechs Kinder. Wirklich sehr großzügig!«
»Ich sah das Curtiss-Mädchen kichernd aus dem Zelt kommen«, bemerkte Rhoda. »Und nachher war sie sehr schnippisch zu ihrem Freund. Er brauche sich nicht einzubilden, er sei der einzige, den sie haben könnte.«
»Armer Tom«, meinte ihr Mann. »Hat er das auf sich sitzenlassen?«
»Keine Spur! ›Ich will dir lieber nicht erzählen, was sie *mir* versprochen hat‹, gab er zurück. ›Das würde dir vielleicht gar nicht gefallen, meine Liebe.‹«
»Gut! Er weiß sich zu wehren.«
»Die alte Mrs. Parker war recht zornig«, lachte Ginger. »›Das ist alles Unsinn!‹ erklärte sie. ›Glaubt doch kein Wort davon, ihr beide.‹ Aber da fuhr Mrs. Cripps auf und rief: ›Lizzie, du weißt so gut wie ich, daß Miss Stamfordis Dinge sieht, die anderen verborgen bleiben. Und Miss Grey weiß auf den Tag genau, wenn jemand sterben muß. Nie irrt sie sich. Manchmal bekomme ich direkt Angst.‹ Darauf gab Mrs. Parker zurück: ›Oh, Tod ist etwas ganz anderes. Das ist eine Gabe, die jemand besitzen kann‹, und Mrs. Cripps schloß das Gespräch: ›Jedenfalls möchte ich um alles in der Welt keine von diesen drei Frauen kränken oder ärgern!‹«
»Das klingt alles sehr aufregend«, meinte Mrs. Oliver nachdenklich. »Ich möchte diese Frauen gern kennenlernen.«
»Wir fahren morgen mit Ihnen hinüber«, versprach Colonel Despard. »Das alte Wirtshaus ist wirklich sehenswert. Und sie haben es fertiggebracht, es behaglich einzurichten, ohne seinen Charakter zu verderben.«
»Ich werde Thyrza morgen früh anrufen«, stimmte Rhoda zu. Ich muß gestehen, daß ich etwas verwirrt zu Bett ging.
Das fahle Pferd, das in meinen Gedanken wie etwas Düsteres, aber Unwirkliches herumgespukt hatte, erwies sich auf einmal als Tatsache.

Immerhin bestand die Möglichkeit, daß es anderswo noch ein zweites Fahles Pferd gab...
Ich dachte drüber nach, bis ich einschlief.

13

Am nächsten Tag gingen alle zum Gottesdienst und lauschten den wohlgewählten Worten von Mr. Dane Calthrop, der sich einen Text aus Jesaia ausgesucht hatte, der weniger mit Religion als mit persischer Geschichte zu tun hatte.
»Wir werden bei Mr. Venables essen«, erklärte Rhoda später. »Er wird dir bestimmt gefallen, Mark – ein sehr interessanter Mann, ist überall in der Welt herumgekommen und hat alles mögliche unternommen. Über die ausgefallensten Dinge weiß er Bescheid. Vor drei Jahren hat er Prior's Court gekauft und sich hier niedergelassen. Und was er aus dem Haus gemacht hat, muß ihn ein Vermögen gekostet haben. Er hat in späten Jahren noch die Kinderlähmung bekommen und ist daher an seinen Rollstuhl gefesselt. Das muß gräßlich für den Armen sein, wo er vorher doch so viele große Reisen unternommen hat. Natürlich kann er im Geld wühlen und – wie ich schon sagte – hat das Haus wundervoll restauriert. Vorher war es fast eine Ruine. Jetzt sind alle Räume voll der herrlichsten Dinge.«
Prior's Court lag nur ein paar Meilen von Rhodas Haus entfernt. Unser Gastgeber kam uns in der Halle im Rollstuhl entgegen.
»Sehr nett von Ihnen allen, zu kommen! Der gestrige Tag muß Sie völlig erschöpft haben. Aber das Ganze war doch ein voller Erfolg für Sie, Rhoda!«
Mr. Venables war ein Mann von etwa fünfzig Jahren mit einem mageren Eulengesicht und großer Hakennase. Er trug einen altmodischen steifen Kragen mit umgeschlagenen Ekken.
Rhoda übernahm die Vorstellung.
Venables lächelte Mrs. Oliver freundlich an. »Ich habe die

Dame gestern in ihrer beruflichen Eigenschaft gesehen. Sechs Bücher mit Unterschrift habe ich erstanden – das sind sechs ausgezeichnete Weihnachtsgeschenke. Sie schreiben hervorragend, Mrs. Oliver, bringen Sie nur bald wieder etwas Neues heraus! Man kann nie genug davon bekommen.« Er schmunzelte, als er Ginger ansah. »Sie hätten mir gestern beinahe eine lebende Gans aufgehalst, junge Dame!« Dann wandte er sich an mich. »Ich habe Ihren Artikel gelesen, der letzten Monat in der *Review* erschien; hat mir sehr gut gefallen!«

»Es war wirklich zu liebenswürdig von Ihnen, sich zu unserem Fest zu bemühen, Mr. Venables«, erklärte Rhoda. »Nachdem Sie uns bereits einen so großzügigen Scheck für die Restaurierung des Kirchturms gesandt hatten, erwartete ich nicht, daß Sie noch persönlich kommen würden.«

»Oh, ich liebe solche Wohltätigkeitsveranstaltungen, sie gehören zum englischen Landleben. Ich kam heim mit einer schrecklichen Stoffpuppe im Arm ... und den schönsten Prophezeiungen von unserer Sibylle, die in glanzvoller Aufmachung erschienen war, mit einem Turban aus Flittergold und ungefähr einer Tonne von falschem Perlenkram behängt.«

»Ach, die gute alte Sybil«, meinte Colonel Despard. »Wir gehen heute nachmittag zu ihr und Thyrza zum Tee – wollen unseren Gästen das Haus zeigen.«

»Das fahle Pferd? Mir tut es nur leid, daß es kein Wirtshaus mehr ist. Ich habe immer das Gefühl, dieser alte Bau müsse eine geheimnisvolle und verworrene Vergangenheit haben. Es kann sich dabei nicht um Schmuggel handeln, dazu sind wir viel zu weit vom Meer entfernt. Vielleicht ein Versteck für Räuber und Plünderer? Oder es stiegen reiche Reisende dort ab – und wurden nie mehr gesehen. Jedenfalls scheint es mir einfach ungerecht, daß es jetzt nur noch das höchst respektable Heim für drei alte Jungfern sein soll.«

»Oh, dafür halte ich sie niemals!« rief Rhoda impulsiv. »Vielleicht Sybil Stamfordis, mit ihren Saris und Skarabäen, die immer eine Aura um die Köpfe der Menschen sieht – sie ist tatsächlich reichlich komisch. Aber Thyrza hat direkt et-

was Ehrfurchteinflößendes an sich, finden Sie das nicht auch? Man hat immer das Gefühl, sie könne unsere innersten Gedanken lesen. Sie sagt nie, daß sie das Zweite Gesicht besäße – doch jeder weiß es.«
»Und die gute Bella ist keineswegs eine alte Jungfer – sie hat immerhin zwei Ehemänner unter die Erde gebracht«, fügte Colonel Despard hinzu.
»Oh, da muß ich ja vielmals um Entschuldigung bitten!« lachte Mr. Venables.
»Und wenn man den Nachbarn glaubt, waren die äußeren Umstände der beiden Todesfälle sehr düster«, fuhr Despard fort. »Man behauptet, sie sei ihrer Männer überdrüssig geworden – ein einziger Blick von ihr habe genügt, daraufhin seien sie krank geworden und gestorben.«
»Ach ja, ich vergaß: Sie soll ja die Ortshexe sein, nicht wahr?«
»So sagt wenigstens Mrs. Calthrop.«
»Eine interessante Sache, dieser Hexenglaube«, meinte Mr. Venables gedankenvoll. »Überall auf der Welt findet man ihn, in den verschiedensten Variationen. Ich erinnere mich, als ich in Afrika war . . .«
Er plauderte leicht und unterhaltsam über das Thema, erzählte von Medizinmännern in Afrika, von einem wenig bekannten Hexenkult auf Borneo. Zum Schluß versprach er, uns nach dem Essen ein paar westafrikanische Zaubermasken zu zeigen.
»In diesem Hause findet man auch wirklich alles«, erklärte Rhoda lachend.
»Je nun . . .« Mr. Venables zuckte die Achseln, »wenn man nicht zu den Dingen hingehen kann, dann müssen die Dinge eben zu einem kommen.«
Für einen kurzen Augenblick klang tiefe Bitterkeit aus seiner Stimme, und er warf einen flüchtigen Blick auf seine gelähmten Beine.
»Weshalb aber hier?« fragte Mrs. Oliver.
Venables schaute die Fragerin an. »Wie meinen Sie das?«
»Weshalb haben Sie sich gerade hier niedergelassen, so fern von allem, was in der Welt vor sich geht? Vielleicht, weil Sie hier Freunde haben?«

»Ganz im Gegenteil! Ich zog hierher, weil ich hier *keine* Freunde besitze.«
Ein schmales, spöttisches Lächeln kräuselte seine Lippen.
Wie tief hat wohl die Krankheit diesen Mann getroffen? fragte ich mich. War er verbittert über seine Unfähigkeit, die Welt weiter zu durchstreifen – oder war es ihm gelungen, sich mit den Tatsachen abzufinden, wie es nur wahrhaft große Geister können?
Als ob Venables meine Gedanken gelesen hätte, fuhr er, zu mir gewandt, fort: »In Ihrem Artikel warfen Sie die Frage auf, was ›Größe‹ bedeutet; Sie verglichen die verschiedenen Auffassungen, die man im Westen und im Osten von diesem Begriff hat. Aber was verstehen wir im allgemeinen hier, in England, darunter, wenn man sagt: ›ein großer Mann‹?«
Er sah mich an; seine Augen funkelten und glitzerten.
»Gibt es nicht auch schlechte Menschen, die man als ›groß‹ bezeichnen kann?« erkundigte er sich ruhig.
»Man kann das Schlechte nicht einfach negieren, wie es heutzutage Mode ist, es gibt Schlechtigkeit – und Schlechtigkeit ist mächtig. Oft mächtiger als das Gute. Sie besteht; man muß sie nur erkennen ... und bekämpfen. Sonst ...«, er spreizte die Finger, »sonst gehen wir in der Dunkelheit unter ...«

14

Es war schon vier Uhr, als wir Prior's Court verließen. Nach dem Essen hatte uns Venables im Haus herumgeführt; es machte ihm offenbar Freude, uns seine Schätze zu zeigen.
»Er muß wirklich in Geld schwimmen«, bemerkte ich, als wir abfuhren. »All diese Jadefiguren und afrikanischen Skulpturen ... gar nicht zu reden von seinem herrlichen Meißner und Sèvres-Porzellan. Ihr beide habt Glück, einen solchen Nachbarn zu besitzen. Direkt beneidenswert!«
»Als ob wir das nicht wüßten!« rief Rhoda. »Die meisten

Leute hier herum sind ja recht nett, aber sie gehören nun mal zu der langweiligen Sorte. Mr. Venables dagegen ist die reinste Erholung. Er ist klug, belesen, unterhaltsam ... wirklich alles, was man sich nur wünschen kann.«
»Wie ist er zu seinem Geld gekommen?« wollte Mrs. Oliver wissen. »Hat er es geerbt?«
Despard erwiderte trocken, heutzutage könne kein Mensch mehr mit einer großen Erbschaft angeben; dafür hätten Steuern und Abgaben gründlich gesorgt.
»Irgend jemand erzählte mir, er habe als Hafenarbeiter begonnen«, fuhr er fort. »Aber das erscheint mir unglaubwürdig. Er spricht nie über seine Kindheit oder seine Familie.« Lächelnd wandte er sich an Mrs. Oliver. »Der richtige ›geheimnisvolle Mann‹ für Sie.«

Das fahle Pferd erwies sich als ein altes Fachwerkhaus, das etwas von der Dorfstraße zurückgesetzt war. Dahinter erstreckte sich ein großer, eingezäunter Garten, der das Haus besonders behaglich erscheinen ließ.
Ich war enttäuscht und sagte dies auch.
»Längst nicht unheimlich genug«, beklagte ich mich. »Keine Spur einer düsteren oder verbrecherischen Atmosphäre.«
»Warten Sie, bis Sie im Haus sind«, tröstete Ginger.
Miss Thyrza Grey empfing uns auf der Schwelle – eine große, fast männliche Gestalt in einem strenggeschnittenen Tweedkostüm. Dichtes graues Haar bauschte sich über einer hohen Stirn, die Nase sprang scharf vor, und ihre Augen waren von einem durchdringenden Blau.
»Da sind Sie also endlich«, begrüßte sie uns herzlich mit einer ausgeprägten Baßstimme. »Ich dachte schon, Sie hätten sich verlaufen.«
Über ihre Schulter hinweg entdeckte ich im Schatten der düsteren Halle ein zweites, neugieriges Gesicht. Es schien seltsam flach und ausdruckslos, als ob ein Kind versucht hätte, es aus Plastilin zu formen.
Rhoda stellte uns vor und sagte, wir hätten bei Mr. Venables in Prior's Court gegessen.

»Ah, das erklärt alles!« meinte Miss Grey. »Die Fleischtöpfe Ägyptens! Mr. Venables hat einen erstklassigen italienischen Koch. Und dann all die Schätze in seinem Haus! Nun, Mr. Venables braucht entschieden etwas Aufheiterung, der Ärmste! Aber kommen Sie doch herein, bitte; auch wir sind ein wenig stolz auf unser kleines Haus. 15. Jahrhundert – ein Teil davon sogar 14.«
Die Halle war niedrig und dunkel; eine geschwungene Treppe führte ins obere Stockwerk. An der einen Wand befand sich ein riesiger Kamin, über dem ein gerahmtes Bild hing.
»Das alte Wirtshausschild«, bemerkte Miss Grey, als sie meinen Blick sah. »Bei diesem Licht kann man allerdings nicht viel erkennen, aber es ist wirklich Das fahle Pferd.«
»Ich würde es gern einmal für Sie auffrischen«, fiel Ginger lebhaft ein, »ich sagte es Ihnen bereits. Überlassen Sie es mir nur für eine kurze Zeit, und Sie werden bestimmt eine Überraschung erleben.«
»Ich gestehe, daß ich da etwas mißtrauisch bin«, erklärte Thyrza Grey offen. »Wenn Sie es nun verderben?«
»Wie kommen Sie denn darauf!« rief Ginger ärgerlich. »Schließlich ist das ja mein Beruf!«
Zu mir gewandt fügte sie hinzu: »Ich arbeite für die Londoner Galerien – eine Arbeit, die mir viel Freude macht.«
»Man muß sich an diese Mode der Restaurierung alter Gemälde erst gewöhnen«, verteidigte sich Miss Grey. »Mir stockt jedesmal der Atem, wenn ich jetzt in die National Gallery gehe. Alle alten Gemälde sehen aus, als ob man sie vor kurzem in ein scharfes Reinigungsbad getaucht hätte.«
»Sie können doch gewiß nicht wünschen, daß man sie so dunkelbraun läßt! Man konnte ja oft kaum mehr erkennen, was sie darstellen«, protestierte Ginger. Mit schrägem Blick sah sie das Wirtshausschild an. »Auch da käme vielleicht manches zum Vorschein. Möglicherweise trägt das Pferd sogar einen Reiter.«
Ich trat näher, um das Bild ebenfalls genauer zu betrachten. Es war eine grobe Malerei ohne besonderen Wert als den höchst zweifelhaften von Alter und Schmutz. Die Figur

eines grauen Hengstes hob sich von dem dunklen, undeutlichen Hintergrund ab.
»Hallo, Sybil!« rief Thyrza. »Die Besucher nörgeln an unserem Pferd herum.«
Miss Sybil Stamfordis war aus einem der Zimmer gekommen und näherte sich uns.
Sie war eine große, hagere Frau mit dunklem, ziemlich fettigem Haar und einem gezierten Lächeln auf den halboffenen Lippen. Der leuchtendsmaragdgrüne Sari, den sie um sich geschlungen hatte, trug nicht zur Erhöhung ihrer Erscheinung bei. Ihre Stimme war schwach und flattrig.
»Ach, unser liebes, liebes Pferd«, säuselte sie. »Wir haben uns auf den ersten Blick in dieses alte Schild verliebt. Ich glaube wirklich, das war mit ein Grund, weshalb wir das Haus kauften, nicht wahr, Thyrza? Aber treten Sie doch bitte näher.«
Der Raum, in den sie uns führte, war klein und quadratisch. Wahrscheinlich war er früher die Wirtsstube gewesen. Jetzt standen Chinte- und Chippendalemöbel darin und gaben dem Ganzen den Anstrich eines ländlichen Salons. In großen Schalen leuchteten prächtige Chrysanthemen.
Dann wurden wir in den Garten geführt, der im Sommer gewiß einen entzückenden Anblick bot. Als wir wieder zurückkehrten, war bereits der Teetisch gedeckt. Sandwichs und selbstgebackene Kuchen lagen auf silbernen Tabletts. Sobald wir uns gesetzt hatten, kam die alte Frau herein, deren Gesicht ich einen Augenblick in der Halle gesehen hatte. Sie trug einen dunkelgrünen Kittel und hielt in der Hand eine große silberne Teekanne. Bei näherer Betrachtung verlor sich der Eindruck, das Gesicht sei von einem Kind aus Knetmasse geformt worden. Doch war es ein geistloses, plumpes Gesicht, und ich konnte nicht mehr verstehen, weshalb es mir vorhin unheimlich erschienen war.
Plötzlich wurde ich ärgerlich auf mich selbst. All dieses Geschwätz über ein umgebautes Wirtshaus und drei alte Schachteln!

»Danke, Bella«, sagte Miss Grey höflich.
»Haben Sie alles, was Sie brauchen?« Die Worte waren nur gemurmelt.
»Ja.«
Bella wandte sich zur Tür. Sie hatte bisher niemanden angesehen, doch ehe sie hinausging, hob sie die Augen und warf mir einen schnellen Blick zu. Irgend etwas lag in diesem Blick, was mich zusammenzucken ließ, obwohl ich nicht hätte genauer beschreiben können, was es war. Es lag Bosheit darin und gleichzeitig ein eigenartiges Wissen. Ich fühlte deutlich, daß diese Frau meine innersten Gedanken gelesen hatte.
Thyrza Grey hatte meine Verwirrung bemerkt. »Bella kann einen Menschen schon aus der Fassung bringen, nicht wahr, Mr. Easterbrook?« lächelte sie gewinnend. »Ich habe bemerkt, wie sie Sie anschaute.«
»Sie stammt aus dieser Gegend, wie ich höre?« Ich bemühte mich, nur höflich interessiert zu scheinen.
»Ja – und bestimmt hat Ihnen auch jemand erzählt, sie sei die Hexe des Orts.«
Sybil Stamfordis klapperte mit ihren Perlenschnüren.
»Gestehen Sie es nur, Mr ... Mr ...«
»Easterbrook.«
»Danke, Mr. Easterbrook. Ich bin sicher, man hat Ihnen gesagt, wir alle betreiben Hexerei. Geben Sie es ruhig zu! Wir sind direkt berühmt dafür.«
»Und wohl nicht ganz unverdientermaßen«, behauptete Thyrza belustigt. »Unsere gute Sybil besitzt besondere Gaben.«
Sybil seufzte glücklich.
»Schon als Kind erkannte ich, daß seltsame Kräfte in mir steckten. Einmal brach ich ohnmächtig zusammen, als ich bei einer Freundin zum Tee eingeladen war. Etwas Gräßliches mußte in diesem Zimmer geschehen sein, ich wußte es! Viel später erst erhielt ich die Erklärung: Vor fünfundzwanzig Jahren war dort ein Mord verübt worden!«
Sie nickte und schaute uns der Reihe nach höchst befriedigt an.

»Erstaunlich!« bemerkte Colonel Despard höflich.
»Auch in *diesem* Haus sind düstere Dinge geschehen«, erklärte Sybil dumpf. »Aber wir haben alles Notwendige getan. Die erdgebundenen Geister sind frei geworden.«
»Eine Art spiritistischer Frühjahrsputz?« schlug ich vor.
Sybil sah mich finster an.
Rhoda versuchte einzulenken. »Sie tragen da einen wunderschönen Sari!«
Miss Stamfordis' Gesicht entwölkte sich.
»Ja, nicht wahr? Ich bekam ihn in Indien. Oh, ich verbrachte dort eine sehr interessante Zeit! Ich bin auch eine der wenigen Frauen, die bis ins Innere von Haiti vorgedrungen sind. Dort findet man noch die ursprünglichen Quellen des Okkultismus, obwohl es natürlich schon selbst da zu einer gewissen Entartung und Verzerrung gekommen ist. Doch die echten Wurzeln sind noch vorhanden ...«
Meine Gedanken begannen zu wandern. Ich hörte nur noch vereinzelte Worte, als Sybil nun fortfuhr, mit ihrem Wissen über Hexenkulte und Zauberei zu prahlen.
Nach einer Weile spürte ich, daß mich jemand ansah, und als ich mich umwandte, sah ich Thyrza Greys Augen fest auf mich gerichtet.
»Sie glauben nichts von alledem?« murmelte sie. »Aber das ist verkehrt. Sie können nicht einfach alles als Aberglaube abtun, als Angst oder religiöse Bigotterie. Es gibt tatsächlich elementare Wahrheiten und elementare Kräfte; seit die Erde besteht, hat es sie gegeben ... und es wird sie immer geben.«
»Ich glaube, wir sollten darüber nicht streiten«, sagte ich.
»Ein kluger Mann! Kommen Sie mit, schauen Sie sich meine Bibliothek an.«
Ich folgte ihr durch die Balkontür in den Garten und an der Seitenmauer des Hauses entlang.
»Wir haben die alten Ställe dafür ausgebaut«, erklärte meine Begleiterin.
Die Ställe und Scheunen waren zu einem einzigen langen Raum vereinigt worden. Die eine Längswand war voller Bücherborde. Ich ging hinüber, betrachtete sie und rief dann erstaunt:

»Sie besitzen ja ganz seltene Ausgaben, Miss Grey! Kostbare, einmalige Werke! Ist dies hier ein Original des *Malleus Maleficorum?*«
»O ja!«
Ich nahm Buch um Buch aus den Regalen. Thyrza sah mir zu – mit einem Ausdruck stiller Befriedigung auf dem Gesicht, den ich nicht recht deuten konnte.
Ich stellte eben den *Sadducismus Triumphatus* zurück, als Thyrza bemerkte:
»Es freut mich, einmal einem Menschen zu begegnen, der Verständnis für diese Schätze hat. Die meisten gähnen und langweilen sich dabei.«
»Es kann nicht viel über Hexenkult, Zauberei und all diese okkulten Dinge geben, was Sie nicht wissen, Miss Grey. Was erweckte wohl zuerst Ihr Interesse an diesem Spezialgebiet?«
»Das ist schwer zu sagen; es liegt schon so lange zurück. Man liest eher gleichgültig etwas über ein Thema – und plötzlich wird man davon gepackt. Das Studium des Okkultismus ist faszinierend. Alle diese seltsamen Dinge, an die die Menschen glaubten – und all der Blödsinn, den sie aus diesem Glauben heraus taten.«
Ich lachte. »Das klingt erfrischend! Ich bin froh, daß Sie nicht alles glauben, was Sie lesen.«
»Sie müssen mich nicht nach der armen Sybil beurteilen. O ja, ich habe genau gesehen, wie erhaben Sie sich fühlten! Aber Sie irren sich trotzdem. Ich gebe zu, daß Sybil viel dummes Zeug redet. Aber trotzdem: Sie besitzt die Kraft!«
»Die ›Kraft‹?«
»Ich wüßte nicht, wie man es anders bezeichnen könnte. Es gibt zweifellos Menschen, die eine lebende Brücke bilden zwischen dem Diesseits und einer Welt der unheimlichen Mächte. Sybil gehört dazu. Sie ist ein erstklassiges Medium, aber sie tut es natürlich nie für Geld. Ihre Gabe ist unvergleichlich, einmalig! Wenn sie und ich und Bella . . .«
»Bella?«
»O ja, auch Bella verfügt über eine gewisse Kraft . . . wie wir alle, in verschiedenem Maß. In der Zusammenarbeit . . .«

Thyrza Grey brach mitten im Satz ab.
»Also so etwas wie eine Zauberer-GmbH?« schlug ich lächelnd vor.
»Man könnte es fast so bezeichnen.«
Ich blickte auf das Buch, das ich gerade in der Hand hielt.
»Nostradamus und all das.«
Sie nickte. »Nostradamus und all das.«
»Sie glauben wirklich daran?«
»Ich glaube nicht daran – ich weiß es.« Es klang triumphierend. Ich hob den Kopf, um sie anzusehen.
Sie wies mit der Hand auf die langen Bücherreihen.
»Ich habe all das gelesen. Sehr vieles davon ist Unsinn – aber der Kern, der übrigbleibt, ist Wahrheit.«
»Ich kann Ihnen da nicht ganz folgen.«
»Mein Lieber, weshalb sind die Menschen zu allen Zeiten zu den Nekromanten, den Zauberern und Hexenbeschwörern gelaufen? Dafür gibt es nur zwei Gründe, weil es auch nur zwei Dinge gibt, die den Leuten von jeher wichtig genug waren, um dafür sogar die Verdammnis einzutauschen: Liebestränke und Gift.«
»Ach?«
»Sehr einfach, nicht wahr? Liebe – und Tod. Der Zaubertrank, um den Mann zu gewinnen, den man liebt – die Schwarze Messe, um den Erkorenen zu halten. Ein Gebräu, das bei Vollmond eingenommen werden muß – Beschwörungen im Namen des Teufels und aller bösen Geister – das Zeichen von Pentagrammen ... all das ist nur äußerlicher Humbug. Was bleibt, ist einzig der Liebestrank.«
»Und – der Tod?« fragte ich.
»Tod?« Sie lachte auf eine Art, die mir einen Schauer über den Rücken jagte. »Sind Sie denn so interessiert am Tod?«
»Wer wäre es nicht?« bemerkte ich leichthin.
Sie schaute mich forschend an.
»Tod, ja. Damit wurde seit Urzeiten noch mehr Handel getrieben als mit Liebestränken. Und doch – auf welch kindische Art geschah das früher! Die Borgias und ihr berüchtigtes Geheimgift! Wissen Sie, was es wirklich war? Ganz gewöhnliches weißes Arsenik! Genau das gleiche, was auch

heute noch die kleinen Giftmörder in den Hinterhöfen benutzen. Aber heute sind wir längst über diese primitiven Mittel hinaus. Die moderne Wissenschaft hat die Grenzen viel weiter gezogen.«

»Mit nichtnachweisbaren Giftstoffen?« fragte ich zweifelnd.

»Gifte! Pah, Kinderei! Heute eröffnen sich ganz andere Horizonte.«

»Zum Beispiel?«

»Der Geist des Menschen selbst. Das Wissen, wozu er fähig ist, wie weit man ihn lenken kann.«

»Bitte fahren Sie fort! Das alles ist höchst interessant!«

»Das Grundprinzip ist seit Jahrhunderten bekannt. Bei den primitiven Völkern wurde es von den Medizinmännern genutzt. Man braucht sein Opfer nicht zu töten – man befiehlt ihm einfach zu sterben.«

»Also Suggestion? Aber die ist doch nur wirksam, wenn das Opfer selbst daran glaubt.«

»Sie wollen damit wohl sagen, daß das Mittel bei Europäern nicht anwendbar ist. Oh, oft genug ist es das schon. Aber darum geht es hier gar nicht. Den modernen Weg haben uns die Psychologen gewiesen. Die Todessehnsucht besteht in jedem Menschen, und diese Sehnsucht braucht nur gestärkt zu werden.«

»Das ist wirklich ein interessanter Gedanke!« Meine Worte mußten nach rein wissenschaftlicher Neugier klingen. »Das bedeutet also: einen Menschen so lange beeinflussen, bis er Selbstmord begeht?«

»Sie verstehen immer noch nicht! Haben Sie denn noch nie von traumatischen Krankheiten gehört?«

»Doch, natürlich.«

»Es gibt bekanntlich Menschen, die tatsächlich krank werden, weil sie im Unterbewußtsein keine Lust haben, zur Arbeit zu gehen. Sie simulieren nicht, sie haben alle Symptome der Krankheit mit Fieber und Schmerzen. Die Ärzte haben sich jahrelang die Köpfe darüber zerbrochen.«

»Langsam fange ich an zu begreifen.«

»Um das Opfer zu zerstören, muß man über sein Unterbewußtsein Macht gewinnen. Die Todessehnsucht, die in je-

dem von uns lebt, muß verstärkt werden.« Ihre Erregung wuchs. »Eine wirkliche Krankheit wird erzeugt, hervorgerufen im Bewußtsein des Menschen. Er will krank sein, er will sterben ... und so wird er auch krank – und stirbt.«
Mit hocherhobenem Kopf stand sie da, triumphierend und siegessicher. Mir wurde auf einmal eiskalt. Natürlich war alles Unsinn, versuchte ich mir einzureden; diese Frau muß geistesgestört sein ... Und dennoch ...
Plötzlich lachte Thyrza Grey.
»Sie wollen mir natürlich nicht glauben?«
»Die Theorie ist bestechend, Miss Grey, sie liegt ganz auf der Linie der modernen Psychologie, das gebe ich ohne weiteres zu. Doch wie wollen Sie diese Todessehnsucht anregen, ich meine, wie hat man sich das praktisch vorzustellen?«
»Das ist mein Geheimnis ... Es gibt jedenfalls Mittel und Wege ...«
»Können *Sie* es?«
Miss Grey antwortete nicht sofort, aber dann wandte sie sich zum Gehen und bemerkte leichthin:
»Mr. Easterbrook, Sie müssen nicht alle meine Geheimnisse kennen.«
Ich folgte ihr durch die Bibliothek zur Tür.
»Weshalb haben Sie mir das alles erzählt?« fragte ich.
»Sie sind einer der wenigen Menschen, die meine Bücher zu schätzen wissen. Und manchmal braucht man jemanden, mit dem man offen sprechen kann. Außerdem ...
Ich hatte das Gefühl – und auch Bella hat es –, daß Sie uns brauchen.«
»Brauchen?«
»Bella glaubt, Sie seien hergekommen, um uns zu finden. Sie irrt sich selten.«
»Aus welchem Grunde sollte ich Sie ›finden‹ wollen, wie Sie sich ausdrücken?«
»Das weiß ich nicht«, sagte Thyrza Grey sanft, »... noch nicht, wenigstens.«

15

»Hier sind Sie also! Wir haben uns schon gewundert, wo Sie stecken.« Rhoda trat durch die offene Tür, und die anderen folgten ihr. Sie blickte sich um. »Hier halten Sie wohl Ihre Séance ab, nicht wahr?«
»Man hat Sie gut informiert.« Thyrza Grey lachte kurz auf. »In diesem Dorf weiß jeder nur allzu genau über den anderen Bescheid. Wir drei erfreuen uns eines besonders schlechten Rufs, wie ich gehört habe. Vor hundert Jahren hätte das wahrscheinlich den Scheiterhaufen für uns bedeutet. Meine Urgroßtante – oder noch ein paar ›Ur‹ mehr – ist als Hexe verbrannt worden, und zwar in Irland, soviel ich weiß. Ja, das waren noch Zeiten!«
»Ich dachte immer, Sie seien Schottin?«
»Nur väterlicherseits – daher das Zweite Gesicht. Meine Mutter war jedoch Irin. Sybil ist unsere Pythia griechischer Abstammung, und Bella repräsentiert das echte ›Old England‹.«
Wir schlenderten langsam über den Hof zu einer Seitentür.
»Sie haben eine Menge Geflügel«, bemerkte Despard und sah sich um.
»Ich hasse Hennen«, erklärte Ginger. »Sie gackern so aufreizend.«
»Es sind fast ausschließlich Hähne«, mischte Bella sich ein, die aus der Küchentür getreten war.
»Und zwar nur weiße, wie ich sehe«, fügte ich hinzu.
»Für Ihren Sonntagsbraten?« lachte Despard.
Bella stieß den Atem ärgerlich zischend aus. »Sie sind uns sehr nützlich«, erklärte sie geheimnisvoll. Ihr Mund verzog sich zu einem breiten Grinsen, die Augen glitzerten schlau.
»Hähne sind Bellas Spezialgebiet«, meinte Thyrza leichthin.
Wir dankten für die Gastfreundschaft und verabschiedeten uns. Sybil Stamfordis war ebenfalls herausgekommen, um uns die Hand zu schütteln.
»Ich mag diese Frau nicht«, murmelte Mrs. Oliver, sobald wir uns entfernt hatten. »Nein, ich mag sie gar nicht!«
»Sie dürfen die gute alte Thyrza nicht zu ernst nehmen«,

meinte Colonel Despard beschwichtigend. »Es macht ihr einfach Vergnügen, all diesen Unsinn zu produzieren und zu sehen, wie stark er die Leute beeindruckt.«
»Ich meine nicht Miss Grey«, gab Mrs. Oliver zurück. »Sie ist eine gewissenlose Frau, die nur auf ihren Vorteil aus ist. Aber sie ist bei weitem nicht so gefährlich wie die andere.«
»Bella? Ich gebe zu, sie ist etwas unheimlich.«
»Auch an sie habe ich nicht gedacht – ich meine diese Sybil. Sie scheint bloß albern mit ihrem Perlenklimbim und all dem Geschwätz über Hexenkult und Reinkarnation. Übrigens merkwürdig, daß man nie von der Reinkarnation eines Küchenmädchens oder eines alten Bauern hört. Immer handelt es sich um ägyptische Prinzessinnen oder schöne babylonische Sklaven aus königlichem Geblüt. Sehr verdächtig! Aber diese Sybil – trotz ihrer Dummheit werde ich das Gefühl nicht los, daß sie wirklich seltsame Dinge fertigbringt. Ich kann mich nie so richtig ausdrücken, aber ich meine damit: Sie könnte als Werkzeug benutzt werden, gerade weil sie so einfältig ist. – Ach, ich glaube nicht, daß Sie mich verstanden haben!« schloß sie zaghaft.
»Doch, ich begreife sehr gut«, fiel Ginger ein. »Und es würde mich gar nicht wundern, wenn Sie recht hätten!«
»Wir sollten einmal einer solchen Séance beiwohnen«, meinte Rhoda nachdenklich. »Das könnte vielleicht ganz unterhaltsam sein.«
»Das wirst du nicht tun!« erklärte Despard bestimmt. »Ich lasse nicht zu, daß du in solche Dinge verwickelt wirst.«
Ein Lachen und Streiten begann. Ich kümmerte mich nicht weiter darum und horchte erst wieder auf, als Mrs. Oliver sich nach den Zügen am nächsten Morgen erkundigte. »Sie können doch mit mir fahren«, schlug ich vor.
Mrs. Oliver sah mich zögernd an.
»Danke. Aber ich glaube, es ist doch besser, wenn ich die Bahn nehme ...«
»Wollen Sie mich kränken? Sie wissen doch, daß ich ein zuverlässiger Fahrer bin.«
»Darum handelt es sich nicht, Mark. Aber ich muß morgen zu einer Beerdigung und darf daher nicht zu spät in London

ankommen.« Sie seufzte. »Oh, ich hasse diese Beerdigungen!«
»Müssen Sie denn wirklich hin?«
»Ich glaube, in diesem Fall läßt es sich nicht umgehen. Mary Delafontaine war eine sehr gute alte Freundin von mir, und ich bin überzeugt, sie würde Wert darauf legen. Sie gehörte zu dieser Art Menschen.«
»Natürlich!« rief ich aus. »Delafontaine ... das war's!«
Die anderen starrten mich erstaunt an.
»Entschuldigen Sie«, murmelte ich. »Es ist nur ... nun, ich fragte mich, wo ich den Namen Delafontaine kürzlich gehört hatte. Sie erwähnten ihn, nicht wahr?« Ich blickte Mrs. Oliver an. »Sie erzählten, daß Sie die Dame im Krankenhaus besucht hatten.«
»Wirklich, sagte ich das? Kann schon sein.«
»An was ist sie denn gestorben?«
Mrs. Oliver runzelte die Stirn. »Oh, wie nennt sich das gleich? – Toxische Polyneuritis, glaube ich.«
Ginger sah mich neugierig an; ihr Blick war scharf und durchdringend.
Sobald wir ausgestiegen waren, erklärte ich hastig: »Ich glaube, ich sollte mir noch etwas die Beine vertreten. Nach dem üppigen Essen tut ein Spaziergang gut.«
Ich ging rasch davon, ehe jemand den Vorschlag machen konnte, mich zu begleiten. Ich wollte allein sein und Ordnung in meine Gedanken bringen.
Was war eigentlich alles geschehen? Darüber mußte ich mir zunächst einmal Klarheit verschaffen. Begonnen hatte alles mit dieser leicht hingeworfenen, jedoch verblüffenden Bemerkung von Poppy, man könne jemanden aus dem Weg räumen lassen, wenn man sich an Das fahle Pferd wende.
Dann folgte die Begegnung mit Jim Corrigan und die Namenliste, die man bei Pater Gorman gefunden hatte. Auf dieser Liste standen die Namen Hesketh-Dubois und Tukkerton, was mich wiederum an jenem Abend in der italienischen Coffee Bar erinnerte und an den Streit der beiden Mädchen. Auch der Name Delafontaine war mir seltsam

bekannt vorgekommen. Jetzt wußte ich es: Mrs. Oliver hatte ihn in Verbindung mit einer kranken Freundin erwähnt.
Später war ich – aus einem Grund, den ich selbst nicht recht zu erklären vermochte – zu dem Blumenladen gegangen, in dem Poppy angestellt war. Und Poppy hatte bestritten, jemals etwas von einem Fahlen Pferd gesagt zu haben oder auch nur den Namen zu kennen. Mehr noch: Sie bekam bei dessen Erwähnung panische Angst.
Heute nun . . . hatte ich mit Thyrza Grey gesprochen.
Aber sicher konnte es keine Verbindung geben zwischen dem Fahlen Pferd samt seinen drei Bewohnerinnen und dieser Liste. Weshalb um alles in der Welt stellte ich da eine Beziehung her?
Mrs. Delafontaine hatte höchstwahrscheinlich in London gewohnt. Thomasina Tuckertons Zuhause befand sich irgendwo in Surrey. Niemand auf dieser Liste, die mir Corrigan gezeigt hatte, schien etwas mit dem Ort hier zu tun zu haben. Es sei denn . . .
An diesem Punkt meiner Gedanken angelangt, blickte ich auf und sah direkt vor mir das große Wirtshausschild »King's Arms«. Das also war das Lokal, in dem jeder Fremde absteigen mußte, der sich nach hierher verirrte. Es sah solide aus, mit einer großen, frisch beschrifteten Tafel, auf der verschiedene Gerichte angepriesen wurden.
Ich stieß die Tür auf und ging hinein. Linker Hand war die Bar, rechts ein kleiner Aufenthaltsraum, wo es nach kalter Asche roch. Neben der Treppe hing ein schmaler Hinweis: »Büro.« Von diesem Büro war jedoch nur das geschlossene Fenster zu sehen und eine gedruckte Karte: »Bitte läuten.« Das Ganze wirkte so wie alle derartigen Lokale, die zu dieser Tageszeit noch geschlossen sind. Auf einem schmalen Gestell neben dem Fenster lag ein aufgeschlagenes Gästebuch. Ich betrachtete es und blätterte darin – höchstens fünf oder sechs Gäste pro Woche, und auch diese nur für eine einzige Übernachtung. Mit großem Interesse las ich diese Eintragungen.
Es dauerte nicht lange, bis ich das Buch wieder schloß. Immer noch war kein Mensch zu sehen, und es gab keinen ver-

nünftigen Grund für mich, in diesem Stadium der Angelegenheit hier Fragen zu stellen. Ich ging daher ohne weiteres wieder hinaus in die frische Abendluft.
War es nur Zufall, daß unter den wenigen Gästen des vergangenen Jahres die Namen Sandford und Parkinson waren? Beide standen auf Corrigans Liste, aber sie waren zu alltäglich, um daraus Schlüsse zu ziehen. Doch eine andere Eintragung war mir aufgefallen: Martin Digby. Sollte dies jener Martin Digby sein, den ich kannte, dann handelte es sich um den Großneffen jener Dame, die ich immer Tante Min genannt hatte – Lady Hesketh-Dubois!
Ich ging weiter, ohne auf meine Umgebung zu achten. Hätte ich nur mit irgendeinem Menschen sprechen können – mit Jim Corrigan zum Beispiel oder mit David Ardingly ... oder auch mit Hermia, deren kühle Gelassenheit mir jetzt fehlte. Ich war ganz allein mit meinen wirren Gedanken und Überlegungen. Doch ich wollte nicht allein sein! Ich brauchte dringend einen Menschen, der mir meine Ruhe wiedergeben könnte.
Nachdem ich eine halbe Stunde lang durch das feuchte Gras gestapft war, öffnete ich schließlich die Gartenpforte zur Pfarrei und ging auf dem äußerst schlecht gepflegten Weg zur Haustür, um dort an einer verrosteten Glocke zu ziehen.

16

»Sie läutet nicht«, sagte Mrs. Dane Calthrop, die unversehens wie ein Geist plötzlich vor mir stand.
Diese Vermutung hatte ich auch schon gehabt.
»Zweimal ist sie bereits repariert worden«, fuhr die Dame des Hauses fort, »aber es hält nie lange. Ich muß daher immer selbst aufpassen – für den Fall, daß etwas Wichtiges ansteht. Ihr Anliegen *ist* doch wichtig, nicht wahr?«
»Nun ja ... gewissermaßen schon ... für mich wenigstens.«

»Das eben wollte ich damit sagen ...« Sie blickte mich nachdenklich an. »Ja, ich sehe, es ist ziemlich schlimm. – Wen wollten Sie denn sprechen? Den Reverend?«
»Ich ... ich bin mir nicht sicher ...«
Natürlich hatte ich ursprünglich mit dem Reverend reden wollen, doch plötzlich bezweifelte ich, ob er der Richtige dafür war. Ich konnte mir mein Zaudern zwar nicht erklären – aber Mrs. Calthrop tat es für mich.
»Mein Mann ist ein herzensguter Mensch – auch außerhalb seines Berufs, meine ich. Das macht aber die Probleme manchmal nur schwieriger, denn wirklich vornehme Naturen können das Schlechte einfach nicht verstehen.«
Sie hielt einen Augenblick inne, um dann wie selbstverständlich zu schließen: »Ich glaube, Sie halten sich besser an mich.«
Trotz meiner Sorgen mußte ich lächeln. »Menschliche Schlechtigkeit ist also *Ihr* Gebiet?«
»Ja«, bestätigte sie schlicht. »Sehen Sie: In einer ländlichen Pfarrei ist es notwendig, daß jemand auch über die ... Sünden seiner Mitmenschen Bescheid weiß.«
»Gehört ›Sünde‹ nicht ganz speziell zum Aufgabenkreis Ihres Mannes?«
»Das *Vergeben* der Sünden«, verbesserte sie mich. »Er kann die Absolution erteilen – ich kann dafür die Sachen manchmal einrenken. Wenn man Bescheid weiß, dann findet man oft auch eine Lösung, die keinem weh tut. Man kann den Menschen wieder auf den rechten Weg helfen. Oh, verstehen Sie mich recht: Ich vermag das nicht, ich kann nur Hinweise geben. Gott allein bringt die Menschen dazu, wahre Reue zu empfinden!«
»Ich kann mich natürlich nicht mit Ihrem Wissen und Ihren Erfahrungen messen«, murmelte ich. »Aber mir liegt sehr viel daran, einige Menschen vor Bösem zu bewahren.«
Sie warf mir einen raschen, verstehenden Blick zu. »Wenn es sich so verhält, dann kommen Sie wohl am besten herein, damit wir ungestört miteinander sprechen können.«
Das Wohnzimmer war groß und schäbig, und außerdem wurde es verdunkelt durch riesiges Gesträuch, das vor den

Fenstern wuchs und anscheinend nie energisch gestutzt wurde. Trotzdem wirkte das Zimmer seltsamerweise nicht düster, sondern beruhigend. Eine plumpe Uhr auf dem Kamin tickte gelassen und regelmäßig. Hier würde man immer Zeit haben, zu reden, seine Sorgen und Kümmernisse loszuwerden, die das grelle Licht des Tages scheuten.
Und hier saß nun auch ich, Mark Easterbrook, Gelehrter, Schriftsteller und Weltmann, und war bereit, dieser grauhaarigen, erfahrenen Frau meine Sorgen anzuvertrauen. Weshalb? – Das verstand ich selbst nicht. Ich wußte nur ganz genau, daß sie die Richtige dafür war.
»Wir waren heute nachmittag zum Tee bei Thyrza Grey«, begann ich.
Es war nicht schwierig, Mrs. Calthrop etwas zu erklären; sie kam einem auf halbem Wege entgegen.
»Oh, ich verstehe! Das hat Sie etwas aus der Fassung gebracht. Ich gebe zu, diese drei Frauen sind schwer zu verdauen. Ich habe mich auch schon mehrmals gefragt ... sie machen ja selbst so viel Aufhebens davon. Aber meine Erfahrungen haben mich gelehrt, daß wirklich böse Menschen sich ihrer Verderbtheit nicht rühmen; sie halten lieber den Mund. Nur über kleine Sünden will man unbedingt sprechen und mit ihnen prahlen, um ihnen mehr Gewicht zu geben. Die Dorfhexen sind fast immer dumme, bösartige alte Weiber, denen es ein geheimes Vergnügen bereitet, die Leute zu erschrecken ... und dafür noch etwas einzuheimsen. Lächerlich einfach, im Grunde genommen. Wenn Mrs. Browns Hennen alle sterben, braucht man nur geheimnisvoll mit dem Kopf zu nicken und düster zu sagen: ›Ja, ihr Billy hat letzten Dienstag mein Kätzchen geärgert.‹ Bella Webb könnte so eine Hexe sein. Sie *könnte* allerdings auch etwas Schlimmeres verkörpern ... etwas, das seit uralten Zeiten im verborgenen herumgeistert und hin und wieder in unseren Dörfern auftaucht. Das ist dann wirklich beängstigend, denn es verrät echte Bosheit und nicht nur den Wunsch zu imponieren. Sybil Stamfordis ist eine der dümmsten Frauen, die mir jemals begegnet sind – aber sie besitzt tatsächlich mediale Kräfte. Thyrza nun ... über

Thyrza bin ich mir nie ganz klargeworden. Was hat sie Ihnen erzählt? Vermutlich etwas, das Sie sehr erregt hat.«
»Sie besitzen sehr viel Erfahrung, Mrs. Calthrop. Würden Sie es für möglich halten, daß ein menschliches Wesen aus der Entfernung, ohne direkten Kontakt, von einem anderen Menschen – ausgelöscht werden kann?«
Mrs. Dane Calthrops Augen öffneten sich weit.
»Mit ›ausgelöscht‹ wollen Sie wohl sagen: getötet? Also ein klarer, physischer Mord?«
Ich erschrak, als das Wort so kaltblütig ausgesprochen wurde. »Ja«, bestätigte ich.
»Nun, ich würde sagen, das ist purer Unsinn«, erklärte Mrs. Calthrop lebhaft.
»Ah!« Ich atmete erleichtert auf.
»Aber natürlich könnte ich mich auch irren«, fuhr sie nachdenklich fort. »Mein Vater dachte, Luftschiffe seien Unsinn, und mein Urgroßvater behauptete dasselbe wahrscheinlich von Eisenbahnen. Beide hatten recht, denn zu ihrer Zeit waren das unvorstellbare Dinge. Heute aber sind sie eine Selbstverständlichkeit. Was sagt Thyrza nun? Will sie Todesstrahlen aussenden? Oder setzen sich alle drei zusammen, zeichnen Pentagramme und wünschen sich etwas dabei?«
Ich begann zu lachen. »Sie rücken die Dinge wirklich wieder an den richtigen Platz. Die drei Frauen müssen mich ganz einfach hypnotisiert haben.«
»O nein«, bemerkte Mrs. Calthrop. »Das ist unmöglich; Sie sind nicht der Typ, der sich so leicht beeinflussen läßt. Es muß sich um etwas anderes handeln – um etwas, das vorher geschah, vor diesem Besuch heute nachmittag.«
»Sie haben ganz recht«, gab ich zu. Und dann erzählte ich ihr in möglichst klaren, kurzen Worten vom Mord an Pater Gorman und von der zufälligen Erwähnung des Fahlen Pferdes durch Poppy. Schließlich zog ich die Liste aus der Tasche, die ich von Corrigan abgeschrieben hatte.
Mrs. Calthrop schaute den Zettel an und runzelte die Stirn.
»Ich verstehe«, sagte sie langsam. »Aber wo liegt der gemeinsame Nenner bei all diesen Leuten?«

»Wir wissen es nicht genau. Es könnte sich um Erpressung handeln oder um Rauschgift . . .«
»Unsinn!« erklärte sie erneut. »Das ist es nicht, was Sie quält. Sie glauben doch, alle diese Leute seien *umgekommen*, nicht wahr?«
»Ja«, gab ich mit einem tiefen Seufzer zu. »Genau das ist es, was ich befürchte. Aber ich weiß es nicht mit Bestimmtheit. Drei davon sind tot: Minnie Hesketh-Dubois, Thomasina Tuckerton und Mary Delafontaine. Alle drei starben in ihren Betten an einer vollkommen natürlichen Krankheit. Und gerade das behauptet Thyrza Grey erreichen zu können.«
»Sie erklärt, selbst diese Todesfälle herbeigeführt zu haben?«
»Nein, nein! Sie sprach kein Wort über wirkliche Fälle – sie schilderte es nur als wissenschaftliche Möglichkeit.«
»Was im ersten Moment wiederum Unsinn zu sein scheint«, meinte Mrs. Calthrop nachdenklich.
»Ich weiß. Normalerweise hätte ich einfach höflich gelächelt – wenn nicht diese zufällige frühere Erwähnung des Fahlen Pferdes gewesen wäre.«
Mrs. Calthrop nickte. »Das fahle Pferd, ja. Das ist vielsagend.«
Wir schwiegen einen Moment. Dann hob sie den Kopf und sah mich fest an.
»Die Sache ist schlimm – sehr schlimm. Was auch dahinterstecken mag . . . es muß verhindert werden! Aber das wissen Sie selbst.«
»Ja, natürlich – doch wie?«
»Das müssen Sie nun herausfinden. Und Sie dürfen keine Zeit dabei verlieren!« Mrs. Calthrop erhob sich voller Tatendrang. »Sie müssen sofort anfangen, sofort!« Sie überlegte. »Haben Sie keinen Freund, der Ihnen helfen könnte?«
Ich dachte nach. Jim Corrigan? Ein vielbeschäftigter Mann, der wenig Zeit hatte für andere Dinge. David Ardingly – doch würde David mir Glauben schenken? Hermia? Ja, Hermia war dafür geeignet, sie mit ihrem klaren Kopf, ihrer nüchternen Logik. Sie wäre eine zuverlässige Helferin, wenn ich sie dazu bewegen könnte. Schließlich waren sie und ich . . . Ich dachte den Satz nicht zu Ende. Hermia war genau die Person, die ich brauchte.

»Sie wissen also jemanden, an den Sie sich wenden können? Gut!« Mrs. Calthrop war wohltuend und sachlich.
»Ich selbst werde ein Auge auf die drei Hexen haben. Immer noch werde ich das Gefühl nicht los, daß sie nicht die eigentliche, wahre Lösung bedeuten ...«
Sie schwieg einen Augenblick und meinte dann: »Was wir unbedingt brauchen, ist eine Verbindung – ein Bindeglied zwischen einem dieser Namen und dem Fahlen Pferd. Etwas Greifbares.«

17

Inspektor Lejeune hörte ein bekanntes Pfeifen im Korridor; er hob den Kopf, und gleich darauf trat Dr. Corrigan ins Zimmer.
»Tut mir leid, daß ich Sie enttäuschen muß«, erklärte Corrigan. »Aber der Fahrer des Jaguar, den Sie mir da aufgehalst haben, hatte keine Spur Alkohol im Blut ...«
Doch Lejeune war im Augenblick gänzlich uninteressiert an den Tagesrapporten über kleine Autounfälle.
»Kommen Sie, Doktor, und schauen Sie sich das einmal an.« Er schob dem Arzt ein Blatt Papier hin. Dieser nahm es und las die kleine, sorgfältige Schrift. Der Briefkopf lautete: Everest Glendower Close, Bournemouth.

Verehrter Inspektor Lejeune,
Sie erinnern sich wohl, daß Sie mich ersuchten, Ihnen sofort Meldung zu erstatten, wenn ich den Mann wiedersähe, der damals Pater Gorman folgte. Ich habe mich überall in der Nachbarschaft meiner Apotheke umgesehen, habe ihn jedoch dort nie mehr zu Gesicht bekommen.
Nun besuchte ich jedoch gestern ein Fest in der kleinen Ortschaft Much Deeping, die ungefähr zwanzig Meilen von hier entfernt liegt. Mich hatte die Ankündigung dorthin gelockt, daß Mrs. Oliver, die bekannte Schriftstelle-

rin, ihre Bücher signieren werde. Ich bin ein großer Liebhaber von Detektivgeschichten und war daher neugierig, die Dame kennenzulernen.

Zu meiner Überraschung sah ich dort aber auch den Mann, den ich Ihnen vor einigen Tagen beschrieben habe. Er muß doch seither einen Unfall erlitten haben, denn er bewegte sich in einem Rollstuhl vorwärts. Ich habe mich diskret nach ihm erkundigt und erfuhr, daß er in der Nachbarschaft wohnt. Sein Name ist Venables, und sein Haus nennt sich Prior's Court. Man ist allgemein der Meinung, er müsse viel Geld besitzen.

In der Hoffnung, daß diese Mitteilung Ihnen weiterhelfen möge, verbleibe ich

hochachtungsvoll Ihr
Zacharias Osborne

»Nun?« fragte Lejeune.

»Hm, klingt unwahrscheinlich.« Corrigan schüttelte den Kopf.

»Oberflächlich betrachtet allerdings. Aber ich bin nicht so sicher, daß nicht doch etwas dahintersteckt.«

»Dieser Osborne – er konnte doch an einem so nebligen Abend das Gesicht nicht deutlich genug gesehen haben, um es wiederzuerkennen. Wahrscheinlich handelt es sich bloß um eine zufällige Ähnlichkeit. Sie wissen doch, wie die Leute sind. Sie rufen den ganzen Distrikt zusammen und behaupten, eine vermißte Person gesehen zu haben . . . und in neun von zehn Fällen ist nicht einmal die geringste Ähnlichkeit vorhanden.«

»Osborne ist anders«, behauptete Lejeune.

»Nämlich?«

»Nun, er ist ein achtbarer kleiner Apotheker, etwas altmodisch, und ein guter Beobachter. Einer seiner Wunschträume besteht darin, uns einmal einen Mann zeigen zu können, der vor langer Zeit bei ihm Arsenik gekauft . . . und jetzt damit seine Frau vergiftet hat.«

Corrigan lachte.

»Dann hat er sich diese Sache erst recht eingebildet!«

»Vielleicht«, meinte Lejeune nachdenklich.
Corrigan betrachtete ihn neugierig.
»Sie glauben also ernsthaft, diese ganze Geschichte könnte wahr sein? Was wollen Sie denn jetzt unternehmen?«
»Es kann auf jeden Fall nichts schaden, wenn wir ein paar diskrete Erkundigungen über diesen Mr. Venables von Prior's Court in Much Deeping einziehen.«

18

»Was für aufregende Dinge doch auf dem Lande geschehen können«, meinte Hermia leichthin.
Wir hatten eben unser Abendessen beendigt; ein Kännchen mit schwarzem Kaffee stand noch vor uns auf dem Tisch.
Ich blickte Hermia forschend an. Ihre Worte hatten nicht ganz so geklungen, wie ich es erwartet hatte. Während der letzten Viertelstunde hatte ich ihr meine Geschichte erzählt, und sie hatte interessiert zugehört. Nun aber war ich etwas enttäuscht ... ihre Stimme schien vollkommen gleichgültig, weder entsetzt noch aufgeregt.
»Ich bin überzeugt, deine Phantasie spielt dir hier einen Streich. Aber ich will immerhin zugeben, daß deine alten Krähen selbst von ihrer Berufung überzeugt sind. Es sind sicher drei bösartige Weiber.«
»Aber nicht unheimlich oder gefährlich?«
»Mark, das ist doch alles Gefasel!«
Ich schwieg. Meine Gefühle schwankten zwischen Licht und Dunkelheit – der Düsterkeit des Fahlen Pferdes und dem beruhigenden Licht, das Hermia repräsentierte. Ein klares, vernünftiges Licht war es, das in die dunkelsten Ecken leuchtete und alles Unheimliche daraus vertrieb. Und dennoch vermochte sie mich nicht zu überzeugen ...
Hartnäckig wanderten meine Gedanken wieder zurück.
»Ich möchte, daß du dir alles noch einmal überlegst, Hermia. Wir *müssen* der Sache auf den Grund gehen.«

»Das finde ich auch – aber du bist es, der überlegen muß. Das Resultat wird jedenfalls sehr spaßig sein.«
»Das ist kein Scherz!« rief ich heftig. Dann fügte ich ruhiger hinzu: »Ich hoffte, du würdest mir helfen, Hermia.«
»Helfen? Wie?«
»Ich möchte Nachforschungen anstellen – über die Leute auf dieser Liste, über alles, was mit ihnen geschehen ist.«
»O Mark, dazu habe ich jetzt wirklich keine Zeit! Ich bin so beschäftigt. Da ist mein Artikel für die Zeitung, den ich noch zu schreiben habe ... und dann diese Sache mit Byzanz. Außerdem habe ich zweien von meinen Schülern versprochen ...«
Sie fuhr mit ihrer Aufzählung fort, sehr vernünftig und logisch. Aber ich hörte kaum zu.
»Ich verstehe«, bemerkte ich langsam. »Du hast zu viele andere Pflichten, um dich auch noch damit abzugeben.«
»So ist es, Mark.« Hermia war ganz offensichtlich erleichtert angesichts meiner Fügsamkeit. Sie lächelte mir zu, nachsichtig und schonend – wie eine Mutter, die ihrem kleinen Jungen eine Unart verzeiht.
Aber, zum Teufel – ich bin doch kein kleiner Junge! Und ich brauchte keine mütterliche Nachsicht, sondern eine Gefährtin, eine Helferin.
Ich betrachtete Hermia leidenschaftslos über den Tisch hinweg. Sie war so hübsch, so reif, so intellektuell und belesen ... und dabei so unfaßbar *dumm*!

19

Am nächsten Morgen versuchte ich vergeblich, Jim Corrigan zu erreichen. Ich hinterließ jedoch die Nachricht, daß ich ihn zwischen sechs und sieben Uhr zu Hause erwarte, falls er eine Viertelstunde Zeit für mich habe. Er war ein vielbeschäftigter Mann, wie ich wußte, und ich bezweifelte, daß er sich freimachen konnte. Doch pünktlich um zehn Minuten vor sieben tauchte er auf. Während ich ihm einen Whisky ein-

goß, wanderte er im Zimmer umher und betrachtete meine Bilder und Bücher. Schließlich meinte er schmunzelnd:
»Nach dem Durcheinander zu schließen, in dem Sie leben, können Sie nicht verheiratet sein. Jede Frau hätte da schon längst Ordnung geschafft.«
Ich lachte, behauptete jedoch, keine so schlechte Meinung von den Frauen zu haben.
Wir setzten uns mit unseren beiden Whiskygläsern an ein Tischchen, und ich begann:
»Sie werden sich gewundert haben, weshalb ich Sie so dringend zu mir bat. Aber ich habe ein Erlebnis gehabt, das möglicherweise mit der Sache in Zusammenhang steht, über die wir kürzlich sprachen.«
»Was war das noch? . . . O ja, ich weiß: Pater Gorman.«
»Richtig! Doch zuerst möchte ich wissen, ob Das fahle Pferd Ihnen etwas sagt.«
»Das fahle *Pferd* . . . Das *fahle* Pferd . . .? – Nein, ich glaube nicht. Weshalb fragen Sie?«
»Weil ich für möglich halte, daß es im Zusammenhang steht mit der Liste, die Sie mir damals zeigten. Ich war vor ein paar Tagen bei Freunden auf dem Lande, in einer Ortschaft namens Much Deeping, und dort erzählte man mir etwas von einem Lokal . . . oder besser gesagt: einem ehemaligen Lokal, das sich ›Das Fahle Pferd‹ nennt.«
»Moment mal! Much Deeping? Much Deeping . . . Ist das nicht in der Nähe von Bournemouth?«
»Ungefähr zwanzig Meilen davon entfernt.«
»Sie sind dort nicht zufällig auf einen Burschen namens Venables gestoßen?«
»Sicher! Ich war sogar bei ihm eingeladen.«
»Das nenne ich Glück! Wie sieht der Mann aus?«
»Er ist ein sehr interessanter Mensch.«
»Tatsächlich? In welcher Beziehung?«
»Vor allem durch seine Persönlichkeit. Obwohl er infolge Kinderlähmung verkrüppelt ist . . .«
Corrigan unterbrach mich hastig. »Was sagen Sie da?«
»Er hatte vor ein paar Jahren Kinderlähmung und ist seither von den Hüften abwärts gelähmt.«

Corrigan warf sich ärgerlich in den Sessel zurück. »Das erledigt also den ganzen Fall!« rief er. »Ich wußte doch, daß da etwas nicht stimmen konnte!«
»Ich verstehe nicht, was Sie damit sagen wollen.«
»Das müssen Sie unbedingt Inspektor Lejeune berichten! Als Pater Gorman getötet wurde, suchte Lejeune per Polizeiaufruf nach Zeugen, die den Ermordeten in der fraglichen Zeit gesehen haben. Die meisten Antworten waren natürlich Humbug, wie immer. Doch ein Apotheker namens Osborne meldete sich und erklärte, Pater Gorman sei an dem betreffenden Abend an seiner Apotheke vorbeigegangen und gleich nach ihm ein anderer Mann. Natürlich habe er sich nichts weiter dabei gedacht. Aber er konnte uns diesen Burschen ziemlich genau beschreiben und war sogar überzeugt, ihn jederzeit wiederzuerkennen.
Nun, vor ein paar Tagen hat Lejeune einen Brief von diesem Osborne erhalten; er hat sich vom Geschäft zurückgezogen und lebt jetzt in Bournemouth. Er behauptet, zu irgendeinem Fest nach Much Deeping gekommen zu sein und dort den betreffenden Mann gesehen zu haben. Er habe sich in einem Rollstuhl vorwärtsbewegt und heiße Venables.«
Er blickte mich fragend an, und ich nickte.
»Stimmt«, gab ich zu. »Das kann Venables gewesen sein, denn er war wirklich bei diesem Fest. Aber es ist ausgeschlossen, daß er derselbe Mann ist, der damals Pater Gorman folgte. Es ist physisch unmöglich – da muß Osborne sich irren.«
»Er hat ihn sehr genau beschrieben: Größe etwa ein Meter achtzig, große Hakennase und stark hervortretender Adamsapfel. Stimmt das?«
»Es würde auf Venables zutreffen. Aber trotzdem . . .«
»Ich weiß. Dieser Osborne mag im Erkennen von Gesichtern bei weitem nicht so zuverlässig sein, wie er sich einbildet. Offensichtlich hat er sich durch eine zufällige Ähnlichkeit täuschen lassen. Verblüffend ist jedoch, daß Sie plötzlich daherkommen und mir etwas von dem gleichen kleinen Nest berichten – etwas von einem fahlen Pferd. Was ist dieses Roß nun wirklich? Erzählen Sie mir doch Ihre Geschichte!«

»Sie werden sie nicht glauben«, warnte ich ihn. »Um ganz ehrlich zu sein: Ich kann sie selbst kaum glauben.«
»Schießen Sie los! Ich bin ganz Ohr.«
Ich schilderte ihm also meine Unterhaltung mit Thyrza Grey – und seine Reaktion war unzweideutig.
»Was für ein unglaublicher Blödsinn!«
»Nicht wahr? Das habe ich mir zunächst auch gesagt.«
»Blödsinn, nichts anderes! Was ist denn in Sie gefahren, Mark! Weiße Hähne – Opfertiere, nehme ich an. Ein Medium . . . die Ortshexe . . . und eine verschrobene alte Jungfer, die unsichtbare Todesstrahlen aussenden kann! Komplett verrückt, Menschenskind, das müssen Sie doch zugeben.«
»Ja, es klingt verrückt«, bestätigte ich.
»Oh, stimmen Sie mir doch nicht so düster zu, Mark. Sonst beginne ich wirklich zu glauben, es könnte doch etwas hinter dieser Sache stecken. Sie sind überzeugt, daß etwas daran ist, nicht wahr?«
»Lassen Sie mich zuerst eine Frage stellen. Hat diese ›Todessehnsucht‹, von der Thyrza Grey sprach, einen wissenschaftlichen Hintergrund?«
Corrigan zögerte einen Moment, dann zuckte er die Achseln und erklärte:
»Nun, ich bin kein Psychiater. Unter uns gesagt, halte ich alle diese Kerle für etwas verdreht. Sie sind nur versessen auf Theorien – und übertreiben alles. Ich kann Ihnen im Vertrauen bestätigen, daß die Polizei diese psychologischen Gutachten gar nicht besonders schätzt, die der Verteidiger in Auftrag gibt, um aus einem Verbrecher ein armes fehlgeleitetes Unschuldslämmchen zu machen.«
»Demnach glauben Sie also überhaupt nicht daran?«
»Doch, selbstverständlich! – Nur wird auch hier übertrieben, wie überall bei neuen Erkenntnissen. Viel Schaumschlägerei und Wichtigtuerei. Diese ›unbewußte Todessehnsucht‹ existiert wirklich, aber längst nicht in dem Maße, wie man uns weismachen will.«
»Thyrza Grey behauptet, alles darüber zu wissen.«
»Thyrza Grey!« knurrte Corrigan wütend. »Was weiß schon so eine halbgebildete alte Schachtel von Tiefenpsychologie!«

»Sie will alles gelesen haben, was jemals darüber geschrieben wurde.«
»Und Sie schlucken das treu und brav mitsamt Angel und Haken?«
»Keineswegs«, gab ich zurück. »Ich wollte nur wissen, ob tatsächlich eine wissenschaftliche Grundlage dafür besteht.«
»Gibt es.«
»Schön. Und jetzt könnten Sie mir erzählen, wie Sie mit Ihrer Liste vorwärtskommen«, meinte ich friedfertig.
»Die Burschen von der Polizei gehen jedem einzelnen Namen nach, aber es ist eine mühsame Arbeit. Nur ein Nachname, ohne Vorname und ohne Adresse ... da läßt sich schwer etwas feststellen.«
»Packen wir die Sache also von einer anderen Seite an. Ich möchte wetten, daß jeder dieser Namen in den letzten anderthalb Jahren auf Ihren Todeslisten steht. Stimmt's?«
Er schaute mich fragend an. »Stimmt – aber was will das schon heißen?«
»Das ist schon mal ein gemeinsamer Nenner: *Tod*.«
»Messen Sie dem keine allzugroße Wichtigkeit bei, Mark. Haben Sie denn eine Ahnung, wie viele Menschen jeden Tag auf unserer gelobten Insel sterben? Und einige dieser Namen sind so häufig, daß uns das nicht weiterhilft.«
»Delafontaine«, bemerkte ich. »Mary Delafontaine – dieser Name dürfte ziemlich selten sein. Und soviel ich weiß, war am Dienstag die Beerdigung.«
Wieder blickte er mich von der Seite an. »Woher wissen Sie denn das schon wieder? Haben Sie es in der Zeitung gelesen?«
»Nein, eine Freundin der Dame hat es mir erzählt.«
»Dieser Tod war ganz natürlich, das versichere ich Ihnen. Und genauso verhält es sich mit den anderen Namen, die auf dieser Liste stehen und denen die Polizei nachgegangen ist. Hätte es sich um ›Unfälle‹ gehandelt, könnte das vielleicht Verdacht erregen. Aber nein, sämtliche Todesfälle waren ganz alltäglich: Lungenentzündung, Gehirnblutung, Tumor, Gallensteine, ein Fall von Kinderlähmung – absolut nichts Verdächtiges.«

Ich nickte. »Kein Unfall – kein Gift – nichts dergleichen. Ganz gewöhnliche Krankheiten, die schließlich zum Tode führten. Und das ist genau das, was Thyrza Grey behauptet.«
»Wollen Sie mir wirklich weismachen, diese Frau könne erreichen, daß jemand, der weiter entfernt von ihr wohnt und mit dem sie nicht den geringsten Kontakt hat, sich eine Lungenentzündung holt und daran stirbt?«
»Ich behaupte das nicht ... aber Thyrza tut es. Mir kommt das Ganze phantastisch vor, und ich möchte es gern für unmöglich halten. Aber es gibt da ein paar merkwürdige Faktoren, die mich stutzig machen. Da ist einmal die Erwähnung des Fahlen Pferdes – und zwar im Zusammenhang mit der Beseitigung mißliebiger Personen. Nun gibt es wirklich ein Haus mit diesem Namen, und die drei Bewohnerinnen prahlen direkt damit, daß ein solches Verfahren möglich ist. In der Nachbarschaft dieses gleichen Hauses lebt ein Mann, der mit aller Bestimmtheit als derjenige erkannt wurde, der Pater Gorman am Abend seines gewaltsamen Todes folgte – am selben Abend, da der Pater zu einer sterbenden Frau gerufen wurde, die ihm von ›großer Schlechtigkeit‹ sprach. – Etwas zuviel der Zufälle, finden Sie nicht auch?«
»Dieser Mann konnte aber nicht Venables sein, da er Ihrer eigenen Aussage nach seit Jahren gelähmt ist.«
»Ist es, medizinisch betrachtet, unmöglich, eine solche Paralyse nur vorzutäuschen?«
»Ausgeschlossen! Kinderlähmung verursacht Muskelschwund.«
»Das scheint jedenfalls diese Frage zu klären.« Ich seufzte. »Schade! Wenn es eine Gesellschaft gäbe, die sich auf ›humane Beseitigung‹ spezialisiert hat, dann könnte ich mir Venables ganz gut als den leitenden Kopf vorstellen. Allein die Dinge, die er in seinem Haus hat, stellen ein Riesenvermögen dar. Woher kommt all das Geld?«
Ich wartete einen Moment, ehe ich fortfuhr:
»Und all die Leute, die da so hübsch ordentlich in ihren Betten starben ... besaßen sie jemanden, der sie beerbt hat? Oder der aus ihrem Tod Nutzen gezogen hat?«
»In gewissem Sinne profitiert immer jemand vom Tod eines

andern. Aber auch hier gab es keine besonders verdächtigen Umstände, wenn es das ist, was Sie wissen möchten.«
»Mehr oder weniger.«
»Lady Hesketh-Dubois zum Beispiel hinterließ, wie Sie wohl selbst wissen, rund fünfzigtausend Pfund. Eine Nichte und ein Neffe waren die Erben. Der Neffe lebt in Kanada, die Nichte ist im Norden unseres Landes verheiratet. Beide konnten das Geld gut brauchen. Thomasina Tukkerton besaß von ihrem Vater her ein sehr großes Vermögen. Da sie unverheiratet war und starb, bevor sie einundzwanzig wurde, fiel das Geld wieder an ihre Stiefmutter zurück. Und diese Dame scheint einen absolut untadeligen Charakter zu haben. Dann ist da natürlich noch diese Mary Delafontaine – sie hinterließ ihr ganzes Vermögen einer Kusine . . .«
»Und diese Kusine . . .?«
»Lebt mit ihrem Mann in Kenia.«
»Also alle in sicherer Entfernung«, bemerkte ich.
Corrigan warf mir einen ärgerlichen Blick zu.
»Von den drei Stanfords, die in letzter Zeit ins Gras beißen mußten, hatte der erste eine sehr viel jüngere Frau, die sich merkwürdig rasch wieder verheiratete. Der Verstorbene war Katholik und wollte nichts von einer Scheidung wissen. Ein Bursche namens Sidney Harmondsworth, der an Gehirnblutung starb, soll sehr diskrete, aber einträgliche Erpressungen begangen haben. Sicher gibt es mehrere Leute, die über seinen Tod nicht gerade unglücklich waren.«
»Mit alledem bestätigen Sie mir nur, daß der Tod all dieser Leute irgendwo sehr willkommen war. Wie steht es nun mit Corrigan?«
Der Arzt grinste.
»Corrigan ist ein Allerweltsname. Eine ganze Reihe von Corrigans ist gestorben – aber soviel wir wissen, hat niemand dadurch einen besonderen Vorteil gehabt.«
»Das klärt die Lage. Sie *selbst* sind das nächste auserkorene Opfer. Passen Sie gut auf sich auf!«
»Werde ich bestimmt! Und glauben Sie nur ja nicht. Ihre

Hexe von Endor könne mich mit einem Duodenalgeschwür oder der spanischen Grippe um die Ecke bringen ... nicht einen abgehärteten Arzt wie mich!«
»Hören Sie zu, Jim. Ich möchte dieser Sache nachgehen. Wollen Sie mir dabei helfen?«
»Auf keinen Fall! Ich verstehe nicht, wie ein gescheiter Mensch wie Sie auf einen solchen Unsinn hereinfallen kann.«
Ich seufzte. »Wissen Sie denn wirklich kein anderes Wort? Von diesem habe ich langsam genug.«
»Quatsch, wenn Ihnen das lieber ist.«
»Kann nicht behaupten, daß mir das besser gefiele.«
»Sie sind ein unverbesserlicher Dickkopf, Mark, geben sie es zu.«
»So wie ich die Sache ansehe«, erklärte ich, »*muß* jemand ein Dickkopf sein.«

20

Glendower Close war ganz neu erbaut. Die Straße bog sich halbkreisförmig, die Arbeiter waren noch am Werk. Ungefähr auf halbem Weg stand an einem Gartentor der Name »Everest«.
Über ein Beet gebückt und mit dem Pflanzen von Blumenzwiebeln beschäftigt, zeigte sich ein runder Rücken, den Inspektor Lejeune ohne Schwierigkeiten als den von Mr. Zacharias Osborne erkannte. Der Inspektor öffnete das Tor und trat ein. Mr. Osborne hob den Kopf, um zu sehen, wer in sein Reich eingedrungen war, und sobald er seinen Besucher erkannte, überflog ein Rot der Freude sein ohnehin schon gerötetes Gesicht. Mr. Osborne sah auf dem Lande nicht anders aus als in seiner Apotheke in der Stadt. Er trug zwar schwere Schuhe und war in Hemdsärmeln, aber selbst das vermochte der Korrektheit seiner Erscheinung keinen Abbruch zu tun. Feine Schweißtropfen hatten sich auf seinem kahlen Hinterkopf gebildet; er wischte sie sorgfältig

mit einem Taschentuch ab, ehe er seinem Gast entgegenging.
»Inspektor Lejeune!« rief er erfreut aus. »Das ist eine große Ehre für mich, wirklich. Ich habe Ihren Brief bekommen, in dem Sie mir den Erhalt des meinigen bestätigten, aber ich hätte nie zu hoffen gewagt, Sie persönlich bei mir begrüßen zu dürfen. Seien Sie willkommen in meinem Tuskulum ... willkommen in Everest. Der Name überrascht Sie? Ich habe mich immer sehr für den Himalaja interessiert und jede Phase der Everest-Expedition genau verfolgt. Welcher Triumph für unser Land! Was für Entbehrungen diese Leute erdulden mußten! Da ich selbst mein ganzes Leben von ähnlichem verschont blieb, weiß ich den Mut und die Energie solcher Menschen um so höher zu schätzen, die im Interesse der Wissenschaft unerforschte Berge besteigen oder in die Eisfelder der Arktis vordringen. – Aber kommen Sie doch bitte herein ... Ich darf Ihnen vielleicht eine kleine Erfrischung anbieten?«
Er geleitete Lejeune in das einstöckige Haus, das ein Muster an Sauberkeit und Ordnung darstellte, obwohl es nur sehr spärlich möbliert war.
»Ich bin noch nicht ganz eingerichtet«, erklärte Mr. Osborne. »Das meiste kaufe ich auf Versteigerungen, denn da findet man manchmal besonders schöne Objekte zu einem Viertel des Ladenpreises. Was darf ich Ihnen nun offerieren? Ein Glas Sherry? Oder ein Bier? – Oder hätten Sie lieber Tee? Der Kessel ist im Handumdrehen aufgestellt.«
Lejeune entschied sich für ein Bier.
Mr. Osborne ging hinaus und kam einen Augenblick später mit zwei Zinnkrügen zurück.
»Hier ist das Bier. Bitte nehmen Sie doch Platz und ruhen wir ein wenig aus. *›Everest‹*, ewige Ruhe, haha! Ich liebe solche kleinen Späße.«
Nach dem ersten Schluck lehnte Mr. Osborne sich hoffnungsvoll vor. »Hat Ihnen meine Mitteilung etwas genützt?« fragte er. Lejeune versuchte, den Schlag, den er dem anderen versetzen mußte, nach Möglichkeit zu mildern. »Leider nicht so, wie wir hofften«, bemerkte er daher nur.

»Oh, da bin ich aber enttäuscht. Obschon natürlich kein Grund dafür besteht, daß der Herr, den ich kurz nach Pater Gorman sah, unbedingt sein Mörder sein muß. Das wäre zuviel des glücklichen Zufalls. Wie ich hörte, ist dieser Mr. Venables reich und in seiner Gemeinde sehr angesehen.«

»Das ist nicht der Punkt.« Lejeune schüttelte den Kopf. »Aber es kann gar nicht Mr. Venables sein, den Sie auf der Straße gesehen haben.«

Mr. Osborne setzte sich sehr gerade auf. »O doch, das weiß ich bestimmt! Ich irre mich nie, wenn ich ein Gesicht einmal gesehen habe.«

»Diesmal aber muß es doch der Fall sein«, erklärte Lejeune freundlich. »Mr. Venables ist ein Opfer der Kinderlähmung. Seit mehr als drei Jahren kann er sich nicht mehr ohne Rollstuhl bewegen.«

»Kinderlähmung!« rief Mr. Osborne erschrocken. »Du meine Güte! Das scheint allerdings die Angelegenheit zu ändern. Und dennoch ... entschuldigen Sie vielmals, Inspektor Lejeune, ich möchte Sie nicht kränken. Aber stimmt das auch wirklich? Haben Sie sich genau erkundigt?«

»Selbstverständlich, Mr. Osborne. Mr. Venables ist in Behandlung bei Sir William Dugdale in der Harley Street – also bei einer unserer bekanntesten Kapazitäten auf diesem Gebiet.«

»Ich weiß, ich weiß – ein sehr bekannter Name! Merkwürdig, daß ich mich so irren konnte; ich war meiner Sache absolut sicher. Und nun habe ich Sie für nichts und wieder nichts belästigt.«

»Das müssen Sie nicht so auffassen«, widersprach Lejeune rasch. »Ihre Information ist trotzdem sehr wichtig für uns. Es ist ja klar, daß der Mann, den Sie sahen, eine große Ähnlichkeit mit Mr. Venables haben muß – und da Mr. Venables eine ganz außergewöhnliche Erscheinung ist, hilft uns dieses Wissen schon bedeutend weiter. Es kann nicht viele Männer geben, die ihm gleichen.«

»Das stimmt.« Mr. Osborne schien sich etwas von seiner Enttäuschung zu erholen. »Ein Mann aus Verbrecherkrei-

sen, der ihm ähnlich sieht. Deren gibt es sicher nicht viele. In den Akten von Scotland Yard werden ...«
Er fuhr nicht fort, sondern sah den Inspektor nur hoffnungsvoll an.
»Nun, auch das ist vielleicht nicht so einfach, wie Sie denken«, meinte Lejeune langsam. »Vielleicht wird der Mann in unseren Akten nicht geführt. Außerdem haben wir noch keinen Grund, in ihm unbedingt den Mörder von Pater Gorman zu erblicken.«
Mr. Osborne machte erneut ein enttäuschtes Gesicht.
»Sie müssen entschuldigen, Inspektor ... das sind wahrscheinlich nur meine Wunschträume. Ich hätte mich so gefreut, in einem Mordfall als Zeuge aufgerufen zu werden. Da hätte man mich nicht zu bedrängen brauchen, das kann ich Ihnen versichern. Ich hätte zu meiner Sache gestanden.«
Lejeune schwieg und betrachtete seinen Gastgeber nachdenklich. »Was verstehen Sie darunter, Mr. Osborne?« fragte er schließlich.
Der Apotheker sah ihn verblüfft an. »Nun, ich bin so sicher ... oh, ich begreife! Sie meinen, ich müsse mich in der Person geirrt haben und *könne* daher meiner Sache gar nicht sicher sein. Und dennoch ...«
Lejeune lehnte sich vor. »Sie haben sich vielleicht gefragt, weshalb ich zu Ihnen gekommen bin. Nachdem ich das medizinische Gutachten in der Hand habe, wonach Mr. Venables nicht der gesuchte Mann sein kann, bestünde dazu eigentlich kein Grund mehr, nicht wahr?«
»Eben, eben! – Nun, Inspektor, weshalb sind Sie also trotzdem hier?«
»Ich will es Ihnen gestehen, Mr. Osborne. Die Sicherheit, mit der Sie Ihre Aussage machten, verblüffte mich. Ich wollte wissen, worauf diese Sicherheit basiert. Sie werden sich erinnern, daß es damals ein sehr nebliger Abend war. Ich bin zu Ihrem früheren Geschäft gegangen, ich habe mich selbst auf die Schwelle gestellt und zur anderen Straßenseite hinübergeblickt. Und mir schien es fast unmöglich, daß Sie von dieser Stelle aus ein Gesicht so deutlich

sehen konnten. Bei solchem Nebel sollten doch höchstens die Umrisse einer Gestalt sichtbar werden.«
»Bis zu einem gewissen Punkt haben Sie recht, Inspektor. Es war an jenem Abend wirklich neblig. Aber – der Nebel kam in richtigen Schwaden, und zwischendurch gab es immer wieder lichte Phasen. So war es auch in dem Moment, da ich Pater Gorman erkannte ... und auch den Mann, der ihm auf dem Fuße folgte. Ferner wollte es der Zufall, daß dieser Mann gerade gegenüber meiner Tür sein Feuerzeug anknipste, um seine Zigarette wieder anzuzünden. Dies war der Augenblick, da ich ihn ganz deutlich sah – seine Nase, sein Kinn und den starken Adamsapfel. Dies Gesicht vergißt man nicht so rasch, dachte ich bei mir. Ich hatte ihn vorher noch nie in der Gegend gesehen und auch nicht in meinem Geschäft. Und deshalb ...« Mr. Osborne brach ab.
»Ja, ich verstehe«, erklärte Lejeune und nickte nachdenklich.
»Vielleicht handelt es sich um einen Bruder dieses Mr. Venables – einen Zwillingsbruder sogar?« schlug der Apotheker hoffnungsvoll vor. »Das wäre doch eine Lösung, nicht wahr?«
»Zwei Brüder, die sich gleichen wie ein Ei dem andern?« Der Inspektor lächelte. »In Büchern macht sich so etwas ganz gut ... aber in der Wirklichkeit kommt es wohl eher selten vor.«
»Es braucht ja nicht gerade ein Zwilling zu sein – einfach ein Bruder und eine allgemeine Familienähnlichkeit ...« Mr. Osborne schien sehnsüchtig auf eine Zustimmung zu warten.
»Soweit wir feststellen konnten ...«, Lejeune wählte seine Worte sehr vorsichtig, »besitzt Mr. Venables überhaupt keinen Bruder.«
»Soweit Sie feststellen konnten?« Mr. Osborne hatte die Formulierung sofort erfaßt.
»Der Mann ist zwar Engländer, aber im Ausland geboren. Seine Eltern brachten ihn erst hierher, als er elf Jahre war.«
»Demnach wissen Sie nicht viel über ihn und seine Familie?«
»Nein«, gab der Inspektor nachdenklich zu. »Wir konnten tatsächlich nur wenig ausfindig machen über Mr. Venables.

Dazu müßten wir schon hingehen und ihn selbst fragen – doch wir haben keinen Grund dafür.«
Er sprach sehr bestimmt. Es gab natürlich für die Polizei auch noch andere Mittel und Wege, aber er hatte nicht die Absicht, dies Mr. Osborne anzuvertrauen.
Der Inspektor erhob sich. »Wenn also das medizinische Gutachten nicht wäre, würden Sie immer noch auf Ihrer Ansicht beharren?«
»Ganz gewiß!« Mr. Osborne erhob sich ebenfalls. »Es ist sozusagen eine Manie von mir, mich an alle Gesichter zu erinnern, die ich einmal gesehen habe.« Er kicherte. »Viele meiner Kunden habe ich damit überrascht. ›Wie geht's denn Ihrem Asthma?‹ erkundigte ich mich zum Beispiel bei einer Dame, die mich daraufhin sehr verblüfft ansah. ›O ja, Sie sind doch im vergangenen März hier gewesen, mit einem Rezept von Dr. Hargreaves.‹ Na, ich sage Ihnen: Sie konnte es gar nicht fassen. Aber dies Gedächtnis hat mir viel geholfen im Geschäft. Es freut die Kunden immer, wenn man sie wiedererkennt. Allerdings wußte ich mit Namen nicht so gut Bescheid wie mit Gesichtern. Ich habe diese Gabe seit meiner Jugend gepflegt, Mr. Lejeune, und wenn man sich einmal daran gewöhnt hat, macht man es fast automatisch – man braucht sich gar nicht mehr anzustrengen.«
Lejeune seufzte. »Ich gäbe etwas darum, Zeugen wie Sie vor Gericht zu haben. Identifizierung ist immer eine verflixte Sache; die meisten Leute können sich nie mit Bestimmtheit an etwas erinnern. Sie kommen uns mit ganz vagen Angaben wie zum Beispiel: ›Oh, ich glaube, ziemlich groß. Blondes Haar ... nun, nicht direkt blond, eher ins bräunliche spielend. Blaue Augen ... oder vielleicht auch graue ... oder braune. Grauer Mantel ... kann auch sein, daß er dunkelblau war.‹ Was sollen wir mit solchen Aussagen machen?«
Mr. Osborne lachte.
»Dergleichen kann Ihnen allerdings nicht viel weiterhelfen.«
»Ehrlich gesagt: Ein Zeuge wie Sie wäre ein wahres Gottesgeschenk!«
Mr. Osborne sah sehr erfreut aus. »Ich bin auch ein ganz gu-

ter Taschenspieler. Zu Weihnachten zeige ich meine Kunststücke manchmal im Kinderheim; das macht den Kleinen immer viel Spaß. – Entschuldigen Sie, Mr. Lejeune ... was haben Sie denn da in Ihrer Brusttasche?«
Er lehnte sich vor und zog einen kleinen Aschenbecher aus der Tasche des Inspektors.
»Aber, aber, mein Herr! Und ausgerechnet Sie sind bei der Polizei!«
Er lachte herzlich, und Lejeune stimmte ein. Dann aber seufzte Mr. Osborne.
»Ich habe hier ein wirklich hübsches kleines Häuschen gefunden, Sir. Die Nachbarn scheinen alle nett und freundlich ... genau das, was ich mir seit Jahren erträumte. Aber ich muß Ihnen gestehen, daß mir jetzt auf einmal der gewohnte Betrieb fehlt. Im Geschäft war doch ein ständiges Kommen und Gehen, und man konnte die Menschen studieren. Ich habe mich so danach gesehnt, meinen eigenen Garten zu besitzen, und ich habe auch noch andere Interessen. Schmetterlinge zum Beispiel, wie ich Ihnen schon sagte, und das Beobachten der Vögel. Niemals hätte ich gedacht, daß mir das menschliche Element so abgehen würde.
Ich wollte auch kleinere Reisen machen. Nun, letztes Wochenende bin ich nach Frankreich gefahren – ganz hübsch, muß ich zugeben, aber England ist doch viel, viel besser! Und diese fremdländische Küche hat mir gar nicht zugesagt – soviel ich sehen konnte, wissen die Leute dort nicht einmal, wie man Speck mit Eiern macht. Ich bitte Sie!«
Er seufzte wieder.
»Das zeigt nur, wie die menschliche Natur beschaffen ist. Immer habe ich auf den Moment gewartet, da ich mich vom Geschäft zurückziehen konnte. Und nun ...? Wissen Sie, daß ich tatsächlich mit dem Gedanken spiele, mich hier in Bournemouth wieder finanziell an einer Apotheke zu beteiligen? Oh, es sollte nicht meine ganze Zeit beanspruchen – ich möchte nur von Zeit zu Zeit hingehen können, um mich sozusagen ›im Betrieb‹ zu fühlen. Ich vermute, es wird Ihnen später einmal genauso gehen, Inspektor. Sie

machen Zukunftspläne – aber wenn die Zeit kommt, sehnen Sie sich nach den Aufregungen Ihres Berufs zurück.«
Lejeune lächelte.
»Der Beruf eines Polizisten ist nicht so romantisch und aufregend, wie Sie glauben, Mr. Osborne. Sie sehen das mit den Augen des Außenstehenden. Aber der Großteil unserer Arbeit ist höchst eintönig. Wir sind nicht immer auf der Jagd nach großen Verbrechern und geheimnisvollen Spuren. Auch unser Geschäft kann recht langweilig sein.«
Mr. Osborne schien nicht überzeugt.
»Nun, Sie müssen es wohl am besten wissen, Mr. Lejeune«, meinte er. »Leben Sie wohl – und es tut mir wirklich leid, daß ich Ihnen nicht besser helfen konnte. Aber wenn etwas Neues auftauchen sollte . . .«
»Ich werde es Sie wissen lassen«, versprach Lejeune.
»Dieses Fest erschien mir so vielversprechend«, murmelte Mr. Osborne betrübt.
»Ich verstehe Sie. Schade, daß ein medizinisches Gutachten von Sir William Dugdale praktisch unanfechtbar ist.«
»Nun . . .« Mr. Osborne ließ das Wort in der Luft hängen, doch der Inspektor achtete nicht darauf. Er ging mit leichten Schritten davon, während der Apotheker in der Gartentür stand und ihm nachschaute.
»Medizinische Gutachten«, murmelte er, ». . . und Ärzte! Ha! Wenn er so viel über Ärzte wüßte wie ich . . .! Unfähig sind sie, alle miteinander!«

21

Zuerst Hermia – und nun Jim Corrigan!
Schön – dann machte ich mich also in ihren Augen lächerlich.
Ich nahm demnach dummes Geschwätz und Blödsinn für bare Münze. Ich war ein einfältiger, abergläubischer Idiot.
Zornig nahm ich mir vor, diese ganze verdammte Geschichte aufzugeben. Was ging sie mich denn überhaupt an?

Aber durch alle Selbstkrittelei hindurch hörte ich wieder die Stimme von Mrs. Dane Calthrop: »Sie müssen etwas tun! Die Sache ist schlimm – sehr schlimm. Was auch dahinterstecken mag ... es muß verhindert werden. Und Sie dürfen keine Zeit dabei verlieren.«
Ja, das war leicht gesagt!
»Haben Sie keinen Freund, der Ihnen helfen könnte?«
Ich hatte Hermia gebeten und dann Corrigan. Keiner von beiden wollte mitmachen. Und sonst wußte ich niemanden. Oder doch ...?
Kurz entschlossen ging ich zum Telefon und rief Mrs. Oliver an.
»Hallo – hier Mark Easterbrook.«
»Ja ...?«
»Mrs. Oliver, können Sie mir den Namen des Mädchens sagen, das auf diesem Fest bei Rhoda war?«
»Ich denke wohl – lassen Sie mich überlegen. Ja, natürlich: Ginger hieß sie.«
»Das weiß ich selbst. Aber ich meine den anderen Namen.«
»Welchen Namen denn?«
»Ich bezweifle, daß sie Ginger getauft wurde. Und außerdem muß sie doch einen Nachnamen haben.«
»Ach – natürlich! Aber den kenne ich nicht, sie wurde ja immer nur Ginger genannt. Und außerdem habe ich sie erst bei Rhoda kennengelernt.« Eine kurze Pause entstand; dann schlug Mrs. Oliver vor: »Fragen Sie doch Rhoda selbst.«
Diesen Gedanken hatte ich natürlich auch schon gehabt – aber er sagte mir nicht zu. Mir war irgendwie unbehaglich dabei.
»Nein, das kann ich nicht«, sagte ich daher.
»Unsinn! Das ist doch lächerlich einfach«, erklärte Mrs. Oliver ermutigend. »Sagen Sie bloß, Sie hätten ihre Adresse verloren oder könnten sich nicht mehr daran erinnern – und Sie hätten versprochen, ihr ein Buch zu schicken ... oder den Namen eines Geschäfts, in dem man billig Kaviar kaufen kann ... oder Sie müßten ihr ein Taschentuch zurückgeben, das sie Ihnen geliehen hat, als Sie Nasenbluten hatten ... oder die Adresse eines reichen Freundes, der ein Bild

restaurieren lassen möchte. Genügt eine dieser Begründungen?«
»Danke, das genügt vollkommen«, versicherte ich.
Ich legte den Hörer auf – nur, um gleich darauf Rhodas Nummer zu wählen.
»Ginger?« lachte Rhoda. »Oh, natürlich. Calgary Place fünfundvierzig. Warte, ich kann dir ihre Telefonnummer geben.« Sie entfernte sich und kehrte kurz darauf wieder zurück. »Capricorn 3 59 87. Hast du es notiert?«
»Ja, besten Dank. Aber ich brauche auch ihren Namen – den richtigen, meine ich. Ich habe ihn nie gehört.«
»Oh, ihr Nachname? Sie heißt Corrigan, Katherine Corrigan.
– Was sagtest du eben?«
»Nichts. Vielen Dank, Rhoda.«
Das war ein seltsames Zusammentreffen. Corrigan! Zweimal Corrigan. Vielleicht war es ein Omen.
Ich wählte Capricorn 3 59 87.

22

Ginger saß mir gegenüber an einem Tischchen im »White Cockatoo«, wo wir uns getroffen hatten. Sie sah erfreulicherweise genauso aus wie auf Rhodas Fest – ein wilder roter Haarschopf, vergnügte Sommersprossen und lebhafte graue Augen. Sie trug ihre Londoner Arbeitstracht: enge lange Hosen, einen saloppen Pullover und schwarze Strümpfe – aber im übrigen war es noch die gleiche Ginger. Sie gefiel mir sehr gut.
»Ich hatte allerhand Mühe, Sie ausfindig zu machen«, lachte ich. »Ihr richtiger Name, Ihre Adresse, Ihre Telefonnummer ... nichts wußte ich. Es war geradezu ein Problem für mich.«
»Das sagt meine Aushilfe auch immer. Und dann bedeutet es meistens, daß ich ihr irgend etwas kaufen muß, eine neue Bürste oder eine Tasse, die sie zerbrochen hat.«

»Ich will Sie nicht dazu veranlassen, etwas zu kaufen«, versicherte ich.
Und dann erzählte ich ihr die ganze Geschichte. Ich brauchte nicht so lange Zeit dafür wie bei Hermia, weil sie Das fahle Pferd und seine Bewohnerinnen ja bereits kannte. Als ich fertig war, wagte ich nicht, sie anzuschauen. Ich wollte ihre Reaktion nicht sehen – nicht ihr spöttisches Lächeln oder ihren deutlichen Unglauben. Das alles mußte ja wirklich unsinnig klingen. Niemand – außer Mrs. Calthrop – konnte darüber so empfinden wie ich. Mit meiner Gabel zeichnete ich Bilder auf das Tischtuch. Gingers Stimme klang frisch, als sie fragte: »Ist das alles?«
»Ja, das ist alles«, mußte ich zugeben.
»Was wollen Sie jetzt unternehmen?«
»Sie meinen ... Sie meinen wirklich, ich sollte etwas *tun*?«
»Aber selbstverständlich! Jemand muß damit beginnen! Man kann doch nicht eine ganze Organisation bestehen lassen, die es sich zum Ziel gesetzt hat, Leute um die Ecke zu bringen ... und nichts dagegen tun!«
Ich hätte ihr um den Hals fallen mögen für diese Antwort.
»Womit kann ich denn beginnen?«
Sie nippte an ihrem Pernod und furchte die Stirn. Eine warme Welle des Glücks überflutete mich – ich war nicht mehr allein!
Nachdenklich meinte sie: »Sie müssen herausfinden, was das alles zu bedeuten hat.«
»Einverstanden – aber wie?«
»Mir scheinen zwei Hinweise vorhanden. Vielleicht kann ich Ihnen helfen.«
»Würden Sie das wirklich tun? Und Ihre Arbeit?«
»Oh, daneben habe ich noch viel Zeit.« Wieder runzelte sie nachdenklich die Stirn.
»Dieses Mädchen, das Sie da nach der *Macbeth*-Vorstellung gesehen haben – Poppy hieß sie wohl. Sie weiß etwas über die Sache, sonst hätte sie auf Ihre Frage nicht so reagiert.«
»Sicher. Aber sie hat Angst. Sie ist sofort ausgewichen, als ich sie auszufragen versuchte – sie wagte nicht, ein Wort darüber zu sagen.«

»Gerade deshalb kann ich helfen«, erklärte Ginger zuversichtlich. »Mir wird sie manches erzählen, was sie sich bei Ihnen nicht traute. Können Sie es so einrichten, daß wir uns treffen? Ihr Freund, diese Poppy, Sie und ich? Vielleicht bei einer Vorstellung oder bei einem Essen . . .« Plötzlich sah sie mich zweifelnd an. »Oder wird das zu teuer?«
Ich versicherte ihr, daß ich diese Auslagen noch tragen könnte.
»Und was Sie selbst betrifft . . .« Ginger überlegte eine Minute und meinte dann langsam: »Ich glaube, Sie könnten am besten bei dieser Thomasina Tuckerton anfangen.«
»Aber wie? Das Mädchen ist doch tot.«
»Und jemand wünschte ihren Tod, wenn Ihre Vermutungen richtig sind. Die Abmachungen dazu wurden mit dem Fahlen Pferd getroffen. Da gibt es zwei Möglichkeiten: entweder die Stiefmutter oder das Mädchen, mit dem sie wegen des jungen Mannes in Streit geraten war. Vielleicht hat sie ihn der anderen wirklich ausgespannt und wollte ihn heiraten. Das hätte jedenfalls weder der Stiefmutter noch dem anderen Mädchen gepaßt. Die eine sowohl wie die andere hätte sich mit dem Fahlen Pferd in Verbindung setzen können. Hier läßt sich möglicherweise etwas finden. Wissen Sie, wie das Mädchen hieß?«
»Ich glaube, man nannte sie Lou.«
»Aschblond, strähniges Haar, mittelgroß, ziemlich kurvenreich?«
Ich nickte.
»Das dürfte die gleiche sein, die ich kenne. Lou Ellis. Sie hat selbst etwas Geld . . .«
»Danach sieht sie aber nicht aus.«
»Das sieht man diesen Mädchen nie an – aber es ist schon so. Jedenfalls hätte sie ohne Schwierigkeiten die Gebühren des Fahlen Pferdes bezahlen können – ich nehme doch an, diese drei Frauen verlangen Geld dafür?«
»Das ist anzunehmen.«
»Sie kümmern sich am besten um die Stiefmutter, das liegt mehr auf Ihrer Linie. Suchen Sie die Dame auf . . .«
»Ich habe keine Ahnung, wo sie lebt.«

»Luigi wußte doch etwas über Tommys Zuhause. Wahrscheinlich kennt er wenigstens die Gegend. Ein paar Telefon- und Adreßbücher tun das übrige. – Gott nein, wie dumm wir doch sind! Sie haben ja die Todesanzeige in der Zeitung gelesen; also müssen Sie nur dorthin gehen und nachsehen.«
»Aber ich brauche einen Vorwand, um mit der Stiefmutter zu sprechen«, meinte ich nachdenklich.
Ginger behauptete, das sei ganz leicht.
»Sie sind doch kein Niemand, will mir scheinen! Ein bekannter Historiker, ein Mann, dessen Namen schon oft in den Zeitungen gestanden hat. Das wird auf Mrs. Tuckerton bestimmt Eindruck machen, und wahrscheinlich fühlt sie sich höchst geschmeichelt, Sie kennenzulernen.«
»Und der Vorwand?«
»Ein architektonisches Interesse an ihrem Haus?« schlug Ginger vor. »Wenn das Haus alt genug ist, läßt sich das schon machen.«
»Das hat aber mit meinen geschichtlichen Forschungen über die Moguln nichts zu tun«, wandte ich ein.
»Das wird sie bestimmt nicht merken.« Ginger war sehr zuversichtlich. »Die Leute bilden sich immer ein, alles, was älter als hundert Jahre ist, müsse einen Historiker oder Archäologen interessieren. Oder wie wäre es mit einem Gemälde? Sie besitzt doch bestimmt verschiedene alte Bilder. Wie dem auch sei: Sie treffen eine Verabredung mit ihr und kochen sie windelweich mit Ihrer Liebenswürdigkeit. Dann erwähnen Sie so nebenbei, Sie hätten einmal ihre Tochter getroffen – ihre Stieftochter. Dabei flechten Sie ein paar Worte über Das fahle Pferd ein.«
»Was versprechen Sie sich davon?«
»Sie müssen mit dem Namen natürlich ganz plötzlich und unerwartet herausplatzen – und beobachten, wie sie darauf reagiert. Wenn sie ein schlechtes Gewissen hat, wird sich das bestimmt irgendwie zeigen.«
»Und wenn mir wirklich etwas auffällt – was dann?«
»Nichts. Die Hauptsache ist: Wir wissen, daß wir das richtige Ende des Fadens gefunden haben. Sobald wir dessen si-

cher sind, können wir mit Volldampf an die Geschichte herangehen.«
Nach einer Pause fügte sie nachdenklich hinzu: »Mir ist noch etwas aufgefallen. Weshalb hat Ihnen diese Thyrza Grey all diesen Hokuspokus so bereitwillig erzählt?«
»Darauf weiß ich nur eine Antwort: Sie ist eben etwas verrückt.«
»Das meine ich nicht. Ich wollte damit sagen: Warum gerade Ihnen? Vielleicht gibt es da eine Verbindung.«
»Zu was?«
»Haben Sie einen Augenblick Geduld – ich muß meine Gedanken erst ordnen.«
Ich wartete. Ginger nickte zweimal höchst nachdrücklich, ehe sie zu sprechen begann:
»Nehmen wir einmal an, es verhielte sich folgendermaßen: Das Mädchen Poppy weiß auf irgendeine Weise über Das fahle Pferd Bescheid, vielleicht gar nicht aus eigener Erfahrung, sondern vom Hörensagen. Sie scheint zu jener Kategorie von Mädchen zu gehören, vor denen man sich beim Reden nicht in acht nimmt, die aber viel mehr mitkriegen, als man allgemein glaubt. Das ist oft so bei besonders dummen Menschen. Vielleicht hat jemand gehört, wie sie mit Ihnen darüber sprach, und hat ihr daraufhin befohlen, den Mund zu halten. Am nächsten Tag kommen Sie ins Geschäft und wollen Poppy ausfragen ... natürlich ist sie viel zu verstört, um darauf einzugehen. Aber sie erzählt dem Betreffenden davon. Nun, was müssen sich die Leute dabei denken? Da Sie nicht von der Polizei sind, nimmt man das Nächstliegende an, nämlich: Sie könnten möglicherweise ein Kunde werden.«
»Aber das ist doch ...«
»Das ist vollkommen logisch! Sie haben irgendwelche Gerüchte gehört, und jetzt wollen Sie sich näher erkundigen – für Ihre eigenen Zwecke. Gleich darauf erscheinen Sie bei diesem Fest in Much Deeping. Man führt Sie sogar bei den Besitzerinnen des Fahlen Pferdes ein – natürlich, weil Sie darum gebeten haben. Und was geschieht? Prompt beginnt Thyrza vom Geschäft zu sprechen!«

»Das wäre eine Möglichkeit«, gab ich zu. »Glauben Sie wirklich an diese Macht, die sie zu besitzen vorgibt, Ginger?«
»Spontan würde ich sagen, es sei ausgeschlossen. Aber es gibt nun einmal seltsame Dinge, besonders auf dem Gebiet des Hypnotismus. Da wird zum Beispiel einem Menschen befohlen, er müsse am nächsten Nachmittag um vier Uhr bei einem Bekannten eine Kerze aus dem Leuchter nehmen ... und er geht hin und tut es, ohne zu wissen, warum. Man ist natürlich versucht zu sagen, das alles sei Humbug. Aber möglicherweise steckt doch etwas dahinter. Und was nun diese Thyrza betrifft – ich glaube nicht, daß es wahr ist, aber ich befürchte, es könnte doch sein.«
»Ja«, meinte ich düster, »das sind ganz genau meine eigenen Empfindungen.«
»Ich werde mich ein wenig mit dieser Lou beschäftigen: Ich kenne verschiedene Lokale, in denen sie aufzutauchen pflegt. Aber das erste und wichtigste ist, mit Poppy Verbindung aufzunehmen.«
Das war nicht weiter schwierig. David war an einem der nächsten Abende frei; wir beschlossen, zusammen eine Kabarettvorstellung zu besuchen, und er erschien verabredungsgemäß mit Poppy im Schlepptau. Anschließend gingen wir alle zusammen ins »Fantasia« zum Essen. Mir fiel auf, daß Poppy und Ginger längere Zeit im Waschraum verschwunden waren und sich nachher anscheinend bestens verstanden. Wie Ginger geraten hatte, führten wir nur belanglose Gespräche. Schließlich trennten wir uns, und ich fuhr Ginger nach Hause.
»Ich habe noch nicht viel zu berichten«, erklärte sie vergnügt. »Ich habe mich mit Lou beschäftigt. Der Bursche, um den der Streit losging, heißt Gene Pleydon – ein widerlicher Laffe, sehr auf Geld erpicht. Aber die Mädchen sind alle wie wild hinter ihm her. Er hatte sich ziemlich viel mit Lou abgegeben, und auf einmal erschien Tommy auf dem Plan. Lou behauptet, er habe sich gar nichts aus ihr gemacht, sondern sei nur scharf auf ihr Geld gewesen. Wie dem auch sei – jedenfalls hat er Lou wie eine heiße Kartoffel fallen lassen, und sie war natürlich wütend. Nach ihrer Angabe hatte sie

übrigens mit Tommy keinen ernsthaften Streit, sondern nur eine leichte Plänkelei.«
»Na, ich danke! Sie riß ihr ja buchstäblich die Haare mit der Wurzel aus.«
Ginger zuckte die Achseln. »Ich wiederhole nur, was Lou gesagt hat.«
»Sie scheint jedenfalls ziemlich offenherzig gewesen zu sein.«
»Oh, diese Mädchen schwatzen über die intimsten Dinge mit jedem, der es hören will. Jedenfalls hat Lou bereits einen anderen Freund – meiner Meinung nach wieder eine richtige Niete, aber sie ist ganz verrückt nach ihm. Ich glaube daher kaum, daß sie eine Besucherin des Fahlen Pferdes gewesen ist. Ich habe das Thema aufgegriffen, aber sie hat gar nicht reagiert. Mir scheint, wir können sie von unserer Liste streichen. Auch der Wirt des italienischen Lokals, in dem Sie damals waren, hält den Streit nicht für wichtig. Andererseits glaubt er, daß es Tommy sehr ernst war mit Gene, und auch er soll schwer hinter ihr her gewesen sein. Wie weit sind Sie mit der Stiefmutter?«
»Sie war verreist und kommt erst morgen zurück. Ich habe ihr einen Brief geschrieben – vielmehr durch meinen Sekretär schreiben lassen –, in dem ich sie um eine Verabredung bitte.«
»Fein; die Dinge kommen langsam ins Rollen. Ich hoffe, es wird nicht alles im Sande verlaufen.«
»Wenn wir überhaupt zu einem Ergebnis kommen!«
»Das müssen wir!« rief Ginger erregt. »Übrigens ist mir noch etwas eingefallen. Am Anfang dieser ganzen Sache steht doch der Mord an Pater Gorman. Er wurde zu einer sterbenden Frau gerufen und danach umgebracht, weil diese ihm etwas anvertraut hatte. Was geschah nun eigentlich mit dieser Frau? Ist sie gestorben? – Und wer war sie? Dort sollten sich doch auch gewisse Hinweise finden lassen.«
»Sie ist tot, und ich weiß sehr wenig über sie. Ich glaube, ihr Name war Davis.«
»Könnten Sie nicht etwas mehr über sie herausfinden?«

»Ich werde sehen, was sich tun läßt«, versprach ich.
»Wenn wir erst wissen, woher sie stammte und was sie tat, stellt sich vielleicht auch heraus, woher sie ihr Wissen bezog.«
»Ich verstehe.«
Am nächsten Morgen erreichte ich Jim Corrigan am Telefon und stellte ihm meine Fragen.
»Warten Sie ... wie war das doch gleich? – O ja, wir erfuhren einiges, aber es half uns nicht weiter. Davis war nicht ihr richtiger Name, deshalb dauerten die Erkundigungen länger. Sie hieß eigentlich Archer, und ihr Mann war ein kleiner Warenhausdieb. Als sie das entdeckte, verließ sie ihn und nahm wieder ihren Mädchennamen an.«
»Wo steckt der Mann jetzt?«
»Er ist tot.«
»Also nichts zu holen in dieser Richtung.«
»Nein. Auch das kleine Marktforschungsunternehmen, für das Mrs. Davis zur Zeit ihres Todes arbeitete, weiß nicht mehr über sie und ihr früheres Leben.«
Ich dankte ihm und legte den Hörer auf.

23

Drei Tage später rief Ginger mich an.
»Ich habe etwas für Sie – einen Namen und eine Adresse. Schreiben Sie beides auf.«
Ich nahm Notizblock und Bleistift zur Hand.
»Ja – Sie können beginnen.«
»Der Name ist Bradley und die Adresse Municipal Square Buildings achtundsiebzig, Birmingham.«
»Zum Kuckuck, was soll das nun wieder?«
»Ich habe nicht die leiseste Ahnung! Und ich glaube, selbst Poppy weiß es nicht genau«, gab Ginger zurück.
»Poppy? Stammt die Adresse aus dieser Quelle?«
»Ja. Ich habe mich gehörig an Poppy herangemacht. Habe ich Ihnen nicht gesagt, ich würde alles aus ihr herausbringen?

Als sie einmal ihre anfänglichen Hemmungen überwunden hatte, ging es ganz leicht.«
»Wie haben Sie das denn angestellt?« fragte ich neugierig.
Ginger lachte.
»Ach, das sind Dinge, die Sie nie verstehen werden. Wenn zwei Mädchen zusammen schwatzen, plappert die eine dies, die andere das – und keine hält es für wichtig. Bei Poppy jedenfalls wirkte diese Methode.«
»Also sozusagen Geheimbündelei.«
»Sie könnten es so ausdrücken. Nun, wir aßen zusammen, und ich erzählte ihr einiges aus meinem Liebesleben und die verschiedenen Schwierigkeiten, die sich da auftürmten ... verheirateter Mann mit einer ganz unmöglichen Frau, Katholikin, die nicht in die Scheidung einwilligt und ihm das Leben zur Hölle macht. Und daß sie invalid ist, ständig Schmerzen hat, aber noch jahrelang leben kann, dabei wäre es so viel besser, auch für sie selbst, wenn sie sterben könnte. Dann sagte ich, ich hätte etwas von dem Fahlen Pferd gehört und möchte es gern dort versuchen, aber ich wüßte nicht recht, wie. Ob es wohl sehr teuer wäre? Poppy gab ganz harmlos zur Antwort, sie wüßte bestimmt, daß diese Leute sehr viel Geld verlangten – unglaubliche Summen. Darauf meinte ich zögernd, ich hätte wohl eine größere Erbschaft zu erwarten ... was sogar stimmt, aber ich wünsche meinem guten Onkel noch ein recht langes Leben! Ob wohl die Leute mit einer Vorschußzahlung einverstanden wären? Aber das Allerschwierigste sei doch, den Kontakt herzustellen – wie man das nur machen könnte? Daraufhin plapperte Poppy diesen Namen aus. Dorthin müsse ich mich zuerst wenden, um den geschäftlichen Teil zu regeln.«
»Das ist ja phantastisch!« rief ich aus.
»Nicht wahr?«
Einen Augenblick schwiegen wir. Dann fragte ich erstaunt:
»Das hat sie Ihnen so schlankweg erzählt – ohne Hemmungen und ohne jede Angst?«
»Sie verstehen immer noch nicht«, erklärte Ginger ungeduldig. »Für sie war das, was sie mir erzählte, einfach ein Nichts – viel zu unbedeutend, um darüber auch nur eine Sekunde

nachzudenken. Und schließlich dürfen wir nicht vergessen, Mark, daß auch dieses Geschäft Reklame braucht. Die Leute müssen doch immer wieder neue ›Kunden‹ finden.«
»Ginger, das Ganze ist einfach Irrsinn – wir sind verrückt, daran zu glauben!«
»Schön, bleiben wir verrückt. Fahren Sie nach Birmingham, um diesen Mr. Bradley aufzusuchen?«
»Ja, ich werde zu ihm gehen ... wenn er überhaupt existiert.«
Das bezweifle ich sehr stark. Aber ich irrte mich: Mr. Bradley existierte tatsächlich.
Municipal Square Buildings erwies sich als ein riesiges Bienenhaus mit lauter Büros. Die Nummer 87 befand sich im dritten Stock. Über der Milchglastür stand in großen Lettern: »C. R. Bradley, Agentur.« Und darunter, in kleineren Buchstaben: »Bitte eintreten.«
Das kleine Empfangszimmer war leer, doch eine Tür stand halb offen, und von dort erklang eine Stimme:
»Bitte treten Sie doch näher.«
Das innere Büro war bedeutend größer, enthielt einen Schreibtisch, ein paar bequeme Sessel, ein Telefon, Aktenregale ... und Mr. Bradley, der hinter seinem Schreibtisch saß, ein kleiner, dunkelhaariger Mann mit schlauen, verschlagenen Augen. In seinem schwarzen Anzug wirkte er wie die personifizierte Achtbarkeit.
»Würden Sie bitte die Tür schließen?« bat er. »Und setzen Sie sich. Dieser Sessel ist recht bequem. Zigarette? Nein? Dürfte ich vielleicht erfahren, was Sie zu mir führt?«
Ich sah den Mann an und wußte nicht, wie ich beginnen sollte. Ich hatte mir gar keinen Plan zurechtgelegt. Schließlich war es reine Verzweiflung, die mich die Worte hervorstoßen ließ:
»Wieviel verlangen Sie?«
»Nun, nun, nun«, meinte er. »Sie machen ja keine langen Umschweife, das muß man sagen.«
Ich blieb bei der einmal eingeschlagenen Linie.
»Wie lautet Ihre Antwort?«
Leicht vorwurfsvoll schüttelte er den Kopf.

»Auf diese Weise kommen wir nicht weiter. Wir müssen ganz korrekt vorgehen.«
Ich zuckte die Schulter.
»Wie es Ihnen beliebt. Was nennen Sie korrektes Vorgehen?«
»Wir haben uns noch nicht einmal vorgestellt, nicht wahr? Ich kenne nicht einmal Ihren Namen.«
»Hm . . . im Augenblick ziehe ich das auch vor.«
»Vorsicht?«
»Vorsicht«, nickte ich.
»Eine empfehlenswerte Eigenschaft . . . Wer hat Sie denn zu mir geschickt? Wie heißt unser gemeinsamer Bekannter?«
»Auch das möchte ich nicht sagen. Ein Freund von mir hat einen Freund, der einen Freund von Ihnen kennt.«
»Auf die Art komme ich oft zu meinen Kunden«, bemerkte er. »Manchmal sind die Probleme der Leute recht . . . heikel. Ich nehme an, Sie kennen meinen Beruf?«
Er wartete jedoch meine Antwort nicht ab, sondern fuhr sogleich fort:
»Turf-Agentur. Sie sind wohl interessiert an . . . Pferden?«
Nur eine ganz kurze Pause vor dem letzten Wort zeigte mir die Bedeutung des Satzes.
»Ich bin kein Reiter«, gab ich zurück, als ob ich nicht verstünde.
»Oh, man braucht kein Reiter zu sein, um sich mit Pferden zu befassen. Es gibt da verschiedene Möglichkeiten: Rennen, Jagden, oder auch die Anschaffung von Karrengäulen. Ich selbst habe dabei nur sportliche Interessen – die Abschlüsse von Wetten.« Er schwieg eine Weile und fuhr dann lässig fort:
»Hatten Sie irgendein besonderes Pferd im Auge?«
Jetzt entschloß ich mich, alles auf eine Karte zu setzen:
»Ein fahles Pferd . . .«, murmelte ich.
»Ah, sehr schön – ganz ausgezeichnet! Sie selbst scheinen mir eher ein . . . dunkles Pferd zu sein, haha! Kein Grund zur Nervosität, Sir, nicht im geringsten!«
Mr. Bradleys Benehmen wurde noch einschmeichelnder und entgegenkommender.

»Ich verstehe Ihre Empfindungen sehr gut«, meinte er händereibend. »Aber ich kann Ihnen wirklich versichern, daß jede Ängstlichkeit überflüssig ist. Ich bin selbst Rechtsanwalt – aus den Listen gestrichen natürlich, sonst wäre ich ja nicht hier. Aber ich darf Ihnen versichern, daß ich die Gesetze sehr gut kenne. Was immer ich vorschlage, ist vollkommen legal. Es handelt sich ja auch um nichts anderes als um Wetten. Man kann um alles und jedes Wetten eingehen ... ob es morgen regnet, ob es den Russen gelingt, ein bemanntes Raumschiff zum Mond zu schicken, oder ob Ihre Frau Zwillinge zur Welt bringt. Sie können auch wetten, ob Mr. B. vor Weihnachten noch stirbt oder ob Mrs. C. hundert Jahre alt wird.«

Ich bemerkte langsam: »Was mich dabei beunruhigt, ist das Fahle Pferd. Ich verstehe das nicht.«

»Und das bereitet Ihnen Sorgen? Zugegeben, das geht vielen Leuten so. ›Es gibt Dinge zwischen Himmel und Erde ...‹ und so weiter. Ehrlich gestanden, ich begreife es selbst nicht. Aber die Resultate sind einfach überwältigend.«

»Könnten Sie mir nicht etwas mehr darüber erzählen?«

Ich hatte mich jetzt vollständig in meine Rolle eingelebt – vorsichtig, wißbegierig, jedoch etwas ängstlich. Es war ganz offensichtlich ein Verhalten, dem Mr. Bradley schon häufig begegnet war.

»Kennen Sie die Gegend persönlich?«

Ich mußte mich rasch entscheiden, und ich begriff, daß es unklug wäre zu schwindeln.

»Ich ... nun ja ... ich war mit ein paar Freunden dort ... man hatte mich eingeladen ...«

»Reizendes altes Haus, nicht wahr? Voll historischer Andenken ... und so ausgezeichnet restauriert. Sie sind meiner Freundin also schon begegnet? Ich meine Miss Grey?«

»Ja – ja, natürlich. Eine außergewöhnliche Frau.«

»Nicht wahr? Das sage ich auch immer. Sie haben genau das richtige Wort getroffen: eine außergewöhnliche Frau ... und mit außergewöhnlichen Kräften begabt.«

»Was sie alles zu können vorgibt! Sicher ist das doch ... völlig unmöglich ... oder?«

»Richtig, richtig! Das ist der springende Punkt. Was sie zu wissen und ... zu können vorgibt, ist einfach unmöglich! Das würde jedermann sagen. Ein Gerichtshof zum Beispiel ...«
Die kleinen schwarzen Augen schienen mich durchbohren zu wollen. Mr. Bradley wiederholte die Worte mit besonderem Nachdruck.
»Ein Gerichtshof zum Beispiel würde alles als Unsinn abtun! Selbst wenn diese Frau aufstehen und sich zu einem Mord bekennen wollte – einem ›ferngelenkten Mord‹ oder ›Mord durch Willenskraft über das Unterbewußtsein‹ oder welch unsinnige Bezeichnung sie auch dafür hätte – nun, jeder Richter würde sie nur auslachen! Selbst wenn ihre Angaben vollkommen zu Recht bestünden – was vernünftige Menschen wie Sie und ich natürlich niemals glauben könnten! –, würden sie vor Gericht nicht anerkannt werden. Ein ferngelenkter Mord ist in den Augen des Gesetzes kein Mord ... es ist einfach barer Unsinn. Das ist ja das Großartige dabei – und das werden auch Sie zu würdigen wissen, wenn Sie darüber nachdenken.«
Ich begriff, daß ich beruhigt werden sollte. Mord durch okkulte Kräfte galt nach englischem Gesetz nicht als Mord. Wenn ich einen Gangster anwerben würde, um mit Dolch oder Pistole einen Menschen umzubringen, dann könnte ich als Komplize verurteilt werden. Käme ich aber auf den Gedanken, Thyrza Grey mit ihrer Schwarzen Magie den gleichen Auftrag zu erteilen, dann könnte man mir nicht das geringste anhaben. Das war, um mit Mr. Bradley zu sprechen, »das Großartige dabei«.
Mein angeborenes Mißtrauen rebellierte, und hitzig rief ich aus: »Aber zum Teufel, das ist doch zu phantastisch! Ich kann einfach nicht daran glauben – es ist unmöglich!«
»Da stimme ich Ihnen vollkommen zu! Voll-kom-men! Thyrza ist eine prächtige Frau, und sie besitzt bestimmt gewisse erstaunliche Kräfte – aber man kann nicht alles glauben, was sie sagt. Wie Sie ganz richtig bemerken: Es ist zu phantastisch! Heutzutage hält man es für völlig ausgeschlossen, daß jemand Gedankenwellen – oder wie Sie es

nun nennen wollen – entweder selbst oder durch ein Medium ausstrahlen könnte ... dabei ruhig in einem englischen Landhaus sitzt und Krankheit oder Tod eines Menschen veranlaßt, der sich vielleicht auf Capri oder Gott weiß wo befindet.«

»Aber genau das behauptet sie doch zu können, nicht wahr?«

»O ja. Natürlich besitzt sie wirklich gewisse Kräfte – sie ist Schottin, und das Zweite Gesicht findet man oft bei diesen Leuten. Es existiert tatsächlich. Was ich nun glaube – wirklich und ohne jeden Zweifel glaube – ist folgendes.« Er lehnte sich vor und bewegte eindringlich den Zeigefinger. »Thyrza Grey weiß im voraus, wann jemand sterben wird. Das ist eine Gabe, die sie einwandfrei besitzt.«

Er schob seinen Stuhl etwas zurück und beobachtete mich. Ich wartete geduldig.

»Nehmen wir einmal einen hypothetischen Fall an. Irgend jemand, entweder Sie selbst oder ein Mr. X, möchte unbedingt wissen, wann seine Großtante Elisa sterben wird. Es ist manchmal sehr wichtig, so etwas zu erfahren, nicht wahr? Darin liegt nichts Unrechtes. Man möchte nur disponieren können. Wenn man zum Beispiel mit Sicherheit weiß, daß man im nächsten November über eine gewisse Summe verfügen wird, kann man heute vielleicht ein gutes Geschäft abschließen. Der Tod ist immer eine unsichere Sache. Die gute alte Tante Elisa mag mit Hilfe der Ärzte noch zehn Jahre leben. Man wünscht es ihr, aber wie gut wäre es, wenn man Gewißheit hätte.«

Er hielt einen Moment inne und beugte sich wieder vor.

»Das ist nun der Moment, wo ich auftrete. Ich bin ein Mann der Wetten; ich wette um alles ... natürlich zu meinen eigenen Bedingungen. Sie kommen zu mir. Es ist klar, daß Sie nicht auf den Tod Ihrer Großtante wetten wollen, das würde Ihr Zartgefühl verletzen. So drehen wir also die Sache um. Sie wetten mit mir um eine bestimmte Summe, daß Tante Elisa die nächste Weihnacht noch gesund und frisch erleben wird – und ich wette dagegen.«

Die kleinen, glitzernden Augen beobachteten mich scharf.

»Dagegen ist doch nichts einzuwenden, oder? Die ganze Sache ist sehr einfach und korrekt. Wir streiten uns natürlich ein wenig. Ich behaupte, Ihre Tante sei bereits vom Tode gezeichnet, Sie jedoch beharren auf der gegenteiligen Ansicht. Nun, dann entwerfen wir eben einen kleinen Vertrag und unterzeichnen ihn. Ich erkläre darin, daß Ihre Tante innerhalb von vierzehn Tagen beerdigt wird. Wenn Sie recht behalten und Ihre Tante lebt länger, bezahle ich die Wette. Geht meine Behauptung aber in Erfüllung ... bezahlen Sie!«
Ich sah ihn an und versuchte mir dabei die Gefühle eines Mannes auszumalen, der eine alte Tante beiseite schaffen möchte. Nein, das brachte ich nicht fertig. Leichter würde es mit Erpressung gehen; ich konnte sagen, jemand habe mich in den letzten Jahren damit zur äußersten Verzweiflung getrieben ... ich ertrug es nicht länger ... der Mann mußte sterben. Ich selbst hatte nicht den Mut, ihn umzubringen, aber ich würde alles ... ja, alles darum geben ...
Endlich sprach ich, und meine Stimme war heiser. Ich spielte meine Rolle echt genug.
»Wie sind die Bedingungen?«
Das Benehmen von Mr. Bradley änderte sich schlagartig; er wurde herzlich, fast zu Späßen aufgelegt.
»Haha, diese Frage haben Sie mir schon einmal gestellt, gleich zu Anfang unseres netten Gesprächs. ›Wieviel verlangen Sie?‹ waren Ihre ersten Worte. Sie brachten mich damit beinahe außer Fassung. Noch nie ist jemand derart mit der Tür ins Haus gefallen.«
»Wie sind die Bedingungen?«
»Das ist recht verschieden; es hängt natürlich von gewissen Faktoren ab – oder besser gesagt: vom Betrag, der auf dem Spiel steht. Manchmal richtet es sich auch einfach nach den Möglichkeiten des Kunden. Ein mißliebiger Ehemann oder ein Erpresser – nun, dafür muß man erst in Erfahrung bringen, was der Kunde zu zahlen imstande ist. Ich lehne im allgemeinen Wetten mit vermögenslosen Kunden ab ... außer in einem Fall wie dem, den ich Ihnen vorhin als Hypothese schilderte. Hier würde es sich eher darum handeln, die Finanzlage von Großtante Elisa kennenzulernen. Die Bedin-

gungen entspringen gegenseitiger Übereinkunft. Wir möchten ja schließlich beide einen Profit davon haben. Der Einsatz ist meistens eins zu fünfhundert.«

»Eins zu fünfhundert? Das ist aber gepfeffert!«

»Mein Risiko ist ja auch sehr groß. Den Tod eines Menschen, der nicht bereits sterbenskrank ist, innerhalb von zwei Wochen zu prophezeien, bedeutet eine sehr unsichere Wette. Da sind fünftausend Pfund zu hundert nicht übertrieben.«

»Wenn Sie aber verlieren?«

Mr. Bradley zuckte gleichgültig die Achseln. »Das wäre sehr unangenehm, aber ich würde selbstverständlich zahlen.«

»Andernfalls hätte ich zu zahlen, ich verstehe. – Wenn ich es aber nicht täte?«

»Oh, das würde ich Ihnen nicht empfehlen«, meinte Mr. Bradley sehr sanft. »Nein, wirklich nicht!«

Trotz seiner freundlichen Stimme fühlte ich, wie mir ein Schauer über den Rücken lief. Er hatte keine direkte Drohung ausgesprochen, doch es war deutlich genug.

Ich erhob mich und bemerkte: »Ich ... ich muß mir das noch einmal überlegen.«

Mr. Bradley zeigte sich äußerst liebenswürdig und verbindlich.

»Selbstverständlich, das verstehe ich sehr gut. Man soll eine Sache nie überstürzen. Wenn Sie sich zu der Wette entschließen, kommen Sie wieder, und wir werden das Geschäft in allen Einzelheiten festlegen. Lassen Sie sich Zeit dazu.«

Als ich hinausging, klangen die letzten Worte wie ein Echo in meinem Kopf.

»Lassen Sie sich Zeit dazu ...«

An meine nächste Aufgabe ging ich nur höchst widerstrebend heran. Obwohl Ginger mir dringend dazu geraten hatte, war ich mir gar nicht im klaren darüber, ob es weise war, mit Mrs. Tuckerton zu sprechen. Vor allem fühlte ich mich sehr unsicher in der Rolle, die mir zugedacht war. Es lag mir nicht, unter falscher Flagge zu segeln.
Wenn Ginger sich aber einmal etwas in den Kopf gesetzt hatte, dann blieb sie eisern dabei. Sie führte nur ein kurzes Telefongespräch mit mir.
»Das Ganze wird sehr einfach sein. Ich habe mich nach dem Haus erkundigt. Es ist ein Gebäude in neugotischem Stil, jedenfalls ganz unecht.«
»Welchen Grund soll ich für mein Eindringen angeben?«
»Sie wollen einen Artikel oder ein Buch schreiben über die verschiedenen Einflüsse, die zu Stilveränderungen in der Architektur führen.«
»Den Schwindel riecht man ja hundert Meilen gegen den Wind!«
»Unsinn!« erklärte Ginger energisch. »Sobald es sich um gelehrte oder künstlerische Dinge handelt, werden die unglaublichsten Theorien aufgestellt und dicke Wälzer darüber geschrieben. Ich kenne mich da aus.«
»Deshalb wären Sie für diese Aufgabe viel besser geeignet als ich.«
»Da irren Sie sich!« behauptete Ginger. »Mrs. Tuckerton kann im *Who's Who* nachschlagen und wird Ihren Namen darin finden. Das macht bestimmt Eindruck auf sie. Mich aber würde sie da vergeblich suchen.«
Ich war nicht überzeugt von diesem Argument, aber ich gab es auf, Ginger zu widersprechen. Nach meinen unglaublichen Erlebnissen mit Mr. Bradley hatten wir unser weiteres Vorgehen besprochen. Ihr schien die Sache weit weniger unfaßbar als mir, im Gegenteil: Sie war höchst befriedigt von dem Ergebnis.
»Jetzt besteht wenigstens kein Zweifel mehr, daß wir mit unserem Verdacht recht haben. Wir wissen nun, daß es wirk-

lich eine Organisation gibt, die sich damit befaßt, unliebsame Menschen aus dem Wege zu schaffen.«
»Auf übernatürliche Weise?«
»Seien Sie doch nicht so begriffsstutzig! Thyrzas Geschwätz und die falsche Skarabäen der dummen Sybil haben Sie verwirrt. Und wenn Mr. Bradley sich als Quacksalber entpuppt hätte oder als Pseudo-Astrologe, dann wären Sie jetzt noch nicht überzeugt. Aber weil er ein schmutziger Hochstapler ist, bekommt die Sache Hand und Fuß. So unfaßbar es auch scheinen mag – die drei Weiber im Fahlen Pferd kennen einen Dreh, der tatsächlich funktioniert.«
»Wenn Sie davon so überzeugt sind – weshalb dann noch diesen Besuch bei Mrs. Tuckerton?«
»Um ganz sicherzugehen«, erklärte Ginger prompt. »Wir wissen, was Thyrza Grey zu können behauptet. Wir wissen auch, wie die finanzielle Seite abgewickelt wird. Wir besitzen ein paar Informationen über drei der Opfer. Was uns noch fehlt, ist die Seite der Kundschaft.«
»Es ist aber durchaus möglich, daß Mrs. Tuckerton nicht die geringste Verwirrung erkennen läßt.«
»Dann müssen wir eben weitersuchen.«
So stand ich denn nun am Eingang von Carraway Park. Das Haus sah fast wie ein kleines Schlößchen aus.
Ich klingelte. Ein ziemlich bedrückt aussehender Mann öffnete die Tür.
»Mr. Easterbrook?« fragte er. »Bitte treten Sie doch näher, Mrs. Tuckerton erwartet Sie.«
Er führte mich in ein pompös eingerichtetes Wohnzimmer. Der Raum machte keinen guten Eindruck auf mich. Alles war sehr kostspielig, aber ohne Geschmack zusammengestellt. Zwei wirklich gute Bilder hingen da, neben einer ganzen Menge schlechter. Gelbe Brokatvorhänge und -möbelstoffe fielen mir auf. Aber weitere Überlegungen wurden unterbrochen durch den Eintritt von Mrs. Tuckerton. Mühsam erhob ich mich aus der Tiefe eines gelben Brokatsofas.
Ich weiß nicht, was ich erwartet hatte, aber jedenfalls erfuhren meine Gefühle eine vollkommene Umwälzung. Diese Frau hatte nichts Düsteres oder Unheimliches an sich; sie

war ganz gewöhnlich, etwa vierzig Jahre alt, nicht interessant und nach meinem Empfinden auch nicht besonders angenehm. Die Lippen waren trotz des dick aufgetragenen Lippenstifts sehr dünn und leicht nach unten gezogen. Das schwächliche Kinn trat etwas zurück. Die Augen waren hellblau und machten den Eindruck, als ob sie gewohnt wären, alles nach seinem Kaufwert zu taxieren. Sie gehörte bestimmt zu jenen Frauen, die Kellnern und Dienstboten zu kleine Trinkgelder gaben. Man findet diesen Typ auf der ganzen Welt, allerdings sind die meisten nicht so kostbar angezogen und so aufgeputzt.
»Mr. Easterbrook?« fragte sie höflich. Ganz augenscheinlich war sie begeistert von meinem Besuch und sah mich sogar etwas schmachtend an. »Ich freue mich so sehr, Sie kennenzulernen. Komisch, daß Sie etwas über dieses Haus wissen möchten – ich hätte nie gedacht, daß es einen Mann wie Sie interessieren könnte.«
»Nun, sehen Sie, Mrs. Tuckerton, es ist nicht im rein neugotischen Stil gebaut, und das macht es ... hm ... recht ...«
Sie ersparte mir weitere Schwierigkeiten.
»Ich verstehe leider gar nichts von Architektur und ähnlichen Dingen. Sie müssen meine Unwissenheit entschuldigen ...«
Ich brauchte gar nichts zu entschuldigen – ich war äußerst froh darüber.
»Natürlich ist all das höchst interessant«, fuhr Mrs. Tuckerton fort.
Ich bemerkte, daß wir Spezialisten im Gegenteil meist sehr langweilige Personen seien, die unsere Mitmenschen durch Fachsimpeleien ermüden. Aber Mrs. Tuckerton wollte das nicht gelten lassen und fragte, ob ich zuerst eine Tasse Tee wünsche oder gleich das Haus besichtigen wolle. Ich zog die Hausbesichtigung vor, damit ich diesen Alptraum möglichst bald hinter mir hatte.
Sie führte mich herum und redete dabei unaufhörlich. Mir konnte das nur recht sein, denn es ersparte mir fachmännische Urteile.
Es sei ein Glück, daß ich gerade jetzt gekommen sei, meinte

sie. Das Haus sei zum Verkauf ausgeschrieben – »es ist natürlich seit dem Tod meines Mannes viel zu groß für mich allein« –, und soviel ihr bekannt sei, hätte sich bereits ein Käufer gemeldet, obwohl es erst vor vierzehn Tagen einem Makler angeboten worden sei. »Es wäre mir nicht recht gewesen, wenn Sie es leer hätten besichtigen müssen. Man muß in einem Haus wohnen, damit es Leben bekommt, nicht wahr, Mr. Easterbrook?«

Ich hätte das Haus lieber überhaupt nie gesehen, aber das durfte ich ihr natürlich nicht sagen. Dagegen erkundigte ich mich, ob sie wohl in der Nachbarschaft wohnen bleibe.

»Das weiß ich wirklich noch nicht. Zuerst werde ich wohl ein paar Reisen machen – in den Süden natürlich. Ich hasse dieses schreckliche Klima. Wahrscheinlich verbringe ich den Winter in Ägypten, dort war ich vor zwei Jahren schon einmal. Das Land ist herrlich ... aber darüber wissen Sie wohl besser Bescheid als ich.«

Ich kenne Ägypten gar nicht und sagte ihr dies auch, aber sie wollte es mir nicht glauben.

»Oh, Sie sind sicher nur zu bescheiden«, lächelte sie. »Dies ist das Speisezimmer. Es ist oktagonal ... nicht wahr, so sagt man doch? Es hat keine eigentlichen Ecken.«

Gleich darauf war unser Rundgang beendet; wir kehrten zum Wohnzimmer zurück, und Mrs. Tuckerton bestellte Tee. Dieser wurde uns von dem bedrückt aussehenden Diener serviert. Die große viktorianische silberne Teekanne hätte einer Reinigung bedurft.

Mrs. Tuckerton seufzte, als der Mann das Zimmer verließ.

»Die Dienerschaft ist einfach unmöglich«, erklärte sie. »Nach dem Tod meines Mannes verließ das Ehepaar, das wir vorher beschäftigt hatten, das Haus. Sie gaben an, sie wollten sich von der Arbeit zurückziehen, doch später erfuhr ich, daß sie einen anderen, sehr gut bezahlten Posten angenommen hatten. Ich finde es einfach abscheulich, den Leuten so hohe Gehälter bezahlen zu müssen. Wenn man bedenkt, was allein Essen und Wohnung für sie kosten ...«

Ja, ich hatte recht gehabt: Sie war geizig. Die blaßblauen Augen und die schmalen Lippen hatten nicht getäuscht.

Es war nicht schwierig, Mrs. Tuckerton zum Reden zu bringen. Sie liebte es vor allem, von sich selbst zu erzählen. Durch geduldiges Zuhören und ein paar aufmunternde Worte wußte ich bald mehr über Mrs. Tuckerton, als sie ahnte.
Ich erfuhr, daß sie den Witwer Thomas Tuckerton vor fünf Jahren geheiratet hatte. Sie war natürlich »viel, viel jünger als er«. Sie hatte ihn in einem großen Hotel am Meer kennengelernt, wo sie als Bridge-Hostess angestellt war. (Diese Bemerkung allerdings war ihr nur aus Versehen entschlüpft.) Er hatte eine Tochter, die dort in der Nähe zur Schule ging.
»Der arme Thomas, er fühlte sich so vereinsamt! Seine Frau war vor ein paar Jahren gestorben.«
Mrs. Tuckerton fuhr mit ihrem Lebenslauf fort. Sie schilderte das Bild einer gütigen, verstehenden Frau, die Mitleid mit dem alternden Mann gehabt und ihn auch während seiner Krankheit ergeben gepflegt hatte. Dann seufzte sie.
»Natürlich konnte ich im letzten Stadium seiner Krankheit gar keinen eigenen Freundeskreis mehr haben.«
Sollte sie etwa Freundschaften mit Männern gepflegt haben, die Thomas Tuckerton nicht genehm waren? Das könnte die Abfassung seines Letzten Willens erklären.
Ginger hatte für mich dieses Testament im Somerset House nachgelesen. Legate für alte, langjährige Dienstboten und einige Patenkinder sowie eine lebenslängliche Rente für seine Frau – nicht besonders groß, gerade genug, um sorglos leben zu können. Der ganze übrige Nachlaß, der sich auf eine sechsstellige Ziffer belief, fiel an seine Tochter Thomasina Ann bei Erreichung ihres einundzwanzigsten Lebensjahres oder bei einer Heirat vor diesem Zeitpunkt. Sollte sie vor diesem Termin sterben, ging das gesamte Vermögen an ihre Stiefmutter über, da andere Familienangehörige anscheinend nicht existierten.
Der Preis war hoch ... und Mrs. Tuckerton liebte das Geld, das zeigte sich in ihrer ganzen Art. Bestimmt hatte sie früher nie welches besessen, ehe sie den älteren Witwer heiratete! Und dann mochte es ihr zu Kopf gestiegen sein. An einen

invaliden Ehemann gebunden, hatte sie sich wahrscheinlich nach der Zeit gesehnt, da sie frei sein würde und noch jung genug, um einen unermeßlichen Reichtum zu genießen.
Das Testament muß eine große Enttäuschung für sie gewesen sein. Aber sollte ich wirklich glauben, diese aufgetakelte Blondine, die so harmlos über Nichtigkeiten plauderte, sei imstande gewesen, sich mit dem Fahlen Pferd in Verbindung zu setzen, um ihre Stieftochter – umbringen zu lassen?
Auf jeden Fall mußte ich das Thema aufs Tapet bringen. Ziemlich unmotiviert erklärte ich daher:
»Ich glaube, ich habe Ihre Tochter . . . oder wohl eher Stieftochter, einmal kennengelernt.«
»Thomasina? Ach, wirklich?« Sie blickte mich etwas überrascht, doch ohne sichtliches Interesse an.
»Ja, in Chelsea.«
»Ja, in dieser Gegend war sie wohl häufig.« Mrs. Tuckerton seufzte. »Es ist so schwierig mit den jungen Mädchen heutzutage. Man hat nicht den geringsten Einfluß auf sie; das war auch ein ständiger Kummer für ihren Vater. Ich konnte natürlich noch viel weniger bei ihr erreichen, sie wollte nie auf das hören, was ich sagte.« Ein erneuter Seufzer. »Sie war ja fast erwachsen, als wir heirateten, und eine Stiefmutter . . .« Sie schüttelte den wohlfrisierten Kopf.
»Das ist immer eine schwierige Lage«, nickte ich.
»Ich war sehr rücksichtsvoll und tat stets mein Bestes. Aber es nützte alles nichts. Sie machte mir das Leben wirklich schwer, und daher war ich gar nicht unglücklich, als sie darauf bestand, das Haus zu verlassen. Aber der gute Tom litt darunter. Ich glaube, sie verkehrte in London in sehr unpassenden Kreisen.«
»Das vermutete ich beinahe«, warf ich ein.
»Arme Thomasina!« flüsterte Mrs. Tuckerton. Dann blickte sie mich an. »Oh, vielleicht wissen Sie es gar nicht . . . Thomasina starb vor ungefähr einem Monat – ganz plötzlich, an einer Hirnhautentzündung. Eine Krankheit, die besonders junge Leute dahinrafft, wie ich mir sagen ließ. Es war wirklich traurig.«
»Ich hörte von ihrem Tod«, bemerkte ich. Dann stand ich

auf. »Nochmals meinen verbindlichsten Dank, daß Sie mir das Haus gezeigt haben, Mrs. Tuckerton.« Ich schüttelte ihr die Hand.
Erst beim Hinausgehen drehte ich mich um.
»Übrigens ... Sie kennen ja wohl das Fahle Pferd, nicht wahr?«
In blankem Entsetzen starrte sie mich an. Ihr Gesicht sah plötzlich weiß und alt aus, die Stimme klang hoch und schrill:
»Ein fahles Pferd? Was wollen Sie damit sagen? Ich weiß nichts, gar nichts über das Fahle Pferd!«
Ich zeigte harmlose Überraschung.
»Oh, entschuldigen Sie! Da muß ich mich geirrt haben. Es gibt ein altes, sehr interessantes Haus – in Much Deeping. Kürzlich war ich dort eingeladen. Es ist äußerst geschmackvoll restauriert und hat dabei die ganze Atmosphäre des 15. Jahrhunderts behalten. Ich glaubte, dort Ihren Namen gehört zu haben – aber wahrscheinlich handelte es sich um Ihre Stieftochter, die einmal das Haus besuchte.« Ich machte eine kleine Pause. »Das Fahle Pferd ist wirklich – einmalig in seiner Art.«
Ich freute mich über diesen guten Abgang. In einem Spiegel in der Halle sah ich das Gesicht von Mrs. Tuckerton, die mir nachstarrte. Sie war unsagbar erschrocken – und der Anblick war nicht gerade erfreulich.

25

»Nun sind wir also unserer Sache sicher«, erklärte Ginger.
»Das waren wir schon vorher«, gab ich zurück.
»Ja, aber damit haben wir die Bestätigung.«
Wir schwiegen eine ganze Weile. Ich sah Mrs. Tuckerton vor mir, wie sie nach Birmingham reiste, wie sie mit Mr. Bradley sprach. Ihre nervöse Angst, seine vertrauenerwekkende Herzlichkeit. Und seine beruhigenden Versicherungen, daß gar keine Gefahr bestünde. Bei einer Frau wie Mrs.

Tuckerton mußte er darauf wohl besonderes Gewicht legen. Ich stellte mir vor, wie sie unschlüssig wieder fortging, wie der verführerische Gedanke sich in ihrem Kopf festsetzte. Vielleicht führte sie bald darauf ein Gespräch mit ihrer Stieftochter, hörte von Heiratsabsichten – und die ganze Zeit sah sie nur das Geld vor sich, das viele, viele Geld, das jetzt diesem ungezogenen Mädchen zufallen würde – einem Mädchen, das sich in billigen Lokalen herumtrieb und Freundschaften mit minderwertigen Burschen pflegte. Weshalb sollte ein solches Geschöpf all das Geld bekommen?
Und so kam es zu dem zweiten Besuch in Birmingham. Noch mehr ängstliche Vorsicht, noch mehr Versicherungen der absoluten Gefahrlosigkeit, und schließlich ... der Vertrag. Und was geschah dann ...?
An diesem Punkt versiegte meine Vorstellungskraft. Der nächste Schritt war der unbekannte Faktor.
Wir blickten einander an.
»Es hilft nichts – wir müssen herausfinden, was im Fahlen Pferd vorgeht.«
»Können Sie mir sagen, wie?« rief ich ärgerlich.
»Ich weiß, es wird schwierig. Wer wirklich zu diesem düsteren Zweck dort war, wird natürlich kein Wort darüber verlauten lassen.«
Ginger richtete sich auf und warf den Kopf nach hinten wie ein energischer kleiner Terrier.
»Es gibt nur einen Weg, uns Klarheit zu verschaffen«, erklärte sie. »Sie müssen wirklich Kunde werden!«
Ich starrte sie ungläubig an. »Kunde?«
»Ja. Sie – oder ich, ganz egal – wollen jemanden aus dem Weg räumen. Einer von uns beiden muß zu diesem Bradley gehen und alles aushandeln.«
»Unmöglich!« entgegnete ich scharf.
»Weshalb?«
»Es ist viel zu gefährlich!«
»Für uns?«
»Vielleicht auch für uns. In erster Linie aber dachte ich an das betreffende Opfer. Wir müssen doch ein Opferlamm haben, wir müssen ihm einen Namen geben – das alles läßt

sich nicht einfach erfinden. Die Leute werden bestimmt Nachforschungen anstellen.«
Ginger überlegte sich das einen Augenblick und nickte dann.
»Sie haben recht. Das Opfer muß eine wirklich existierende Person sein, mit einer Adresse und allem Drum und Dran.«
»Darin eben liegt die Schwierigkeit.«
»Ferner müssen wir einen stichhaltigen Grund haben, um diese Person loswerden zu wollen.«
Wir schwiegen wieder und dachten über diesen Gesichtspunkt nach.
»Auf alle Fälle müßte die betreffende Person einverstanden sein«, meinte ich langsam. »Und das ist zuviel verlangt.«
»Das Ganze muß Hand und Fuß haben«, überlegte Ginger. »Besitzen Sie Verwandte, die Ihnen Geld vermachen könnten?«
Ich schüttelte den Kopf. »Keine Menschenseele.«
»Zu dumm! Wie steht's mit Erpressung? – Nein, auch das ist schwierig. Sie nehmen keine hohe öffentliche Stellung ein, die gefährdet wäre. Ein Schriftsteller und Historiker kann leben, wie er will. Was bleibt uns dann noch? Bigamie?« Vorwurfsvoll sah sie mich an. »Weshalb können Sie denn nicht verheiratet sein? Darauf hätte sich etwas aufbauen lassen.«
Mein Gesichtsausdruck verriet mich; Ginger bemerkte es augenblicklich.
»Tut mir leid! Habe ich etwas berührt, das Ihnen weh tut?«
Ich schüttelte den Kopf. »Nein, von Wehmut kann gar keine Rede sein. Die ganze dumme Angelegenheit geschah vor vielen Jahren, als ich noch Student war. Ich glaube, kein Mensch weiß davon.«
»Sie haben geheiratet?«
»Ja, aber wir hielten es geheim. Sie war nicht gerade ... Nun, meine Eltern wären jedenfalls nicht einverstanden gewesen. Und ich war nicht einmal volljährig. Wir haben vor dem Standesamt falsche Angaben über unser Alter gemacht.«
Einen Moment verfiel ich ins Grübeln.
»Es wäre niemals gutgegangen«, bemerkte ich dann. »Sie

war sehr hübsch und konnte reizend sein, wenn sie wollte, aber ...«
»Wie ging es weiter?«
»Wir fuhren in den Sommerferien nach Italien. Und dort kam es zu einem Autounfall. Sie war sofort tot.«
»Und Sie?«
»Ich befand mich nicht im Wagen. Sie fuhr mit einem ... Freund.«
Ginger warf mir einen kurzen Blick zu. Ich glaube, sie verstand sofort. Das Mädchen, das ich geheiratet hatte, wäre mir keine treue Frau geworden. Rasch ging Ginger darüber hinweg.
»Hatten Sie in England geheiratet?«
»Ja, vor dem Standesamt in Peterborough.«
»Aber Ihre – Frau starb in Italien?«
»Richtig.«
»Demnach ist ihr Tod in England nicht registriert?«
»Nein.«
»Was könnten wir uns denn Besseres wünschen? Das ist fast zu gut, um wahr zu sein. Hören Sie zu: Sie sind bis über beide Ohren verliebt und möchten das Mädchen heiraten ... aber Sie wissen nicht bestimmt, ob Ihre Frau noch am Leben ist. Während Sie noch über das Problem nachgrübeln, taucht Ihre Gattin plötzlich auf – einfach so, aus heiterem Himmel, und sie verweigert die Scheidung. Nicht nur das: Sie droht auch, zu dem jungen Mädchen zu gehen und ihm alles zu erzählen.«
»Wer soll denn dieses junge Mädchen sein? Sie vielleicht?«
Ginger machte ein ganz entsetztes Gesicht.
»O nein, auf keinen Fall! Ich bin nicht der Typ dafür. Mir würde man viel eher glauben, daß ich vergnügt und ohne jede Hemmungen mit Ihnen zusammenleben und auf Ihre so plötzlich auftauchende Frau pfeifen würde. Nein, es muß eine junge Dame von einwandfreien moralischen Grundsätzen sein ... und Sie wissen genau, an wen ich dabei denke. Diese statuengleiche Brünette, mit der man Sie öfters sieht. Sehr intellektuell, sehr ernsthaft.«
»Hermia Redcliffe?«

»Stimmt.«
»Wer hat Ihnen denn von ihr erzählt?«
»Poppy natürlich. Sie ist auch reich, nicht wahr?«
»Ja. Aber das hat doch . . .«
»Schon recht, schon recht. Mir brauchen Sie nicht zu erzählen, daß Sie niemals des Geldes wegen heiraten würden, das weiß ich ohnehin. Aber schmutzige Charaktere wie dieser Bradley könnten leicht auf den Gedanken kommen. Schön; das Bild sieht also folgendermaßen aus: Sie wollten eben die schicksalhafte Frage an Hermia richten . . . und in diesem Moment taucht Ihre Frau aus der Versenkung auf. Ganz plötzlich erscheint sie, nach all den Jahren, in London und vernichtet Ihre ganzen Zukunftspläne. Sie drängen auf eine Scheidung – aber aus Rachsucht gibt sie nicht nach. Und dann . . . hören Sie vom Fahlen Pferd. Ich gehe jede Wette ein, daß Bella und die famose Thyrza Grey schon bei Ihrem Besuch etwas Ähnliches dachten. Nur deshalb erzählte man Ihnen so bereitwillig den ganzen Humbug. Das war reine Geschäftstaktik.«
»Nicht ausgeschlossen«, mußte ich zugeben.
»Und Ihr Besuch bei Bradley gleich darauf paßt ausgezeichnet ins Bild. Sie sind auf bestem Wege, ein Kunde zu werden.« Siegessicher hielt sie inne. In ihren Worten lag etwas Überzeugendes, und dennoch schien mir das Wichtigste bei der ganzen Sache unklar . . .
»Sie vergessen, daß die Leute sich genau erkundigen werden«, gab ich zu bedenken.
»Natürlich werden sie das tun«, stimmte Ginger seelenruhig zu.
»Es ist ja ganz gut und schön, eine Ehefrau aus der Vergangenheit wiederaufleben zu lassen. Aber man wird Einzelheiten wissen wollen . . . wo sie wohnt und so weiter. Und wenn ich auszuweichen versuche . . .«
»Sie brauchen gar nicht auszuweichen. Um die Sache richtig durchzuführen, muß Ihre Frau tatsächlich vorhanden sein – und sie ist vorhanden! – Fallen Sie nicht in Ohnmacht. Ich bin Ihre Frau!«
Ungläubig starrte ich sie an – nein, ich glaube, glotzen wäre

das richtige Wort. Jede Sekunde erwartete ich, sie würde in helles Lachen ausbrechen. Doch ehe ich mich noch erholt hatte, fuhr sie ganz gelassen fort:
»Sie brauchen kein so entsetztes Gesicht zu machen; dies ist kein Heiratsantrag.«
Endlich fand ich die Sprache wieder.
»Sie wissen nicht, was Sie da vorschlagen!« keuchte ich.
»O doch! Es läßt sich ganz leicht durchführen und hat außerdem den Vorteil, daß wir keine unschuldige Person einer möglichen Gefahr aussetzen.«
»Aber Sie selbst könnten in Gefahr kommen!«
»Das ist meine eigene Angelegenheit.«
»Nein, das geht auch mich etwas an! Und im übrigen würde der Schwindel sofort herauskommen.«
»Kein Gedanke! Ich habe mir alles bereits genau überlegt. Ich komme mit ein paar Koffern in einem Hotel an, trage mich dort als Mrs. Easterbrook ein und miete sogleich eine kleine möblierte Wohnung auf den gleichen Namen. Wer soll mir beweisen, daß ich nicht Mrs. Easterbrook bin?«
»Alle Ihre Bekannten.«
»Meine Bekannten werden mich nicht zu Gesicht bekommen. Und selbst wenn es der Zufall so wollte, würde mich kein Mensch erkennen. Meine Arbeit muß ich unterbrechen, weil ich krank bin. Die Haare lasse ich mir färben ... war Ihre Frau blond oder dunkel?«
»Dunkel«, gab ich ganz mechanisch zurück.
»Gut; das ist mir lieber, als sie bleichen zu müssen. Andere Kleider und dicke Schminke – und meine beste Freundin würde sich nicht nach mir umdrehen. Ihre ehemalige Frau war hier unbekannt und ist hier außerdem seit etwa fünfzehn Jahren verschollen. Weshalb sollten Bradley oder die Weiber im Fahlen Pferd Zweifel an meiner Identität hegen? Wenn Sie bereit sind, eine Wette abzuschließen, daß Ihre Frau noch am Leben ist und an der angegebenen Adresse wohnt, wird das diesen Leuten vollauf genügen. Sie haben mit der Polizei nichts zu tun, Sie sind einfach ein Kunde wie andere auch. Man kann sogar Ihre Heiratsurkunde im Somerset House einsehen, man kann sich über Ihre Freund-

schaft mit Hermia vergewissern, meinetwegen sogar über das Geld, das auf dem Spiele steht – weshalb um alles in der Welt sollte man zweifeln?«

»Sie sind sich nicht klar über die Schwierigkeiten und Gefahren, denen Sie ausgesetzt sind!«

»Ach, das bißchen Gefahr schreckt mich nicht!« meinte Ginger. »Aber ich brenne darauf, dem Gauner Bradley das Handwerk zu legen.«

Ich wandte den Blick nicht von ihr und wußte auf einmal, daß ich sie sehr gern hatte ... ihr rotes Haar, ihre Sommersprossen und ihre mutige Art. Niemals durfte ich sie einem solchen Risiko aussetzen.

»Nein, Ginger, das kann ich nicht zulassen! Stellen Sie sich doch vor ... wenn wirklich etwas geschähe!«

Ginger stützte beide Ellbogen auf den Tisch und begann ihren Standpunkt zu verteidigen. Wir diskutierten lange Zeit, erwogen jedes Für und Wider. Schließlich faßte Ginger zusammen:

»Die Sache sieht folgendermaßen aus. Ich bin gewarnt und gerüstet. Ich weiß, was man gegen mich unternehmen will – und ich glaube nicht eine Sekunde daran, daß es gelingt! Wenn wirklich jeder Mensch eine ›Todessehnsucht‹ in sich trägt, dann ist meine sehr unterentwickelt. Ich bin vollkommen gesund und sehe nicht, wie man mir eine Hirnhautentzündung oder Gallensteine anhängen könnte – nur weil die alte Thyrza Pentagramme auf den Fußboden malt und Sybil in Trance fällt ... oder welchen Hokuspokus diese Frauen unternehmen mögen.«

»Bella wird wahrscheinlich einen weißen Hahn opfern«, meinte ich zerstreut.

»Sie müssen doch zugeben, daß derartige Dinge nur ein dick aufgetragener Schwindel sein können.«

»Wir wissen ja nicht, was tatsächlich geschieht.«

»Nein – und gerade deshalb müssen wir es herausfinden.«

»Machen wir es doch umgekehrt, Ginger«, bat ich. »Lassen Sie mich die Rolle des unerwünschten Mannes spielen; ich bleibe in London, und Sie sind die Kundin. Wir finden schon einen Grund ...«

Energisch schüttelte sie den Kopf.
»Nein, das ist unmöglich. Erstens kennt man mich im Fahlen Pferd bereits – und zwar als völlig sorglosen Menschen. Jede Einzelheit meines Lebens können sie dort durch Rhoda erfahren, und sie weiß, daß ich nichts zu verbergen habe. Sie dagegen sind geradezu prädestiniert für die Rolle; Sie waren nervös und neugierig, und vor allem: Sie haben sich bereits bei diesem Bradley als eventueller Kunde vorgestellt. Hier nützt kein Wehren, Mark – wir müssen bei dem ersten Plan bleiben.«
»Wie kann ich meine Ruhe bewahren, wenn ich an Sie denken muß – ganz allein in einer Londoner Wohnung und unter falschem Namen und kein Mensch, der auf Sie aufpaßt! Aber ich mache Ihnen einen Vorschlag: Ehe wir etwas unternehmen, setze ich mich mit der Polizei in Verbindung. Ich glaube, Inspektor Lejeune ist der richtige Mann für uns.«
Ginger nickte. »Das ist ein guter Gedanke.«

26

Inspektor Lejeune machte sofort einen vertrauenerweckenden Eindruck auf mich. Sein ganzes Auftreten verriet ruhige Sicherheit und Tüchtigkeit. Außerdem aber schien er ein Mann zu sein, der auch bereit war, außergewöhnliche Faktoren nicht einfach von der Hand zu weisen.
»Dr. Corrigan hat mir von Ihrem Zusammentreffen berichtet«, begann er freundlich. »Er hat sich von Anfang an für diese Sache interessiert. Pater Gorman war sehr beliebt und geachtet in seinem Bezirk. Und Sie glauben also, wichtige Informationen für uns zu haben?«
»Ja. Diese Informationen betreffen in erster Linie ein altes Wirtshaus, das Fahle Pferd, in der Ortschaft Much Deeping.«
»Bitte erzählen Sie mir, was Sie darüber wissen.«
Ich begann mit der ersten Erwähnung des Namens durch Poppy. Dann schilderte ich meinen Besuch bei Rhoda und

meine Einführung bei den »drei unheimlichen Schwestern«. So genau wie möglich wiederholte ich Thyrzas Reden an jenem Nachmittag.
»Sie waren anscheinend sehr beeindruckt davon.«
Ich geriet in Verlegenheit. »Nun, nicht eigentlich ... Ich meine, ich konnte wirklich nicht ernsthaft an ...«
»Wirklich nicht, Mr. Easterbrook? Es scheint mir aber doch so.«
»Sie haben recht, Inspektor. Man gibt eben nicht gern zu, wie leichtgläubig man ist.«
Lejeune lächelte bloß.
»Sie haben etwas ausgelassen. Ihr Interesse erwachte nicht erst, als Sie nach Much Deeping kamen. Was war der ursprüngliche Grund?«
»Ich glaube, die Angst und das Entsetzen von Poppy haben mich zuerst stutzig gemacht. Dann traf ich mit Dr. Corrigan zusammen, und er zeigte mir die Namenliste, die man bei Pater Gorman gefunden hatte. Zwei dieser Namen kannte ich und wußte, daß die Betreffenden tot waren. Auch den Namen von Mrs. Delafontaine hatte ich schon gehört, doch erst später erfuhr ich von ihrem Tod.«
»Fahren Sie fort.«
Ich erzählte ihm von meinem Besuch bei Mrs. Tuckerton, und schließlich kam ich auf Mr. Bradley in Birmingham zu sprechen. Der Inspektor folgte meinen Ausführungen aufmerksam. Bei diesem letzten Namen fuhr er auf.
»Bradley«, sagte er. »Soso, der hat auch die Finger mit drin.«
»Kennen Sie den Mann?«
»O ja, ganz genau. Er hat uns schon viel Kopfzerbrechen gemacht. Er ist ein glattzüngiger Schurke, ein Meister der Winkelzüge, immer haarscharf am Rande der Legalität balancierend. Ich würde ihm zutrauen, ein Buch zu schreiben über ›Hundert Wege, das Gesetz zu umgehen‹. Aber Mord – ein richtig organisierter Mord ... nein, das scheint mir nicht auf seiner Linie zu liegen.« Lejeune schüttelte nachdenklich den Kopf. »Nein, ganz und gar nicht.«
»Können Sie etwas gegen ihn unternehmen, nachdem ich Ihnen von unserer Unterhaltung berichtet habe?«

»Das ist leider nicht möglich. Erstens sind keine Zeugen vorhanden – er könnte alles als eine Erfindung von Ihnen abtun. Außerdem hat er natürlich recht, wenn er behauptet, man könne in unserem Land Wetten über alles und jedes abschließen. Er wettet darum, daß jemand nicht sterben wird – und verliert. Wo liegt da das Verbrechen? Solange wir Bradley nicht mit der wirklich kriminellen Seite der Angelegenheit in Verbindung bringen können, läßt sich nichts gegen ihn unternehmen. Und das dürfte nicht leicht sein!«
Mit einem Achselzucken ging der Inspektor über diesen Punkt hinweg. Er überlegte einen Augenblick und fragte dann:
»Sind Sie zufälligerweise in Much Deeping auf einen Mann namens Venables gestoßen?«
»Ja«, gab ich erstaunt zurück. »Wir waren sogar bei ihm zum Essen eingeladen.«
»Ah! Welchen Eindruck hat er auf Sie gemacht?«
»Einen sehr guten. Der Mann ist eine starke Persönlichkeit, obwohl er Invalide ist.«
»Ich habe davon gehört. Kinderlähmung, nicht wahr?«
»Er kann nur in einem Rollstuhl herumfahren. Aber diese körperliche Behinderung scheint seinen Geist nur noch lebhafter gemacht zu haben.«
»Können Sie mir etwas mehr über ihn berichten?«
Ich schilderte ihm das Haus, die Kunstgegenstände und das große Interesse, das Venables an allem zeigte.
»Schade«, seufzte Lejeune.
»Wie meinen Sie das?«
»Schade, daß er ein Krüppel ist«, erklärte der Inspektor trokken.
Mir kam plötzlich ein Gedanke.
»Sind Sie dessen wirklich ganz sicher? – Ich meine: Er könnte das Gebrechen nicht bloß vortäuschen?«
»Wir sind so sicher, wie man nur sein kann. Sein Arzt ist Sir William Dugdale – Harley Street –, ein Mann, der über jeden Verdacht erhaben ist. Wir besitzen Sir Williams Versicherung, daß Mr. Venables unter Muskelschwund leidet. Mag unser kleiner Apotheker noch so bestimmt in ihm

den Verfolger Pater Gormans zu erkenenn glauben – er irrt sich.«
»Ich verstehe.«
»Wie gesagt, es ist schade drum. Denn wenn es so etwas wie einen organisierten Mord gibt, dann wäre Mr. Venables ganz die Persönlichkeit, das Ganze zu planen.«
»Ja, das eben dachte ich auch.«
Mit dem Zeigefinger zeichnete Lejeune verschlungene Kreise auf seine Schreibtischplatte. Plötzlich blickte er scharf auf.
»Lassen Sie uns zusammenstellen, was wir bereits wissen. Es scheint ziemlich sicher, daß es wirklich eine Organisation gibt, die es sich zum Ziel gesetzt hat, lästige Personen aus der Welt zu schaffen. Diese Leute gehen jedoch nicht mit brutaler Gewalt vor, und nichts beweist uns bis jetzt, daß die Opfer nicht eines vollkommen natürlichen Todes gestorben sind. Ihren Angaben über diesen Punkt kann ich noch hinzufügen, daß auch wir verschiedene unklare Informationen erhalten haben über weitere Personen, die auf Pater Gormans Liste stehen. Die Todesursachen schienen immer einwandfrei . . . weniger einwandfrei die Leute, die davon profitierten. Wir besitzen jedoch keine Beweise.
Die Sache ist klug ausgedacht, Mr. Easterbrook, verdammt klug! Und wir besitzen nur eine relativ kleine Namenliste. Der Himmel mag wissen, wie weit verbreitet die ganze Sache ist!«
Er schüttelte zornig den Kopf und fuhr fort:
»Nehmen wir nur einmal diese Frau – Thyrza Grey. Sie sagten mir, daß sie mit ihren geheimnisvollen Kräften prahlte. Nun, das kann sie ohne jede Gefahr tun. Mag man sie einsperren, des Mordes anklagen – sie kann ihre Vergehen vor jedem Gericht laut bekennen . . . und man müßte sie trotzdem wieder auf freien Fuß setzen. Sie ist nie direkt in Verbindung mit den Menschen getreten, die auf unserer Liste stehen; das wird sich bestimmt beweisen lassen. Nach ihren eigenen Angaben sitzt sie ruhig in ihrer Scheune und arbeitet nur per Telepathie. Jeder Gerichtshof würde darob in brüllendes Gelächter ausbrechen.«

Ich atmete tief durch und sagte überstürzt:
»Vielleicht haben wir eine Möglichkeit, tiefer in die Sache einzudringen. Ich habe mit einer Freundin zusammen einen Plan ausgearbeitet. Sie mögen ihn vielleicht für sehr dumm halten . . .«
»Überlassen Sie die Beurteilung ruhig mir.«
»Ich entnehme Ihren Worten, daß Sie an die Existenz einer solchen Organisation glauben und auch daran, daß sie . . . Resultate erzielt.«
»Ganz bestimmt.«
»Aber wir wissen nicht, *wie* diese zustande kommen. Nur die ersten Schritte sind uns bekannt. Ein . . . Kunde setzt sich mit Mr. Bradley in Birmingham in Verbindung und unterschreibt einen gewissen Vertrag. Wahrscheinlich wird er daraufhin an das Fahle Pferd verwiesen. Soweit ist uns alles klar. Was aber geschieht dann? Um genauer zu sein: Was geht im Fahlen Pferd vor? Das muß jemand herausfinden.«
»Weiter!«
»Nun – ich bin bereit, als Kunde dorthin zu gehen.«
Lejeune starrte mich sprachlos an.
Ich erzählte ihm alles, was Ginger und ich geplant hatten.
Er hörte mit gerunzelter Stirn zu und zupfte an seiner Oberlippe.
»Mr. Easterbrook, ich verstehe Ihren Standpunkt. Aber sind Sie sich auch klar darüber, in welche Gefahr Sie und Ihre Freundin sich begeben? Vor allem Ihre Freundin?«
»Und ob ich das weiß!« seufzte ich. »Wir haben stundenlang darüber gestritten. Mir sagt diese Rolle, die sie spielen will, gar nicht zu. Aber sie läßt sich nicht davon abbringen – nicht um alles in der Welt.«
Ganz unerwartet fragte Lejeune:
»Ihre Freundin ist rothaarig, nicht wahr, so sagten Sie doch?«
»Ja«, gab ich verblüfft zu.
»Mit einem Rotschopf kann man nicht argumentieren«, lächelte der Inspektor. »Glauben Sie mir – ich muß es wissen!«
Ich fragte mich, ob seine Frau zu dieser Sorte gehörte.

27

Bei meinem zweiten Besuch in Birmingham spürte ich keine Nervosität mehr. Ich folgte der Anweisung Gingers, die mir geraten hatte, mich völlig in meine Rolle hineinzuversetzen, und nun machte mir die Sache beinahe Spaß.
Mr. Bradley begrüßte mich mit einem Lächeln des Wiedererkennens.
»Ich freue mich, Sie zu sehen«, rief er und reichte mir seine schwammige, schlaffe Hand. »Sie haben sich also das kleine Problem überlegt, wie ich mit Vergnügen feststelle. Aber Sie hätten sich ruhig mehr Zeit lassen können.«
»Nein, das war unmöglich – die Angelegenheit ist ... nun, sie ist wirklich dringend ...«
Bradley betrachtete mich eingehend. Er sah meine fahrigen Bewegungen und bemerkte, wie ich unsicher seinen Blick mied.
»Nun, nun«, meinte er tröstend, »lassen Sie uns sehen, was man da tun kann. Sie möchten also eine kleine Wette abschließen, nicht wahr? Da haben Sie ganz recht; es gibt kein besseres Mittel, um seinen Geist von ... hm ... Sorgen zu befreien.«
»Die Sache ist so ...«, begann ich und schwieg sogleich wieder. Mochte Bradley doch die Verhandlung eröffnen!
»Ich sehe, Sie sind etwas unruhig. Nun ja, Vorsicht kann nie schaden. Aber ich gebe Ihnen mein Wort darauf, daß unser Gespräch sich in vollkommen legalen Bahnen bewegen wird. Kein Gericht der Welt kann etwas dagegen einwenden. Lassen Sie uns die Angelegenheit folgendermaßen bezeichnen: Sie haben eine Sorge, die Sie schwer belastet. Da Sie eine gewisse Sympathie für mich fühlen und überzeugt sind, ich werde volles Verständnis für Sie aufbringen, kommen Sie zu mir, um die Sache zu besprechen. Ich bin ein erfahrener Mann und kann Ihnen vielleicht auch raten. Geteiltes Leid ist halbes Leid, heißt es bekanntlich. Wollen wir auf dieser Basis beginnen?«
Ich nickte mehrmals, wie erleichtert, und begann meine Geschichte zu erzählen. Mr. Bradley lauschte sehr aufmerk-

sam; er ging sofort auf alles ein und half mir über gewisse Formulierungsschwierigkeiten hinweg, so daß es mir schließlich ganz leichtfiel, ihm über meine Jugendleidenschaft für Doreen und unsere heimliche Heirat zu berichten.

»Ja«, nickte er verständnisvoll. »So etwas geschieht oft! Ein junger Mann mit hohen Idealen ... und ein hübsches Mädchen. Ehe man sich's versieht, ist man schon verheiratet. Und was kommt dabei heraus?«

Ich schilderte ihm, was dabei herausgekommen war.

Allerdings überging ich dabei großzügig alle Einzelheiten. Der Mann, den ich verkörpern wollte, würde nicht bei Kleinigkeiten verweilen. Ich zeichnete nur das allgemeine Bild der Enttäuschung – ein junger Narr, der erkannte, welch ein Narr er gewesen war.

Ich deutete an, daß wir einen letzten, endgültigen Streit miteinander hatten. Wenn Bradley daraus entnahm, ein anderer Mann sei dabei im Spiel gewesen, so genügte das.

»Wissen Sie«, erklärte ich verstört, »sie war wirklich ein nettes Mädchen ... obwohl nicht das, was ich erwartet hatte. Und ich hätte niemals geglaubt, daß sie so ... nun, daß sie sich so verhalten könnte, wie sie es jetzt tut.«

»Was geschah denn?«

»Ich ... ich hatte nie mehr etwas von ihr gehört ... und tatsächlich glaubte ich, sie sei gestorben.«

»Wunschträume, Wunschträume, mein Lieber!« Mr. Bradley schüttelte betrübt den Kopf. »Tatsache ist, Sie wollten die Frau einfach vergessen.«

In seiner Art war er ein ganz guter Psychologe, dieser Advokat mit den kleinen, schlauen Augen.

»Ja«, bestätigte ich dankbar. »Sehen Sie, es war mir an sich auch gleichgültig, denn bisher hatte ich noch nie an eine Wiederverheiratung gedacht.«

»Aber jetzt hat sich das geändert?« fragte er freundlich.

»Nun ja ...«, gab ich zögernd zu, in der letzten Zeit sei mir tatsächlich dieser Gedanke gekommen.

Aber ich hielt an meiner Rolle fest und weigerte mich entschieden, etwas über das betreffende Mädchen zu sagen.

Sie sollte nicht in diese Sache hineingezogen werden, erklärte ich fest.

Meine Haltung schien richtig zu sein, jedenfalls beharrte er nicht darauf, Näheres zu erfahren. Statt dessen bemerkte er: »Ganz verständlich, mein Lieber. Sie haben jetzt die bittere Erfahrung überwunden – Sie haben zweifellos ein Mädchen gefunden, das völlig zu Ihnen paßt, das Ihren literarischen Geschmack teilt wie auch Ihre Lebensweise – eine echte Lebensgefährtin.«

Diese Worte ließen mich erkennen, daß er ganz genau Bescheid wußte über Hermia. Seit er meinen Brief mit der Bitte um eine zweite Besprechung erhalten hatte, mußte er sich über meinen Lebenswandel und meine Damenbekanntschaften erkundigt haben. Dabei war er natürlich unweigerlich auf Hermia gestoßen, denn man sah mich kaum jemals mit einer anderen Frau.

»Wie verhält es sich denn mit einer Scheidung? Das wäre doch die natürlichste Lösung«, meinte er bedächtig.

»Ausgeschlossen«, seufzte ich. »Meine ... Frau will nichts davon wissen. Sie verlangt, daß ... daß ich zu ihr zurückkehre – nach all den Jahren! Natürlich hat sie erfahren, daß es jetzt eine andere Frau in meinem Leben gibt, und ... und ...«

»Häßliche Handlungsweise; das kennt man! Da scheint es für Sie wirklich keinen Ausweg zu geben, es sei denn ... aber Ihre Frau ist ja noch jung ...«

»Und gesund«, fügte ich bitter hinzu. »Sie wird noch Jahrzehnte leben.«

»Oh, das kann man nie wissen, Mr. Easterbrook. Sie hat bisher im Ausland gelebt, wie Sie sagen?«

»So behauptet sie wenigstens. Aber ich weiß nicht, wo sie all die Jahre gesteckt hat.«

»Vielleicht im Orient. Oh, und dort gibt es so viele ansteckende Krankheiten – möglicherweise trägt sie den Keim zu einer solchen schon in sich. Manchmal zeigt sich so etwas erst nach Jahren, wenn man wieder in die Heimat zurückgekehrt ist. Ich habe zwei oder drei derartige Fälle gekannt.« Er unterbrach sich einen Moment, um dann sehr betont fortzu-

fahren. »Wenn es Sie irgendwie beruhigen kann, würde ich sogar eine kleine Wette darauf abschließen, daß es sich auch bei Ihrer Frau so verhält.«
Eigensinnig schüttelte ich den Kopf. »Sie wird noch viele Jahre leben!«
»Nun, ich muß zugeben, daß diese Möglichkeit groß ist – aber lassen Sie uns einen Einsatz machen. Fünfzehnhundert zu eins, daß die Dame noch vor Weihnachten stirbt! Wie finden Sie den Vorschlag?«
»Nein – früher ... es muß viel früher geschehen! Ich kann nicht warten ... es gibt da gewisse Dinge ...«
Mochte er doch glauben, daß die Dinge zwischen Hermia und mir schon zu weit gediehen waren oder daß sich ein anderer Mann zwischen uns drängen wollte – mir war es gleichgültig. Ich wollte nur die Dringlichkeit der Angelegenheit deutlich machen.
»Das ändert den Einsatz ein wenig«, lächelte er gutmütig. »Sagen wir achtzehnhundert zu eins, daß Ihre Frau vor Ablauf eines Monats das Zeitliche segnet. Ich habe das so im Gefühl.«
Ich dagegen hatte das Gefühl, ich müsse jetzt zu handeln beginnen – und tat es. Aber Bradley zeigte sich sehr gewandt. Er schien genau zu wissen, über welchen Betrag ich im Notfall verfügen konnte, und seine geschickte Andeutung, bei meiner Verheiratung lasse sich der kleine Verlust leicht verschmerzen, bewies mir, daß er auch über das Vermögen von Hermia Bescheid wußte. Außerdem verschaffte ihm natürlich mein Drängen eine sichere Position. Jedenfalls zeigte er sich unnachgiebig.
Ehe ich ihn verließ, war die nachdenkliche Wette abgeschlossen. Ich unterzeichnete eine Art von Schuldverschreibung mit einer Menge unverständlicher Rechtsphrasen.
»Ist meine Unterschrift rechtlich bindend?« erkundigte ich mich.
»Oh, Sie werden es bestimmt nicht darauf ankommen lassen«, lächelte Mr. Bradley äußerst höflich. »Eine Wette ist eine Wette – und wenn ein Mann seine Wettschulden

nicht bezahlt ... Nein, wie gesagt, das würde ich Ihnen nicht raten.«
»Ich denke gar nicht daran, mich drücken zu wollen«, knurrte ich erbost.
»Dessen bin ich sicher, Mr. Easterbrook. Nun zu den geschäftlichen Abmachungen: Ihre Frau wohnt zur Zeit in London, soviel ich verstanden habe. Wie lautet ihre Adresse?«
»Müssen Sie das unbedingt wissen?«
»Selbstverständlich, Sir. Das nächste, was Sie nun zu tun haben, ist, eine Vereinbarung mit Miss Grey zu treffen – Sie erinnern sich doch an Miss Grey?«
Das konnte ich ohne weiteres zugeben.
»Eine erstaunliche Frau ... höchst begabt. Sie wird einen kleinen Gegenstand verlangen, den Ihre Frau getragen hat ... ein Taschentuch oder einen Handschuh zum Beispiel.«
»Aber weshalb in aller ...«
»Fragen Sie mich nicht nach Gründen – ich habe nicht die blasseste Ahnung. Miss Grey behält ihre kleinen Geheimnisse für sich.«
»Können Sie mir nicht wenigstens sagen, was geschieht?«
»Mr. Easterbrook, Sie müssen mir glauben, wenn ich Ihnen sage, daß ich nicht das geringste darüber weiß. Und was wichtiger ist: Ich will es auch gar nicht wissen! Lassen wir es also dabei bewenden.«
Er machte eine Pause, um dann väterlich fortzufahren: »Mein Rat ist folgender, Mr. Easterbrook: Besuchen Sie Ihre Frau, beruhigen Sie sie vorläufig, und lassen Sie vielleicht sogar eine Andeutung fallen, daß Sie zu ihr zurückkehren werden. Sie können ihr sagen, sie müßten für eine Weile verreisen, aber bei Ihrer Rückkehr ... und so weiter ...«
»Und dann?«
»Nachdem Sie ihr einen kleinen Gebrauchsgegenstand entwendet haben, fahren Sie nach Much Deeping. Wie ich hörte, haben Sie ja Verwandte dort in der Nachbarschaft ...«
»Eine Kusine.«
»Das vereinfacht die Sache. Diese Dame wird Sie doch bestimmt für ein paar Tage bei sich aufnehmen.«

»Wie machen es denn die anderen Kunden? Steigen sie dort in dem kleinen Wirtshaus ab?«
»Manchmal. Andere wieder fahren rasch von Bournemouth herüber. Aber auch darüber weiß ich nicht genau Bescheid – es geht mich ja auch gar nichts an.«
»Was soll meine Kusine denn davon halten?«
»Sagen Sie ihr ruhig, Ihre Neugier hinsichtlich der drei Bewohnerinnen des Fahlen Pferdes sei erwacht, und Sie möchten einer Séance beiwohnen. Nichts einfacher als das. Miss Grey und ihre Freundin veranstalten öfters solche Séancen – Sie wissen ja, wie Spiritisten sind. Sie sehen – es gibt gar keine Schwierigkeiten dabei.«
»Und – nachher?«
Er schüttelte lächelnd den Kopf.
»Das ist alles, was ich Ihnen sagen kann – tatsächlich alles, was ich selbst weiß. Vergessen Sie nicht, einen Handschuh oder etwas Ähnliches mitzubringen. Und anschließend würde ich Ihnen raten, eine kleine Reise zu unternehmen. Die italienische Riviera ist um diese Jahreszeit sehr schön. Eine oder zwei Wochen genügen.«
Ich erklärte, daß ich keine Lust habe, England zu verlassen.
»Auch das steht Ihnen frei – nur sollten Sie auf keinen Fall in London bleiben.«
»Weshalb?«
Mr. Bradley sah mich vorwurfsvoll an.
»Wir garantieren unseren Kunden absolute Sicherheit – wenn sie tun, was wir verlangen.«
»Wie wäre es denn mit Bournemouth? Würde das genügen?«
»Vollkommen. Steigen Sie dort in einem Hotel ab, schließen Sie ein paar Bekanntschaften, lassen Sie sich oft in Begleitung sehen. Sie verstehen: ein einwandfreier Lebenswandel, das ist es, was von Ihnen gefordert wird.«
Wiederum mußte ich seine schlaffe Hand schütteln.

»Willst du wirklich zu einer Séance ins Fahle Pferd gehen?« erkundigte sich Rhoda.
»Weshalb denn nicht?«
»Ich hätte nie gedacht, daß du dich für so etwas interessieren könntest, Mark.«
»Das tue ich auch nicht eigentlich«, erklärte ich ehrlich. »Aber diese drei Frauen sind ein so seltsames Gespann, daß sie meine Neugier erweckt haben.«
Es war gar nicht einfach, so leichthin darüber zu sprechen. Aus den Augenwinkeln sah ich, wie Hugh Despard mich forschend betrachtete. Er war ein kluger Mann und hatte selbst ein abenteuerliches Leben geführt – einer jener Menschen, die eine Art sechsten Sinn für Gefahr haben. Ich bin fest davon überzeugt, er spürte auch jetzt eine solche Gefahr. Keinesfalls glaubte er an meine bloße Neugier. Er war sich zweifellos klar darüber, daß ich einen bestimmten Zweck verfolgte.
Kurz darauf begegneten wir zufälligerweise Thyrza Grey im Dorf.
»Hallo, Mr. Easterbrook, wir erwarten Sie also heute abend. Hoffentlich können wir Ihnen eine gute Vorstellung bieten. Sybil ist ein wundervolles Medium, aber man weiß nie im voraus, welche Resultate sich ergeben. Erwarten Sie also nicht allzuviel. Aber um eines bitte ich Sie: Halten Sie die Augen offen. Ein ehrlicher Fragesteller ist uns jederzeit willkommen, aber bloßer Spott ist sehr unangebracht.«
»Ich wäre sehr gern mitgekommen«, meinte Rhoda. »Aber mein Mann ist so voreingenommen solchen Dingen gegenüber. Sie kennen ihn ja.«
»Ich hätte es auch gar nicht gestattet«, fiel Thyrza rasch ein. »*Ein* Außenstehender ist völlig ausreichend.«
Sie wandte sich wieder mir zu.
»Haben Sie Lust, vorher eine Kleinigkeit mit uns zu essen? Wir essen nie viel vor einer Séance. Um sieben Uhr also? Gut, wir werden Sie erwarten.«
Sie nickte lächelnd und entfernte sich gleichgültig. Ich

starrte ihr nach und war so vertieft in meine Gedanken, daß ich völlig überhörte, was Rhoda sagte.
»Verzeih – was sagtest du eben?«
»Du bist so merkwürdig, seit du zurückgekommen bist, Mark. Ist irgend etwas nicht in Ordnung?«
»Mir fehlt gar nichts, Rhoda; was sollte denn sein?«
»Kommst du mit deinem Buch nicht weiter?«
»Mein Buch?« Im Moment begriff ich gar nicht, worüber sie sprach. »Oh – das Buch! Nein, das macht ganz gute Fortschritte.«
»Ich glaube, du bist verliebt«, erklärte Rhoda vorwurfsvoll. »Ja, so muß es sein. Liebe hat immer einen schlechten Einfluß auf Männer; sie verwirrt ihren Geist vollkommen. Frauen sind da ganz anders – sie schweben im siebten Himmel und sehen strahlend aus, schöner denn je. Eigentlich komisch, nicht wahr, daß das gleiche Gefühl den Frauen so gut steht, die Männer jedoch zu Schafsköpfen macht?«
»Besten Dank!« knurrte ich.
»Oh, sei mir nicht böse, Mark! Ich bin wirklich froh für dich. Sie ist ja auch sehr nett.«
»Wer ist nett?«
»Nun, Hermia natürlich. Ich habe es seit Jahren kommen sehen, und sie ist unbedingt die richtige Frau für dich; sie sieht gut aus und ist sehr gescheit – absolut passend.«
»Das ist so ungefähr das Boshafteste, was du über einen Menschen sagen kannst.« Ich war sehr ärgerlich.
Rhoda blickte mich an. »Zugegeben«, äußerte sie kurz.
Dann wandte sie sich ab mit der Bemerkung, sie müsse noch zum Fleischer. Ich erklärte, ich werde einen kurzen Besuch in der Pfarrei machen.
»Aber nicht, um uns von der Kanzel verkünden zu lassen«, fügte ich höhnisch hinzu.

29

Es war wie ein Nachhausekommen, als ich die Pfarrei betrat. Die Haustür war einladend geöffnet, und ich fühlte eine schwere Last von meinen Schultern gleiten.
Mrs. Dane Calthrop kam durch die Hintertür in die Halle; aus unerfindlichen Gründen schleppte sie einen riesigen hellgrünen Plastikkübel.
»Hallo, Sie sind es!« rief sie freundlich. »Dacht ich's mir doch.«
Ohne eine weitere Bemerkung reichte sie mir den Kübel. Ich hatte keine Ahnung, was ich damit tun sollte, und stand wie angewurzelt da.
»Auf die Stufen vor der Tür«, erklärte sie ungeduldig, als ob das selbstverständlich wäre.
Ich gehorchte. Dann folgte ich ihr in das gleiche dunkle Wohnzimmer, in dem wir schon unser erstes Gespräch geführt hatten. Sie wies mir einen Stuhl an und ließ sich ebenfalls in einen Sessel fallen, wobei sie mich forschend ansah.
»Nun?« fragte sie. »Was haben Sie unternommen?«
Ich erzählte ihr alles, ohne das geringste auszulassen. Mir schien, als ob ich sogar von Dingen sprach, die mir selbst bisher noch nicht klargeworden waren.
»Heute abend also?« meinte sie schließlich nachdenklich.
»Ja.«
Sie schwieg einen Augenblick und dachte nach. Aber ich vermochte mich nicht länger zu beherrschen und platzte heraus: »Es ist gräßlich, gräßlich! Und ich habe so fürchterliche Angst um sie!«
Sie betrachtete mich freundlich.
»Sie ist so ... so tapfer«, fuhr ich eifrig fort. »Wenn ihr etwas zustoßen sollte ...«
Mrs. Calthrop schüttelte langsam den Kopf.
»Ich sehe nicht, was ihr geschehen sollte ... nicht, wie Sie es befürchten.«
»Aber anderen Leuten *ist* etwas zugestoßen.«
»Ja, so scheint es ...« Eine leichte Unsicherheit klang in ihren Worten mit.

»Sie nimmt die ganze Gefahr auf sich«, rief ich.
»Jemand muß es tun«, gab Mrs. Dane Calthrop zu bedenken. »Ginger ist genau die Richtige dafür. Sie ist intelligent und hat ihre Nerven im Griff. Ginger wird Sie nicht im Stich lassen.«
»Das ist es doch nicht, was mir Sorgen macht!«
»Am besten ist es, Sie machen sich überhaupt keine Sorgen. Ihr hilft das auf jeden Fall nichts. Wir dürfen uns nicht vor den Folgen drücken wollen. Wenn sie als Folge dieses Experiments sterben sollte, so ist es wenigstens für einen großen Zweck.«
»Mein Gott, wie brutal Sie sind!«
»Jemand muß es sein«, gab Mrs. Calthrop zurück. »Immer das Schlimmste erwarten – Sie wissen gar nicht, wie das die Nerven stärkt. Unwillkürlich beginnen Sie sofort zu denken, es könne gar nicht so schlimm kommen, wie Sie befürchten.« Aufmunternd nickte sie mir zu.
»Sie mögen recht haben«, seufzte ich.
Mit ruhiger Selbstverständlichkeit bestätigte Mrs. Calthrop diese Tatsache.
»Sie haben doch wohl ein Telefon?« fragte ich.
»Natürlich.«
Ich erklärte ihr meine Absicht.
»Sobald diese ... dieses Geschäft heute abend erledigt ist, möchte ich in ständiger Verbindung mit Ginger bleiben und sie jeden Tag anrufen. Ich wäre froh, wenn ich das von hier aus tun dürfte.«
»Sehr verständlich. Bei Rhoda ist ein ständiges Kommen und Gehen. Sie aber möchten sicher sein, daß man Ihre Gespräche nicht mithört.«
»Ich werde noch ein paar Tage bei Rhoda bleiben und mich dann vielleicht nach Bournemouth begeben. Vorläufig soll ich jedenfalls nicht in London gesehen werden.«
»Nun, es ist zwecklos, weiter zu denken als bis zum heutigen Abend. Begnügen Sie sich damit.«
»Heute abend ...« Ich stand auf und sagte etwas, das meinen Ohren selbst fremd klang. »Beten Sie für mich ... für uns.«
»Selbstverständlich«, gab Mrs. Calthrop in einem Ton zu-

rück, der ihr Erstaunen darüber ausdrückte, daß man daran auch nur eine Sekunde zweifeln konnte.
Unter der Tür wandte ich mich mit plötzlicher Neugier um.
»Was soll eigentlich dieser Kübel?« erkundigte ich mich.
»Oh, der ist für die Schulkinder. Sie pflücken Beeren und Blätter von den Hecken, um die Kirche zu schmucken. Das Ding ist scheußlich – aber so praktisch.«
Ich blickte mich um und sah den ganzen Reichtum des Herbstes in voller Schönheit vor mir ausgebreitet.
»Alle guten Engel mögen uns beschützen«, flüsterte ich.
»Amen«, fügte Mrs. Dane Calthrop hinzu.

30

Mein Empfang im Fahlen Pferd war höchst konventionell. Ich weiß nicht, welch düstere Atmosphäre ich erwartet hatte – aber jedenfalls nicht das.
Thyrza Grey empfing mich in einem schlichten, dunklen Wollkleid und sagte völlig geschäftsmäßig: »Ah, da sind Sie ja. Sehr gut, wir können gleich essen.«
Der Tisch war für ein einfaches Mahl am Ende der Halle gedeckt. Es gab Suppe, eine Eierspeise und Käse. Bella wartete uns auf. Sie trug ein steifes schwarzes Kleid und sah mehr denn je aus wie eine Hintergrundfigur auf einem alten flämischen Gemälde. Sybil hatte ihre exotische Note beibehalten; sie war in ein langes pfauenblaues Gewand gehüllt, das mit goldenen Borten besetzt war. Ihre Perlengehänge fehlten, dafür klapperten schwere goldene Armreifen um ihre Handgelenke. Sie aß fast nichts, sprach wenig und hatte einen völlig abwesenden Blick, der uns zeigen sollte, daß sie in höheren Sphären schwebte. Aber der Effekt war theatralisch und unecht.
Thyrza Grey führte das Gespräch allein. In leichtem Plauderton erzählte sie von lokalen Ereignissen – ganz in der Art einer freundlichen alten Jungfer vom Lande, die sich nur um ihre allernächste Umgebung kümmerte.

Ich sagte mir, ich sei verrückt, vollkommen verrückt! Was hatte ich hier zu befürchten? Selbst Bella wirkte wie eine harmlose, dümmliche Bäuerin, wie es sie zu Hunderten gibt. Der Gedanke, daß Ginger von diesen drei Frauen ein Unheil drohen sollte, kam mir plötzlich völlig unfaßbar vor.
Wir beendeten die Mahlzeit.
»Kaffee gibt es nicht«, entschuldigte sich Thyrza. »Er bewirkt eine Stimulation, die nicht angebracht ist.« Sie erhob sich. »Sybil?«
»Ja«, flüsterte diese mit ekstatischem Ausdruck, der andeuten sollte, daß sie weit, weit von dieser Welt entfernt war. »Ich muß mich vorbereiten ...«
Bella begann den Tisch abzuräumen. Thyrza und ich gingen über den Hof zur Scheune. Die Nacht war dunkel und sternenlos, so daß ich beim Betreten des Raumes geblendet die Augen schließen mußte. Am Tag hatte die Scheune ausgesehen wie eine freundliche Bibliothek – jetzt aber wirkte sie ganz anders. Die Lampen waren nicht angeschaltet, das Licht kam von einer indirekten Quelle und gab der Umgebung ein kaltes, bläuliches Aussehen. In der Mitte erhob sich ein purpurnes Lager auf einem niedrigen Podest, das mit kabbalistischen Zeichen verziert war. Am anderen Ende des Zimmers stand eine Art Feuerschale, daneben ein großes, anscheinend sehr altes Kupferbecken.
An der Wand nahe dem Eingang befand sich ein schwerer, hochlehniger Eichenstuhl. Thyrza bedeutete mir, dort Platz zu nehmen. Ihre ganze Art hatte sich auf einmal verändert. Seltsamerweise hätte ich aber nicht zu sagen vermocht, worin diese Veränderung bestand. Jedenfalls lag nichts Okkultes darin. Aber das Alltägliche war von ihr abgefallen, dahinter kam der zweite Mensch zum Vorschein. Sie hatte etwas von einem Arzt an sich, der im Begriff steht, eine schwere und gefährliche Operation vorzunehmen. Dieser Eindruck wurde noch verstärkt, als sie zu einem Wandkasten schritt und ein langes Übergewand hervorholte. Wenn das Licht darauf fiel, glitzerte es wie ein Gewebe von Metallfäden. Sie streifte lange Handschuhe über, die fast wie Kettenpanzer aussahen.

»Man muß Vorsichtsmaßnahmen ergreifen«, erklärte sie. Dann wandte sie sich mit nachdrücklicher, tiefer Stimme an mich. »Ich muß Ihnen nahelegen, Mr. Easterbrook, sich ganz still zu verhalten und an Ihrem Platz zu bleiben. Unter keinen Umständen dürfen Sie sich von Ihrem Stuhl erheben – das könnte gefährlich für Sie sein. Wir machen hier keine Kinderspiele – ich löse Kräfte aus, die für den Nichteingeweihten schädlich sein könnten.« Sie machte eine kleine Pause und fuhr fort: »Haben Sie mitgebracht, was man Ihnen aufgetragen hat?«
Ohne ein Wort zu sagen, zog ich einen weichen braunen Lederhandschuh aus der Tasche und reichte ihn ihr.
Sie ging damit zu einer Tischlampe mit einem Metallschirm, knipste diese an und hielt den Handschuh unter den scharfen Lichtstrahl. Gleich darauf machte sie die Lampe wieder aus und nickte zufrieden.
»Sehr gut«, bemerkte sie dazu. »Die physischen Emanationen sind außergewöhnlich stark.«
Sie legte den Handschuh auf ein Gestell, das aussah wie ein großer Radioapparat. Dann rief sie mit erhobener Stimme: »Bella – Sybil! Wir sind bereit.«
Sybil kam als erste herein. Über ihr pfauenblaues Kleid hatte sie einen langen schwarzen Mantel geworfen, den sie nun mit dramatischer Geste fallen ließ, während sie näher trat.
»Ich hoffe, alles wird gutgehen«, wisperte sie. »Man kann nie ganz sicher sein. Bitte, Mr. Easterbrook, verhalten Sie sich ruhig, und spötteln Sie nicht innerlich. Das macht alles so viel schwieriger.«
»Mr. Easterbrook ist nicht gekommen, um zu höhnen«, verwies Thyrza. Ihre Stimme klang grimmig.
Sybil streckte sich auf dem purpurnen Diwan aus, und Thyrza ordnete ihr das Gewand.
»Liegst du bequem so?« erkundigte sie sich besorgt.
»Ja, danke, meine Liebe.«
Thyrza machte einige Lichter aus, dann rollte sie eine Art Baldachin auf Rädern herbei und stellte ihn so auf, daß er den Diwan beschattete und Sybils Gestalt in düsterem Halbdunkel ließ.

»Zuviel Licht beeinträchtigt eine völlige Trance«, erklärte sie. »Nun ist alles vorbereitet. – Bella?«
Bella trat aus dem Schatten hervor, und beide Frauen näherten sich mir. Thyrza ergriff meine linke und Bella meine rechte Hand, worauf sie sich gegenseitig ebenfalls an den Händen faßten, so daß wir einen geschlossenen Kreis bildeten.
Plötzlich ertönten von der Decke herunter die gedämpften Klänge von Mendelssohns Trauermarsch – Thyrza mußte irgendwo den Kontakt zu einer Grammophonplatte ausgelöst haben.
Ich blieb kühl und kritisch angesichts dieser kitschig-theatralischen Inszenierung, und dennoch fühlte ich ein leises Grauen in mir aufsteigen.
Die Musik verstummte. Lange Zeit blieb alles still, nur Bellas Keuchen und Sybils ruhige Atemzüge waren vernehmbar.
Auf einmal begann Sybil zu sprechen, aber nicht in ihrer eigenen gezierten Weise, sondern mit einer fremdartig tiefen, kehligen Männerstimme.
»Ich bin hier«, sagte diese Stimme.
Meine Hände wurden losgelassen, Bella glitt wieder in den Schatten zurück, Thyrza aber wandte sich zum Diwan hin und fragte: »Guten Abend – bist du es, Macandal?«
»Ich bin Macandal.«
Thyrza ging zum Diwan hinüber und schob den schützenden Baldachin beiseite. Das weiche Licht flutete über Sybils Gesicht. Sie schien fest und ruhig zu schlafen, und in dieser Gelöstheit sah sie ganz anders aus als sonst. Alle harten Linien waren wie weggewischt, sie wirkte um Jahre jünger, beinahe schön.
»Bist du bereit, Macandal, meinen Wunsch und Willen auszuführen?« fuhr Thyrza fort.
»Ich bin bereit.«
»Beschütze den Körper dieser Dossu, den du jetzt bewohnst, vor physischem Harm. Unterwirf all seine Lebenskräfte meinem Ziel, auf daß dieses erreicht werde. Bist du dazu bereit?«

»Ich bin es.«
Thyrza griff mit der Hand hinter sich. Bella näherte sich ihr und reichte ihr einen Gegenstand, den ich für ein Kruzifix hielt. Thyrza legte ihn umgekehrt auf Sybils Brust, ergriff eine kleine, grünlich schillernde Phiole aus Bellas Hand und goß ein paar Tropfen des Inhalts auf Sybils Stirn. Mit dem Finger beschrieb sie ein Zeichen darüber, das ich ebenfalls für ein umgekehrtes Kreuz hielt.
Zu mir gewandt, bemerkte sie kurz: »Geweihtes Wasser aus der katholischen Kirche von Garsington.«
Schließlich tastete sie nach der scheußlichen Rassel, die mir bereits aufgefallen war. Dreimal klapperte sie damit und drückte sie dann in Sybils starre Finger.
Sie trat einen Schritt zurück und rief mit lauter Stimme: »Alles ist vorbereitet!«
Bella wiederholte die Worte: »Alles ist vorbereitet . . .«
Erneut wandte Thyrza sich mir zu: »Sie sind nicht sehr beeindruckt von dem Ritual? Viele unserer Besucher sind es. Aber halten Sie das Ganze nicht für bloße Schaumschlägerei. Diese Rituale sind durch Jahrhunderte geheiligt und üben einen starken Einfluß auf den menschlichen Geist aus. Was bedeuten Massenpsychose und -hysterie? Wir wissen es nicht – aber das Phänomen besteht. Alle diese alten Bräuche haben einen gewissen Sinn und sind notwendig.«
Bella hatte den Raum verlassen. Jetzt kehrte sie zurück, einen weißen Hahn in den Händen. Er kämpfte und zappelte, um sich zu befreien. Bella kniete vor der Feuerschale nieder, zeichnete mit Kreide Kreise und geheimnisvolle Zeichen um die Schale und den Kupferkessel herum. Dann setzte sie den Hahn mitten in den weißen Kreis hinein . . . und er blieb regungslos dort stehen.
Während sie weitere Zeichen kritzelte, schwankte sie hin und her und sang mit leiser, gutturaler Stimme unverständliche Worte vor sich hin. Ganz offensichtlich steigerte sie sich in eine Art obszöner Ekstase hinein.
Thyrza betrachtete mich und bemerkte sachlich: »Das gefällt Ihnen nicht? Verständlich, aber es ist ein alter, sehr

alter Brauch. Todesanrufungen in der Art der heidnischen Zaubersprüche, von der Mutter auf die Tochter vererbt.«
Ich konnte Thyrzas Haltung nicht verstehen; sie tat nichts, um die Atmosphäre des Geheimnisvollen zu unterstreichen, sondern begnügte sich ganz bewußt mit der Rolle einer Kommentatorin.
Bella streckte ihre Hand nach der Feuerschale aus, und eine flackernde Flamme schoß empor. Dann warf sie ein paar Körner hinein, worauf sogleich ein betäubend süßlicher Geruch den ganzen Raum erfüllte.
»Wir sind bereit!« rief Thyrza.
Der Arzt greift zum Skalpell, dachte ich.
Sie ging zu dem Kasten hinüber, in dem ich einen Radioapparat vermutet hatte, und öffnete ihn. Eine komplizierte elektrische Anlage mit vielen Dosen und Drähten kam zum Vorschein, montiert auf ein fahrbares Gestell. Thyrza schob es langsam und vorsichtig in die Nähe des Diwans. Sie beugte sich hinunter, schob und drehte an den Reglern herum und murmelte dabei: »Kompaß Nord-Nordost ... Gradeinteilung ... das dürfte richtig sein.« Bedächtig griff sie nach Gingers Handschuh und legte ihn sorgfältig in eine bestimmte Richtung; gleichzeitig knipste sie eine kleine violette Lampe daneben an.
Dann wandte sie sich der reglosen Gestalt auf dem Diwan zu: »Sybil Diana Helen, du bist nun befreit von der körperlichen Hülle, die der Geist Macandal für dich hütet. Du bist frei, um dich mit dem Eigner dieses Handschuhs zu vereinigen. Sein Ziel ist – wie das aller Sterblichen – der Tod. Nur im Tod ist Befriedigung, nur der Tod löst alle Probleme und gibt den wahren Frieden. Alle Großen dieser Erde haben das erkannt. Liebe und Tod sind unsere Triebfedern – aber der Tod ist stärker ...«
Die Worte klangen hell und klar; aus der großen Kiste ertönte ein leises Summen, die Glühlampen darin flackerten auf. Ich war wie betäubt. Dies war nicht mehr der spiritistische Hokuspokus, den man belächeln konnte. Thyrza hielt die bewegungslose Gestalt auf dem Diwan in ihrem Bann – benützte sie für ihre eigenen düsteren Zwecke. Sybil wußte

wirklich nichts von dem, was mit ihr geschah; ihr Geist schwebte in anderen Regionen.
Die klare Stimme fuhr fort:
»Der schwache Punkt ... jeder Körper hat einen schwachen Punkt ... er bereitet sich auf den Frieden des Todes vor. Nach der Erlösung vom Körper sehnt er sich ... langsam, ganz natürlich. Der wahre Weg ... der natürliche Weg. Befiehl ihm den Tod! Der Tod ist Sieger ... Tod ... bald ... sehr bald ... Tod – Tod – TOD!«
Thyrzas Stimme steigerte sich zu einem wilden Schrei.
Ein zweiter, fürchterlicher Schrei kam von Bella. Sie erhob sich, ein Messer blitzte auf, und der Hahn stieß ein heiseres Krächzen aus. Blut tropfte in die Kupferschale.
Bella rannte herbei, die Schale in der ausgestreckten Hand, und schrie:
»Blut ... das Blut ... BLUT!«
Thyrza griff nach Gingers Handschuh und tauchte ihn in das Gefäß.
Wieder erklang Bellas fürchterlicher, hysterischer Schrei:
»Blut ... das Blut ... das Blut ...!«
Sie rannte wie irr um die Feuerschale herum und fiel dann plötzlich zu Boden. Ihre Glieder zuckten wie im Schüttelfrost. Die Flamme flackerte noch einmal auf und erlosch.
Ich fühlte mich krank und elend. Mein ganzer Kopf schien sich im Wirbel zu drehen ...
Da hörte ich ein leises Klicken, das Gesumm in der Maschine verstummte.
Und Thyrzas Stimme erklang, klar und gelassen:
»Alte und neue Magie. Das alte Wissen um Geheimnisse – das neue Wissen der Technik. Gemeinsam tragen sie den Sieg davon ...«

31

»Nun, wie war es?« fragte Rhoda eifrig am Frühstückstisch.

»Oh – der übliche Klimbim«, bemerkte ich nonchalant.

Forschend ruhten Despards Augen auf mir; er ließ sich nicht so leicht in die Irre führen.

»Pentagramme auf dem Boden?«

»In rauhen Mengen.«

»Und weiße Hähne?«

»Nur einer. Das war Bellas Anteil an dem Spaß.«

»Natürlich Sybil in Trance und so weiter.«

»Wie du sagst: Sybil in Trance und so weiter.«

Rhoda machte ein enttäuschtes Gesicht. »Du scheinst das Ganze ziemlich langweilig gefunden zu haben«, warf sie mir vor.

Ich behauptete gähnend, diese Dinge seien eigentlich immer gleich – aber immerhin hätte ich meine Neugier befriedigt.

Etwas später, als Rhoda in die Küche gegangen war, meinte Despard: »Die Sache hat dir einen kleinen Schock versetzt?«

»Nun . . .«

Ich wollte mit einem leichten Wort darüber hinweggehen, aber Despard war nicht der Mann, der sich täuschen ließ. Langsam fuhr ich daher fort: »Es war irgendwie . . . scheußlich und bestialisch.«

Er nickte verstehend. »Man will ja nicht daran glauben, jedenfalls nicht mit dem Verstand. Aber trotzdem kann man sich dem Einfluß nicht entziehen. In Ostafrika habe ich viele derartige Dinge gesehen. Die Medizinmänner dort haben eine ungeheure Macht über die Menschen, und man muß zugeben, daß oft genug Seltsames geschieht, das sich unserem normalen Denkvermögen entzieht.«

»Auch Todesfälle?«

»O ja. Sobald der Magier einem Menschen sagt, er sei vom Tode gezeichnet – stirbt jener tatsächlich.«

»Die Macht der Suggestion?«

»Höchstwahrscheinlich. Und dennoch erklärt das nicht alles. Es gibt auch Fälle, wo unsere ganze Wissenschaft versagt . . .« Er ließ es dabei bewenden.

Gleich darauf begab ich mich in die Pfarrei. Die Tür war offen, doch niemand schien da zu sein. Ich ging in das kleine Zimmer zum Telefon und rief Ginger an.
Eine Ewigkeit schien zu vergehen, bis ich endlich ihre Stimme hörte.
»Hallo.«
»Ginger?«
»Oh – Sie sind es. Was ist passiert?«
»Sind Sie wohlauf?«
»Selbstverständlich. Was sollte mir denn fehlen?«
Eine heiße Welle der Erleichterung durchlief meinen Körper.
Mit Ginger war alles in Ordnung! Ihre Stimme klang frisch und energisch wie immer. Wie hatte ich nur jemals befürchten können, dieser ganze lächerliche Humbug würde einen so normalen, gesunden Menschen wie Ginger zu beeinflussen vermögen?
»Ich wollte nur wissen, ob Sie gut geschlafen haben«, erklärte ich ziemlich lahm.
»Ehrlich gesagt, nicht besonders. Ich lag lange Zeit wach und wartete, ob etwas Sonderbares geschehe – und schließlich war ich fast ärgerlich, daß alles ganz ruhig blieb.«
Ich lachte befreit auf.
»Aber erzählen Sie mir doch – wie war es denn?«
»Gar nichts Besonderes. Sybil lag auf einem Diwan und sank in Trance.«
Ginger kicherte vergnügt. »Wie wundervoll! Eine Decke aus schwarzem Samt natürlich, und Sybil ganz nackt.«
»Keine Spur! Sie zelebrierten doch nicht die Schwarze Messe. Sybil trug eines ihrer üblichen langwallenden Gewänder mit einer Menge eingestickter Symbole.«
»Und was machte Bella?«
»Das war tatsächlich widerlich! Sie tötete einen weißen Hahn und tauchte Ihren Handschuh in das Blut.«
»O wie ekelhaft! Und was geschah weiter?«
»Eine ganze Menge«, gab ich zu, doch hütete ich mich, die Sache dramatisch zu gestalten. »Thyrza ließ ihre neumodischen Tricks los. Sie zitierte auch einen Geist herbei ...

Macandal hieß er, soweit ich mich erinnere. Gedämpftes farbiges Licht und Musik. Auf manche Leute hätte es vielleicht Eindruck gemacht.«
»Aber Sie erschraken nicht?«
»Nun, Bella brachte mich einigermaßen außer Fassung – sie fuchtelte mit einem blitzenden Messer herum, und einen Augenblick befürchtete ich fast, sie würde den Kopf verlieren und mich als zweites Opfer ihrem Hahn beigesellen.«
Ginger drängte: »Und das war wirklich alles?«
»Nur noch das übliche Theater mit Händehalten und so weiter.«
»Weshalb waren Sie denn so froh, daß mir nichts fehlt?«
»Weil ... weil ...« Ich vermochte nicht fortzufahren.
»Schön«, meinte Ginger entgegenkommend, »Sie brauchen mir nichts weiter zu sagen. Aber irgend etwas hat Sie doch beeindruckt.«
»Eigentlich nur die Tatsache, daß Thyrza ihrer Sache so absolut sicher schien. Aber das ist natürlich lächerlich.«
»War Bella auch so sicher?«
Ich überlegte kurz, ehe ich antwortete. »Ich glaube, die gute Bella findet nur ihr Vergnügen darin, den Hahn umzubringen und sich selbst in eine Art wilder Ekstase zu steigern. Ihr Gekreisch: ›Das Blut ... das Blut ...‹ war wirklich allerhand.«
»Schade, daß ich es nicht hören konnte«, lachte Ginger.
»Ja«, bestätigte ich. »Es war wirklich sehenswert.«
»Jetzt sind Sie doch wieder völlig beruhigt, nicht wahr?«
»Was wollen Sie damit sagen, Ginger?«
»Sie waren sehr nervös, als Sie anriefen – aber nun scheint alles wieder in bester Ordnung mit Ihnen.«
Damit hatte sie völlig recht. Der Klang ihrer hellen Stimme hatte Wunder gewirkt. Alle düsteren Gedanken waren wie fortgeblasen – Ginger ging es gut, sie hatte nicht einmal böse Träume gehabt.
»Was unternehmen wir jetzt?« fragte sie voller Tatendrang.
»Muß ich wirklich noch eine ganze Woche in einsamer Zurückgezogenheit leben?«

»Wenn ich die hundert Pfund von unserem lieben Mr. Bradley kassieren will . . .«
»Selbstverständlich werden Sie das!« ereiferte sie sich. »Den Kerl halten wir fest. Bleiben Sie solange bei Rhoda?«
»Ein paar Tage noch. Dann fahre ich vielleicht nach Bournemouth. Aber vergessen Sie nicht, daß ich jeden Tag bei Ihnen anrufen werde. Momentan bin ich in der Pfarrei.«
»Was macht Mrs. Dane Calthrop?«
»Sie ist in ganz großer Form. Ich habe ihr übrigens alles ganz genau erzählt.«
»Das dachte ich mir. Nun denn, auf Wiedersehen! Das Leben wird sehr langweilig sein in den nächsten vierzehn Tagen. Ich habe mir zwar Arbeit mitgenommen und ein paar Bücher, für die ich bisher nie Zeit hatte.«
»Wie haben Sie in der Galerie Ihr Fernbleiben erklärt?«
»Ich unternehme eine kurze Rundreise.«
»Möchten Sie nicht, daß es wirklich der Fall wäre?«
»Nun – nicht direkt . . .« Ihre Stimme klang etwas bedrückt.
»Haben sich Ihnen irgendwelche verdächtigen Personen genähert?«
»Nur das übliche, was so tagsüber an die Wohnungstür kommt. Der Milchmann, ein Mann, der den Gaszähler ablas, eine Frau, die wissen wollte, welche Medikamente und Kosmetika ich bevorzuge, und ein blinder Hausierer.«
»Das hört sich alles ganz harmlos an«, gab ich zu.
»Was haben Sie denn erwartet?«
»Das weiß ich selbst nicht so genau.«
Ich glaube, ich hatte auf etwas Unbegreifliches, Seltsames gehofft, dem ich hätte entgegentreten können.
Aber die Opfer des Fahlen Pferdes starben ja an ganz natürlichen, normalen Krankheiten.
Ginger schob meine zaghafte Andeutung beiseite, daß der Gasmann vielleicht unecht gewesen sein könnte.
»Er hatte einen Ausweis bei sich – ich habe ihn mir zeigen lassen. Und er kletterte nur auf eine Leiter im Badezimmer, las die Zahlen ab und schrieb sie auf. Ich kann Ihnen ganz bestimmt versichern, daß er keine Gasleitung in mein Schlafzimmer legte und den Hahn öffnete.«

Nein, mit derartigen offensichtlichen Dingen gab sich das Fahle Pferd nicht ab!
»Oh! Ich hatte noch einen weiteren Besucher. Ihren Freund Dr. Corrigan. Er ist wirklich sehr nett!«
»Er schien zu denken, er müsse einem Namensvetter ... oder sagt man in diesem Falle Namensbase? ... beistehen. Ein Hoch den Corrigans!«
Als ich den Hörer auflegte, fühlte ich mich sehr erleichtert. Bei meiner Rückkehr war Rhoda im Garten mit einem ihrer Hunde beschäftigt. Sie rieb ihn mit irgendeiner Salbe ein.
»Der Tierarzt war soeben hier«, erzählte sie. »Er erklärt, es handle sich um eine Scherpilzflechte. Sehr ansteckend, soviel ich weiß. Ich möchte nicht, daß die Kinder etwas abbekommen – oder einer der anderen Hunde.«
»Auch für die Erwachsenen wäre es nicht gerade sehr angenehm«, hielt ich ihr vor.
»Oh, es sind meistens nur Kinder, die sich anstecken. Glücklicherweise sind sie heute den ganzen Tag in der Schule – sei doch still, Sheila! Du mußt jetzt ganz brav sein, sonst fallen dir die Haare aus.« Zu mir gewandt, fuhr sie fort. »Das Zeug hinterläßt häßlich nackte Flecken, aber nach einer Weile wachsen die Haare wieder nach.«
Ich erbot mich, ihr zu helfen, aber sie wollte glücklicherweise nichts davon wissen.
Auf dem Lande gibt es meistens nur zwei oder drei Wege, die man einschlagen kann. In Much Deeping waren es deren drei, und am folgenden Nachmittag blieb nur einer übrig, den ich noch nicht gegangen war.
Ich machte mich also dorthin auf, und unterwegs kam mir ein Gedanke. Das war doch die Straße, die an Prior's Court vorbeiführte – weshalb sollte ich nicht Mr. Venables einen Besuch abstatten?
Je länger ich es mir überlegte, um so besser gefiel mir die Idee. Mißtrauen erwecken konnte ein solcher Besuch nicht, da ich durch Rhoda ja bereits bei ihm eingeführt war. Die Erklärung, ich würde mir einzelne seiner Kunstschätze gern noch mal näher ansehen, sollte vollkommen genügen.
Dieser Venables war auf jeden Fall eine interessante Persön-

lichkeit, und die Tatsache, daß der kleine Apotheker Osmond – oder Osborne? – ihn gesehen haben wollte, verstärkte dieses Empfinden. Allerdings behauptete Lejeune, dies sei infolge des Gebrechens von Venables ganz unmöglich, und der Apotheker müsse sich geirrt haben. Aber daß dieser Irrtum sich gerade auf einen Mann bezog, der in nächster Nachbarschaft des Fahlen Pferdes lebte, war immerhin erstaunlich ... besonders, da die Art und das Auftreten von Venables ohnehin zu allerlei Fragen Anlaß bot.
Etwas Geheimnisvolles umgab diesen Menschen auf alle Fälle. Er war zweifellos sehr klug, mochte aber daher schlau wie ein Fuchs sein; bestimmt viel zu schlau, um selbst einen Mord zu begehen ... aber möglicherweise ganz geeignet für die Rolle des großen Organisators hinter den Kulissen.
Es konnte also nichts schaden, wenn ich mir den Mann noch einmal genauer ansah. So bog ich nun in seinen Park ein und stand nach kurzer Zeit vor der Haustür von Prior's Court.
Der gleiche Diener öffnete und bestätigte, Mr. Venables sei zu Hause. »Doch Mr. Venables ist nicht immer wohl genug, um Besuch zu empfangen«, meinte er entschuldigend, als er mich in der Halle stehen ließ. Bald darauf jedoch kehrte er zurück mit dem Bescheid, der Herr sei sehr erfreut über meinen Besuch.
Dieser begrüßte mich auch wirklich wie einen guten alten Bekannten. »Sehr nett, daß Sie gekommen sind, mein Lieber! Ich hörte bereits, Sie seien wieder hier, und wollte heute abend Rhoda anrufen, um Sie alle zum Essen einzuladen.«
Ich entschuldigte mich für mein Eindringen. »Ich machte einen Spaziergang und kam zufällig hier vorbei. Da konnte ich nicht widerstehen und wollte die Gelegenheit nutzen, Ihre alten orientalischen Miniaturen noch mal anzusehen. Letztes Mal kam man gar nicht richtig dazu.«
»Ich freue mich, daß sie Ihnen gefallen. Wenn Sie die Details genau betrachten, werden Sie ihre Schönheit erst richtig würdigen können.«
Danach kreiste unser Gespräch ausschließlich um künstlerische Themen, und es war wirklich eine uneingeschränkte Freude, seine Raritäten zu bewundern.

Anschließend tranken wir Tee aus Tassen von feinstem chinesischem Porzellan, wozu ein delikater Kuchen serviert wurde.
»Hausgemacht?« fragte ich.
»Selbstverständlich. In meinem Haus kommen nur hausgemachte Speisen auf den Tisch.«
»Ich weiß, Sie haben einen ausgezeichneten Koch. Ist es nicht schwierig, hier auf dem Lande gutes Personal zu bekommen?«
Venables zuckte die Achseln. »Ich gebe mich nur mit den besten Leuten zufrieden ... und ich bekomme sie auch. Natürlich muß man entsprechend dafür bezahlen.«
Hier zeigte sich der ganze Hochmut dieses Mannes. Trokken meinte ich: »Wenn man es sich leisten kann, immer nur das Beste zu nehmen, löst das natürlich viele Probleme.«
»Es hängt im Grunde genommen nur davon ab, ob man weiß, was man vom Leben erwartet. Und die Wünsche müssen stark genug sein – das ist der springende Punkt. So viele Leute kommen zu Geld und wissen gar nicht, was damit anfangen. Und das Resultat? Sie werden zu reinen Geldmaschinen und bleiben ihr Leben lang Sklaven. Sie arbeiten und arbeiten, ohne etwas von ihrem Einkommen zu haben als noch längere Wagen, noch größere Häuser, anspruchsvollere Mätressen – verdorbene Magen und Kopfschmerzen.«
»Da haben Sie es anders gemacht«, lächelte ich.
»Ich, oh, ich wußte genau, was ich wollte: die Möglichkeit, alles Schöne auf Erden zu sehen und zu erhalten, sowohl Natur wie auch Kunst. Und da ich die Sachen nun nicht mehr in ihrer eigenen Umgebung bewundern kann, lasse ich sie eben aus allen Teilen der Welt zu mir kommen.«
»Auch dazu muß das Geld erst vorhanden sein.«
»Allerdings. Man muß planen können – und seine Pläne ausführen. Aber das kann man, wenn man den festen Willen dazu besitzt. Die Zeiten ändern sich – heutzutage viel rascher als früher. Man muß es nur verstehen, die Gelegenheiten zu nutzen. Ganz neue Aspekte haben sich eröffnet.«
Entschuldigend bemerkte ich: »Ich komme da nicht ganz

mit. Vergessen Sie nicht, daß Sie zu einem Mann sprechen, dessen Interessen weit mehr in die Vergangenheit als in die Zukunft gerichtet sind.«

»Zukunft? Wer kann denn wissen, was die Zukunft bringt! Nein, ich rede von der Gegenwart, vom Heute. Etwas anderes kümmert mich nicht. Neue Techniken haben sich uns bereits erschlossen – Maschinen, die früher als Phantastereien gegolten hätten. Roboter, Elektrogehirne und all das.«

»Bald tritt die Maschine an die Stelle des menschlichen Denkens.«

»Nur an die Stelle des primitiven Arbeiters. Aber immer mehr braucht es Geistesgröße, Menschen mit überragendem Wissen, die zu leiten und zu lenken verstehen . . .«

»Der Übermensch also sozusagen?« meinte ich zweifelnd.

»Weshalb denn nicht, Easterbrook? Das, was wir gemeinhin mit dem Ausdruck ›Gehirnwäsche‹ abtun, bietet unendliche Möglichkeiten. Nicht nur der Körper, auch der Geist reagiert auf Reizmittel.«

»Eine gefährliche Doktrin.«

»Das ganze Leben ist gefährlich. Am Ende werden wir nicht nur durch Naturgewalten zerstört, sondern durch das Werk unserer eigenen Hände und unseres Geistes. Diesem Zeitpunkt sind wir sehr nahe gerückt.«

»Das kann leider niemand bezweifeln. Mich fesseln im Moment aber nur Ihre Ideen über die geistigen Kräfte im Menschen selbst – der Übermensch, der Macht über die anderen erlangt.«

»Oh, das . . .!« Venables schien auf einmal verlegen. »Da habe ich wohl übertrieben.«

Ich fand diesen Rückzug äußerst vielsagend und aufschlußreich. Venables gehörte zu den Menschen, die oft allein sind. Solche Leute neigen dazu, sich einmal auszusprechen, wenn sich die Gelegenheit dazu bietet. Er hatte in mir einen Partner gefunden, der zuhören konnte . . . und war vielleicht weiter gegangen, als er wollte.

»Der Übermensch«, wiederholte ich. »Sie haben mir da ganz neue Ausblicke eröffnet.«

Er schüttelte den Kopf. »Der Gedanke ist keineswegs neu;

die Formulierung dieses Wortes läßt sich sehr weit zurückverfolgen. Ganze Philosophien sind darauf aufgebaut.«
»Natürlich. Aber mir scheint, Ihr Übermensch ist etwas ganz anderes – ein Mann, der über gewaltige Kräfte verfügt, ohne daß die Welt etwas davon ahnt. Ein Mann, der ruhig in seinem Stuhl sitzt und an den Fäden zieht.«
Ich sah ihn scharf an, während ich sprach. Er lächelte bloß.
»Haben Sie mich für diese Rolle ausersehen, Easterbrook? Ich wünschte, es wäre so. Man braucht eine Entschädigung für . . . dies hier.« Seine Hand glitt über die Decke, die seine Beine umhüllte, und es lag tiefe Bitterkeit in seiner Stimme.
»Ich will Ihnen nicht mein Mitgefühl ausdrücken . . . Mitleid ist zu billig für einen Mann in Ihrer Lage«, entgegnete ich. »Lassen Sie mich etwas anderes betonen: Wenn es überhaupt einen Menschen gibt, der über eine unerwartete Katastrophe den Sieg davonträgt, dann sind Sie die Persönlichkeit dafür.«
Er lachte. »Sie schmeicheln mir.« Doch ich sah, daß ihn meine Worte freuten.
Aber ich fürchtete trotzdem, zu weit gegangen zu sein, und fuhr erklärend fort: »Sie sind ein Mann mit viel Verstand und Geschmack, Sie wissen Ihre Schätze gut auszuwählen . . . aber Sie haben selbst angedeutet, daß Sie diese Reichtümer nicht durch Ihrer Hände Arbeit erwarben.«
»Das ist richtig, Easterbrook. Ich sagte bereits, daß nur Narren sich abrackern und schinden. Der kluge Mann denkt und plant. Das Geheimnis eines jeden Erfolges ist sehr einfach – wenn man erst dahintergekommen ist. Man überlegt . . . und man führt aus. Das ist alles.«
Ich starrte ihn an. »Einfach« – so einfach zum Beispiel wie das Beiseiteschaffen im Wege stehender Personen? Hatte Mr. Venables »geplant«, während er in seinem Rollstuhl saß? Und die Rolle der Ausführenden hatte Thyrza Grey übernommen?
Unter halbgeschlossenen Lidern beobachtete ich ihn scharf, während ich tastend bemerkte:
»Das Wort Übermensch hat mich übrigens an eine merkwürdige Behauptung von Miss Grey erinnert.«

»Ach, unsere gute Thyrza!« Seine Stimme klang freundlich und gleichgültig – aber hatten nicht seine Augenlider leise geflattert? »Die beiden alten Damen schwatzen viel Unsinn. Und sie glauben daran, sie glauben allen Ernstes daran! Sind Sie schon einmal zu einer ihrer Séancen eingeladen worden? Ich bin überzeugt, man wird Sie dazu auffordern.«
Einen Augenblick zögerte ich, ehe ich mir klar war, wie ich reagieren sollte.
»Ja«, sagte ich dann langsam, »ich ... ich bin bei einer solchen Séance gewesen.«
Ich wich seinem Blick aus und gab mir den Anschein eines Menschen, der sich in seiner Haut nicht wohl fühlt.
»Sie empfanden natürlich alles als einen großen Humbug – oder waren Sie davon beeindruckt?«
»Nun ... natürlich glaube ich nicht an dieses Zeug. Die Damen scheinen es ja sehr ernst zu nehmen, aber ...« Ich zog meine Uhr hervor und sprang auf. »Oh, ich hatte keine Ahnung, wie spät es bereits ist. Ich muß mich wirklich beeilen; Rhoda wird sich wundern, wo ich stecke.«
»Sie haben einem Invaliden zu einem anregenden Nachmittag verholfen. Empfehlen Sie mich Ihrer Kusine. Sie müssen sehr bald zum Essen herkommen. Morgen fahre ich allerdings nach London zu einer sehr interessanten Versteigerung. Französisches Elfenbein aus dem Mittelalter. Sie werden die Sachen sicher bezaubernd finden, wenn es mir gelingt, sie zu erwerben.«
Auf dieser freundschaftlichen Basis trennten wir uns. Hatten seine Augen nicht spöttisch geblinzelt, als er meine Verlegenheit hinsichtlich der Séance bemerkte? Mir war es so vorgekommen. Aber es konnte auch Einbildung sein.

32

Ich trat in den späten Nachmittag hinaus. Die Dunkelheit war bereits hereingebrochen, und da der Himmel stark bewölkt war, ging ich etwas tastend die lange Auffahrt hinun-

ter. Einmal wandte ich den Kopf, um nach den erleuchteten Fenstern des Hauses zu blicken, und geriet dabei vom Wege ab auf den Rasen. Fast gleichzeitig stieß ich mit einem Menschen zusammen, der mir entgegenkam.
Es war ein kleiner, stämmiger Mann. Wir tauschten unsere Entschuldigungen aus, wobei mir auffiel, daß seine Stimme voll und tief, aber etwas pedantisch klang.
»Ich bin noch nie hier gewesen«, erklärte ich. »Daher finde ich den Weg nicht so leicht. Leider habe ich keine Taschenlampe mitgenommen.«
»Gestatten Sie . . .«
Der Fremde zog eine Stablampe hervor, knipste sie an und reichte sie mir. Bei ihrem Licht sah ich, daß er ein Mann mittleren Alters war, mit einem rundlichen Cherubsgesicht, schwarzem Schnurrbart und Hornbrille. Er trug einen dunklen Regenmantel und sah aus wie ein Muster an Korrektheit. Immerhin wunderte ich mich, weshalb er denn seine Lampe nicht selbst benützt hatte.
»Ah«, bemerkte ich überflüssigerweise. »Ich sehe, ich bin vom Weg abgekommen.«
Ich trat einen Schritt seitwärts und wollte ihm die Lampe wiedergeben. »Danke, jetzt finde ich mich schon zurecht.«
»Aber bitte, behalten Sie sie doch, wenigstens bis zum Tor.«
»Sie . . . Sie waren doch auf dem Weg zum Haus?«
»Nein, nein – ich kehre ebenfalls zurück . . . eh . . . die Auffahrt hinunter und dann zur Haltestelle des Autobusses. Ich fahre nach Bournemouth.«
Mein Begleiter schien sich nicht ganz wohl zu fühlen, und seine Verlegenheit wuchs, während wir nebeneinander hergingen. Er war jedenfalls nicht der Mann, der eine unklare Situation gelassen hinnehmen konnte.
»Sie haben wohl Mr. Venables besucht?« fragte er und räusperte sich.
Ich bestätigte das und fügte hinzu: »Irre ich mich, oder waren Sie nicht auf dem Weg zu seinem Haus?«
»Nein«, gab er zurück, »nein, ich . . . tatsächlich wohne ich in Bournemouth oder zumindest in der Nähe davon. Ich habe dort vor kurzem ein kleines Häuschen gekauft.«

Die Bemerkung erinnerte mich an etwas, das ich unlängst gehört hatte. Was war es doch gleich? Während ich mich vergeblich zu erinnern versuchte, fühlte sich mein Begleiter zu einer näheren Erklärung verpflichtet.

»Sie finden es natürlich sehr merkwürdig, daß jemand in einem Park herumwandert, ohne den Besitzer zu kennen. Ich gestehe, es ist nicht ganz ... hm ... leicht zu erklären, obwohl ich bestimmte Gründe dafür habe. Übrigens bin ich sowohl in Bournemouth wie auch hier ziemlich bekannt und könnte Ihnen genügend Leute nennen, die Ihnen meine Rechtschaffenheit bestätigen würden. Ich war bisher Apotheker in London; aber ich habe mein Geschäft verkauft, um mich in dieser Gegend niederzulassen, die ich immer besonders reizvoll fand.«

Jetzt kam mir die Erleuchtung, und ich wußte, wer der Kleine war. Aber er fuhr bereits eilig fort: »Mein Name ist Osborne – Zacharias Osborne, und wie gesagt, ich besaß ein sehr gutes Geschäft in London, an der Barton Street. Zu meines Vaters Zeiten war das noch eine angenehme Gegend, doch inzwischen hat sich das – leider – geändert ... sehr heruntergekommen.«

Er seufzte und schüttelte den Kopf. Dann erkundigte er sich neugierig: »Das ist doch das Haus von Mr. Venables, nicht wahr? Ich nehme an, er ist ein ... hm ... Freund von Ihnen?«

»Nein, nicht gerade ein Freund«, gab ich mit Entschiedenheit zurück. »Ich war nur ein einziges Mal mit Freunden bei ihm zum Essen eingeladen – und heute nachmittag habe ich ihn zum zweitenmal besucht.«

»Ah ... ich verstehe.«

Inzwischen waren wir am Tor angelangt. Ich gab ihm seine Lampe und wollte mich verabschieden. Doch Mr. Osborne zögerte unentschlossen.

»Ich ... eh ... ich ...« Plötzlich überstürzten sich seine Worte. »Ich gebe natürlich zu, daß ich widerrechtlich in den Park eingedrungen bin. Aber ich versichere Ihnen, es geschah nicht aus vulgärer Neugier. Meine Lage könnte leicht zu Irrtümern führen. Es wäre mir wirklich viel daran gelegen, Ihnen alles erklären zu dürfen.«

Ich wartete, was da kommen würde. Meine Neugier – vulgär oder nicht – war sicherlich geweckt, und ich wollte sie befriedigen.
Mr. Osborne schwieg eine Weile, dann entschloß er sich.
»Wie gesagt, ich möchte Ihnen mein seltsames Benehmen begreiflich machen, Mr. . . .«
»Easterbrook.«
»Mr. Easterbrook. Hätten Sie ein paar Minuten Zeit? Es ist nicht weit bis zur Hauptstraße, und bei der Haltestelle befindet sich ein kleiner, ganz respektabler Kaffeeausschank. Würden Sie mir gestatten, Sie zu einer Tasse einzuladen? Mein Autobus ist erst in zwanzig Minuten fällig.«
Ich nahm die Einladung an, und wir gingen zusammen weiter. Mr. Osborne, der seine Achtbarkeit wiederhergestellt fühlte, plauderte leichthin über die Vorzüge von Bournemouth, sein angenehmes Klima und die netten Leute, die dort wohnten.
Die Haltestelle befand sich gleich an der Einmündung zur Hauptstraße, und in dem kleinen Lokal saß nur ein junges Pärchen. Mr. Osborne bestellte Kaffee und Biskuits.
Dann lehnte er sich vor und entlastete sein Gemüt.
»Das Ganze hat sich aus einem Fall ergeben, von dem Sie vielleicht gehört haben . . . obschon es keine große Angelegenheit mit Schlagzeilen in den Zeitungen war. Es betraf den katholischen Priester des Distrikts, in dem meine Apotheke liegt . . . besser gesagt: lag. Er wurde eines Abends verfolgt und getötet. Sehr traurige Sache! Ein polizeilicher Aufruf ersuchte alle, die diesen Pater Gorman an dem betreffenden Abend gesehen hatten, sich zu melden. Nun, ich hatte zufällig eine Weile vor meiner Tür gestanden und den Priester auf der anderen Straßenseite bemerkt. Gleich nach ihm kam ein anderer Mann, der so auffällig aussah, daß er meine Aufmerksamkeit erregte. Damals natürlich dachte ich nicht weiter darüber nach, aber ich bin ein Mann mit einer scharfen Beobachtungsgabe, Mr. Easterbrook, und ich vergesse nicht so leicht ein Gesicht, das ich einmal gesehen habe. Nun, ich erzählte also meine Geschichte der Polizei – man dankte mir –, und das war alles.

Ein paar Tage nach diesem Vorfall besuchte ich ein Fest hier in Much Deeping, und was soll ich Ihnen sagen: Der gleiche Mensch begegnet mir wieder! Zuerst hielt ich es für unmöglich, denn er saß in einem Rollstuhl. Ich erkundigte mich nach ihm und erfuhr, daß er ein reicher Hausbesitzer aus dieser Gegend ist und Venables heißt. Nachdem ich mir die Sache zwei oder drei Tage überlegt hatte, schrieb ich dem Polizeibeamten, dem ich bereits meine erste Beobachtung erzählt hatte. Er kam persönlich zu mir nach Bournemouth – Inspektor Lejeune ist sein Name. Aber er erklärte, ich müsse mich zweifellos geirrt haben, denn Mr. Venables sei seit Jahren invalide und könne sich ohne Rollstuhl nicht bewegen.«

Mr. Osborne hielt abrupt inne. Ich rührte in meiner Tasse und nippte vorsichtig an der hellen Brühe, die sich Kaffee nannte. Mein Begleiter tat vorsichtig drei Stück Zucker in seinen Kaffee. »Nun, damit scheint die Sache ja ihr Ende gefunden zu haben«, meinte ich bedächtig.

»J-a«, gab er zögernd zu. Dann lehnte er sich wieder vor, und seine Augen glitzerten fanatisch hinter den Brillengläsern.

»Aber ich konnte mich nicht damit zufriedengeben, Mr. Easterbrook. Ich bin ein eigensinniger Mensch, und was ich gesehen habe, habe ich gesehen. Nach einigen Tagen des Nachdenkens kam ich zu der festen Überzeugung, daß ich dennoch recht haben mußte! Der Mann, den ich gesehen hatte, war Venables und kein anderer.« Er hob die Hand, wie um einen Einwand von mir abzuwehren.

»Oh, ich weiß, was Sie sagen wollen. Es war etwas neblig an jenem Abend, und der Mann befand sich auf der anderen Straßenseite. Aber einen Punkt hat die Polizei nicht in Betracht gezogen – einen absolut ausschlaggebenden, nämlich den, daß ich ein wirkliches Studium daraus gemacht habe, jeden Menschen ganz genau zu betrachten – und wiederzuerkennen. Es handelt sich dabei nicht nur um das allgemeine Aussehen, um die große Hakennase und den auffallenden Adamsapfel. Nein, es war die ganze Haltung des Kopfes, das leichte Neigen des Nackens, die Form der

Schultern. Ich wußte einfach, daß ich mich nicht geirrt haben konnte. Gut, die Polizei erklärte es als ausgeschlossen ... doch war dem wirklich so? Das begann ich mich zu fragen.«
»Aber Mr. Venables kann nicht einmal stehen, geschweige denn gehen«, wandte ich ein.
Er unterbrach mich, indem er seinen Zeigefinger eifrig schwenkte.
»Ja, ja, das weiß ich alles. Aber ich habe meine Erfahrungen mit Ärzten gemacht! Ich will nicht behaupten, sie seien alle Schwindler – einen Fall von Simulation würden sie bestimmt erkennen. Aber es gibt gewisse Dinge ... Dinge, die ein Apotheker leichter zu durchschauen vermag als ein Arzt. Gewisse Drogen zum Beispiel, oder ganz harmlos scheinende Mittelchen. Damit kann Fieber herbeigeführt werden, Hautausschläge oder Juckreiz – eine trockene Kehle – erhöhte Absonderungen ...«
»Aber sicherlich kein Muskelschwund«, gab ich zu bedenken.
»Richtig, richtig! Doch wer sagt uns denn, daß Mr. Venables wirklich an Muskelschwund leidet?«
»Nun – sein Arzt doch, sollte ich meinen.«
»Auch wieder richtig. Aber ich habe über diesen Punkt einige Informationen eingeholt. Sein Arzt praktiziert in London, in der Harley Street. Bei dem hiesigen Arzt war er nur einmal, gleich nach seiner Ankunft. Dieser Arzt hat sich inzwischen zurückgezogen und lebt im Ausland. Der neue Arzt aber hat Mr. Venables nie behandelt. Dieser sucht nur einmal im Monat den Spezialisten in der Harley Street auf.«
»Das scheint mir noch immer kein Grund ...«
»Nur Geduld! Sie wissen ja nicht, was ich weiß. Ein einfaches Beispiel wird es Ihnen erklären. Mrs. H. bezieht ein Jahr lang Krankengeld. Aber sie bezieht es in drei verschiedenen Ortschaften – nur nennt sie sich das eine Mal Mrs. C., das andere Mal Mrs. T. Die Damen C. und T. haben ihr für die Untersuchung ihre Ausweise zur Verfügung gestellt, und auf diese Weise bezieht sie das dreifache Geld.«
»Ich verstehe den Zusammenhang nicht.«
»Nehmen wir einmal an ...«, der Zeigefinger bewegte sich

jetzt in höchster Erregung, »nehmen wir also an, unser Mr. Venables habe ein Abkommen getroffen mit einem armen Teufel, der wirklich an Kinderlähmung leidet. Dieser Mann mag vielleicht sogar eine gewisse Ähnlichkeit ganz allgemeiner Art mit ihm aufweisen. Gut. Dieser tatsächlich Gelähmte begibt sich als Mr. V. zum Spezialisten und wird von diesem untersucht ... und registriert. Dann kauft Mr. V. ein Haus auf dem Lande. Der dortige Arzt ist im Begriff, sich vom Beruf zurückzuziehen. Wieder wird das gleiche Manöver durchgeführt: Der wirklich Kranke wird untersucht und erhält sein Attest. Mr. Venables besitzt nun alles, was er braucht: Er leidet an Kinderlähmung, an Muskelschwund. Man sieht ihn nur noch in einem Rollstuhl ... und so weiter und so weiter.«

»Aber seine Dienstboten müßten doch darüber Bescheid wissen, sein Kammerdiener in erster Linie.«

»Vielleicht handelt es sich um eine ganze Bande, und der Kammerdiener gehört ebenfalls dazu. Was könnte einfacher sein?«

»Aber weshalb? Welchen Zweck sollte das Ganze haben?«

»Ah – das ist eine andere Frage!« rief Mr. Osborne. »Ich will Ihnen meine Theorie nicht darlegen – Sie würden wahrscheinlich darüber lachen. Doch eines ist sicher: Mr. Venables besitzt ein wundervolles, unerschütterliches Alibi, wann immer er es braucht. Er kann überall auftauchen, wo auch immer es ihm beliebt. An jenem Abend zum Beispiel in Paddington? Ausgeschlossen, der Ärmste ist ja ein Krüppel!« Mr. Osborne warf einen Blick auf seine Uhr. »Ich muß mich beeilen, mein Bus kommt gleich. Um nun auf mein Eindringen in seinen Park zurückzukommen – ich wollte dort ein wenig herumspionieren, sehen, ob sich ein Verdachtsmoment zeigt. Nicht sehr anständig, werden Sie sagen, und Sie haben recht damit. Aber wenn es sich darum handelt, der Wahrheit auf die Spur zu kommen ... einen Verbrecher zu entlarven – nun, das ändert wohl die Sache. Wenn ich zum Beispiel Mr. Venables bei einem gemütlichen Spaziergang erwischt hätte oder auch nur beim Herumgehen in seinem Zimmer – ah, das hätte vollauf ge-

nügt! Sicher wahrt er im Haus nicht immer seine gewohnte Vorsicht ... er nimmt ja nicht an, daß jemand hinter ihm her ist.«
»Weshalb sind Sie so fest davon überzeugt, daß der Mann, den Sie an jenem Abend sahen, wirklich Mr. Venables war?«
»Ich *weiß* es!«
Er schoß in die Höhe.
»Ich höre meinen Bus. Es war mir eine große Freude, Sie kennenzulernen, Mr. Easterbrook, und mir ist ein Stein vom Herzen gefallen, daß ich Ihnen erzählen durfte, was mich in den Park von Mr. Venables trieb. Zwar wird Ihnen das alles unsinnig vorkommen ...«
»Das möchte ich nun nicht gerade behaupten«, gab ich zurück. »Aber Sie haben mir immer noch nicht gesagt, was Sie eigentlich hinter diesem Mann vermuten?«
Mr. Osborne sah etwas dumm und verwirrt aus.
»Sie werden mich auslachen. Jedermann spricht vom Reichtum dieses Mr. Venables ... aber niemand scheint zu wissen, woher dieser stammt. Ich will Ihnen sagen, was *ich* davon halte. Ich glaube, er ist ein ganz großer Verbrecher – einer von denen, über die man immer wieder liest. Sie wissen, was ich meine. Er plant die Sachen und hat seine Leute, die sie ausführen. Das mag Ihnen unglaublich vorkommen, aber ich ...«
Der Autobus hielt, und Mr. Osborne rannte darauf zu.
Sehr nachdenklich machte ich mich auf den Heimweg. Mr. Osbornes Theorie mochte unglaublich erscheinen – aber vielleicht steckte doch etwas dahinter!

33

Am nächsten Morgen rief ich wieder Ginger an und sagte ihr, ich führe jetzt nach Bournemouth.
»Ich habe ein nettes, kleines Hotel ausfindig gemacht, das verschiedene Seitenausgänge besitzt. Da kann ich mich

leicht mal wegstehlen und Sie in London besuchen, ohne daß es auffällt.«
»Eigentlich sollten Sie das nicht, Mark – aber ich gestehe, es wäre einfach himmlisch! Hier ist es tödlich langweilig! Ich sehne mich ...«
»Ginger!« unterbrach ich entsetzt. »Was ist mit Ihrer Stimme? Sie klingt ganz anders!«
»Oh, das ist weiter nichts, machen Sie sich keine Sorgen.«
»Was fehlt Ihnen?«
»Ich habe nur einen etwas rauhen Hals, das ist alles.«
»Ginger!«
»Aber Mark, das kann doch jedem Menschen einmal passieren. Wahrscheinlich habe ich mich erkältet – oder einen ganz leichten Grippeanfall.«
»Weichen Sie mir nicht aus ... fühlen Sie sich ganz wohl – oder nicht?«
»Kein Grund zur Besorgnis, wirklich. Machen Sie doch keine Geschichten.«
»Sagen Sie mir ganz genau, wie Sie sich fühlen. Ist es so wie beim Beginn einer Grippe?«
»Nun – ich weiß nicht recht. Ich habe überall ein wenig Schmerzen ... die Glieder tun mir weh ... eben wie das so ist.«
»Fieber?«
»Etwas erhöhte Temperatur ...«
Ich saß da, und eisige Kälte kroch mir über den Rücken – ich hatte Angst, entsetzliche Angst. Und ich wußte genau, daß auch Ginger sich fürchtete, wenn sie es auch nicht zugeben wollte.
Ihre rauhe Stimme erklang wieder; sie versuchte mich zu beruhigen.
»Mark, lassen Sie sich doch nicht bange machen! Ich weiß, Sie sind erschrocken ... aber es besteht wirklich kein Grund dazu.«
»Mag sein. Aber wir müssen jede Vorsichtsmaßnahme treffen. Rufen Sie sofort Ihren Arzt an – lassen Sie ihn zu sich nach Hause kommen. Er muß Sie genau untersuchen. *Sofort,* Ginger, hören Sie?«

»Schön – aber er wird mich nur auslachen.«
»Soll er! Aber tun Sie, was ich gesagt habe. Sobald er da war, rufen Sie mich wieder an, ja?«
Als ich aufgelegt hatte, blieb ich lange Zeit sitzen und starrte den schwarzen, leblosen Apparat an. Panik – nein, ich durfte dieser grauenhaften Angst nicht nachgeben. Zur Zeit kamen überall Grippefälle vor ... es war ganz natürlich. Der Arzt würde höchstens eine leichte Erkältung feststellen ...
Aber vor mir sah ich Sybil in ihrem pfauenblauen Gewand mit den unheilvollen Symbolen. Ich hörte Thyrzas befehlende Stimme – und auf dem Boden waren Pentagramme gezeichnet, wand und drehte sich Bella, während sie ihre Zaubersprüche murmelte und den weißen Hahn tötete ...
Unsinn, lauter Unsinn – lächerlicher Aberglaube ...
Doch die Kiste! – Diese Kiste mit ihren Spulen und Dosen ließ sich nicht so leicht aus den Gedanken verbannen. Sie hatte nichts mehr mit altem Aberglauben zu tun ... sie war ein Produkt der Technik und Wissenschaft. Aber es konnte nicht möglich sein ... konnte, *konnte nicht*!
Mrs. Calthrop fand mich immer noch an der gleichen Stelle. Sofort fragte sie:
»Was ist geschehen?«
»Ginger – Ginger fühlt sich nicht wohl ...«
Ich hoffte, oh, ich hoffte so inständig, daß sie mich beruhigen werde. Aber sie tat es nicht.
»Das ist schlimm«, meinte sie langsam. »Ja, das ist ganz entschieden schlimm.«
»Es ist nicht möglich!« schrie ich auf. »Es ist ganz ausgeschlossen, daß die drei Frauen einen solchen Einfluß haben.«
»Mein lieber Mark«, erklärte Mrs. Calthrop ruhig, »sowohl Sie wie auch Ginger haben diese Möglichkeit dennoch ins Auge gefaßt – sonst hätten Sie den Versuch gar nicht unternommen.«
»Ja – und gerade diese unsere Einstellung macht es doppelt gefährlich.«
»Sie suchten nach einem Beweis – und den haben Sie jetzt durch Gingers Erkrankung bekommen.«

Plötzlich haßte ich diese Frau, die so kühl und sachlich sprechen konnte. Meine Stimme erhob sich zornig.
»Weshalb sind Sie so pessimistisch? Ginger hat eine leichte Erkältung – nichts weiter. Warum glauben Sie gleich an das Schlimmste?«
»Weil es keinen Sinn hat, den Kopf in den Sand zu stecken, bis es zu spät ist. Wir müssen die Augen offenhalten.«
»Aber Sie können doch nicht glauben, dieser ganze Humbug sei wirksam? All diese Geschichten mit Trance und Beschwörungen und Opferhähnen?«
»Irgend etwas ist wirksam«, erklärte Mrs. Calthrop fest. »Mit dieser Tatsache müssen wir uns abfinden. Das meiste davon ist sicher nur bloße Fassade, um die richtige Atmosphäre zu schaffen. Aber dahinter versteckt sich die eine wichtige Sache – die wirksame.«
Ich ließ den Kopf in die Hände fallen und stöhnte.
»Oh, hätte ich mich doch nie auf die Sache eingelassen!«
»Das dürfen Sie nicht sagen. Ihre Motive waren gut und ehrenhaft. Jedenfalls können Sie jetzt nicht mehr zurück. Sorgen Sie sich noch nicht allzusehr – wenn Ginger anruft, werden Sie mehr wissen. Sie wird Sie wahrscheinlich bei Rhoda zu erreichen versuchen ...«
Ich verstand den Wink und erhob mich.
»Ja, es ist wohl besser, wenn ich gleich gehe.«
»Oh, wie dumm bin ich doch!« rief Mrs. Calthrop plötzlich, als ich bereits in der Tür stand. »Natürlich – die Fassade! Wir haben uns von der *Fassade* blenden lassen ... und haben damit genau das getan, was diese Frauen wollten!«
Vielleicht hatte sie recht.
Zwei Stunden später rief Ginger mich an.
»Er war hier«, erklärte sie. »Schien etwas verblüfft über die Symptome, meinte aber, es sei wahrscheinlich eine Grippe. Grassiert gegenwärtig ziemlich stark. Er hat mich ins Bett gesteckt und will mir eine Medizin schicken. Ich habe ziemlich hohes Fieber, aber das ist bei einer Grippe meistens so, nicht wahr?«
Ein hilfloses Flehen klang in der rauhen Stimme, trotz der vorgeschützten Tapferkeit.

»Es wird bald wieder besser, mein Liebling«, flüsterte ich verzweifelt. »Hörst du – es wird bestimmt wieder besser! Fühlst du dich sehr elend?«
»Nun ... das hohe Fieber ... und Schmerzen überall ... Haut und Glieder. Jede leiseste Berührung tut mir weh. Und mir ist so heiß ... so schrecklich heiß ...«
»Das ist das Fieber, Liebstes. Hör zu, ich komme sofort zu dir! Ich fahre gleich los, jetzt, in dieser Minute noch ... Nein, keine Einwendungen – ich komme!«
»Ach ja. Ich bin so froh, Mark, wirklich. Ich ... ich bin doch wohl nicht so tapfer, wie ich dachte.«

Ich rief sofort Lejeune an.
»Miss Corrigan ist krank«, sagte ich kurz.
»Was?«
»Sie haben es gehört. Sie ist krank. Ihr Hausarzt war bei ihr, er meint, es könne sich um Grippe handeln. Mag sein – mag aber auch nicht sein. Ich weiß nicht, was Sie jetzt tun könnten. Vielleicht wäre es gut, einen Spezialisten zu ihr zu schikken.«
»Was für ein Spezialist sollte das sein? Wir wissen ja nicht ...«
»Einen Psychiater oder Psychoanalytiker – so etwas. Ein Mann, der über Suggestion und Hypnose und all das Zeug Bescheid weiß. Dafür gibt es doch Leute, nicht wahr?«
»Natürlich. Sie haben vollkommen recht. Aber vielleicht handelt es sich wirklich bloß um eine Grippe ...«
Ich knallte den Hörer auf die Gabel. Mich kümmerte einzig und allein Ginger, meine tapfere, verängstigte kleine Ginger. *Das* hatten wir beide nicht geglaubt – oder doch? Nein, bisher hatten wir nur mit dem Gedanken gespielt. Aber es war kein Spiel mehr. Das Fahle Pferd war bittere Realität.
Ich ließ den Kopf in die Hände sinken und stöhnte.

Nie im Leben werde ich die nächsten Tage vergessen. Sie waren ein wahres Tohuwabohu – ein hektisches, formloses Kaleidoskop. Ginger wurde in ein Privatkrankenhaus überführt. Ich durfte sie nur zu den Besuchsstunden sehen. Gingers Bronchien waren entzündet, und ihre Symptome waren absolut nicht geheimnisvoll. Sie mußte sich erkältet haben, und zwar sehr stark.
Ich mied alle meine früheren Bekannten, doch die Einsamkeit und Angst wurden auf die Dauer unerträglich.
In meiner Verzweiflung rief ich schließlich Poppy in ihrem Blumengeschäft an. Vielleicht war durch diese Quelle doch etwas zu erfahren. Ich fragte sie, ob sie Lust hätte, am Abend mit mir essen zu gehen, und sie sagte mit Vergnügen zu.
Poppy plapperte drauflos, und ich fand ihre Gesellschaft recht beruhigend. Doch das war schließlich nicht der Grund meiner Einladung gewesen. Nachdem ich sie durch ausgiebiges Essen und Trinken in eine selige Stumpfheit versetzt hatte, begann ich mich sachte vorzutasten. Mir schien es durchaus möglich, daß Poppy noch etwas wußte, ohne sich vielleicht selbst über die Bedeutung dieses Wissens klarzusein. Ich fragte sie, ob sie sich noch an meine Freundin Ginger erinnere. »Aber natürlich«, gab sie zurück und erkundigte sich, was Ginger jetzt mache.
»Sie ist sehr krank«, erklärte ich.
»Ach, die Ärmste!« rief sie und legte alles Mitleid in ihre Stimme, dessen sie fähig war – was allerdings wenig genug war.
»Ginger hat sich da auf etwas eingelassen«, fuhr ich fort. »Ich glaube sogar, sie hat Sie deswegen um Rat gefragt. Es handelt sich um diese merkwürdige Sache mit dem Fahlen Pferd. Hat sie eine schöne Stange Geld gekostet.«
»Oh!« wisperte Poppy mit weitaufgerissenen Augen. »*Sie* sind das also?«
Im ersten Moment verstand ich diese Bemerkung nicht. Dann aber dämmerte mir, daß Poppy mich für jenen erfundenen Mann hielt, dessen kranke Frau den Hemmschuh zu

Gingers Glück bedeuten sollte. Poppy war so hingerissen von diesem »Wissen um unser Geheimnis«, daß sie ganz vergaß, über die Erwähnung des Fahlen Pferdes zu erschrekken.

Sie atmete heftig. »Hat es geklappt?«

»Nicht ganz – etwas ging schief. Wie ein Bumerang: Das Ganze ist auf Ginger zurückgesaust, denn sie ist jetzt ... krank. Haben Sie schon jemals von einem derartigen Fall gehört?«

Poppy schüttelte den Kopf.

»Natürlich wissen Sie Bescheid über all die Dinge, die dort in Much Deeping vor sich gehen, nicht wahr?«

»Ich wußte nicht einmal, wo es ist. Irgendwo auf dem Land, habe ich gehört.«

»Ginger hat mir nicht genau erklärt, was dort eigentlich geschieht ...« Ich wartete hoffnungsvoll.

»Hat etwas mit Strahlen zu tun, denke ich«, meinte Poppy unbestimmt. »Aus der At ... Atmosphäre; so heißt es doch wohl?«

»Etwas Derartiges«, stimmte ich bei. »Aber es mußte recht gefährlich sein – ich meine, weil Ginger jetzt so krank ist.«

Poppy sah mich verständnislos an. »Ich glaubte, Ihre *Frau* sollte krank werden und sterben? Wieso denn Ginger?«

»Das ist es ja!« Ich fügte mich in die Rolle des Ehemanns, die Poppy mir andichtete. »Etwas muß danebengegangen sein ... eine Art Rückschlag.«

»Sie meinen damit ...« Poppy machte eine übermäßige geistige Anstrengung. »So ungefähr, wie wenn man ein Bügeleisen verkehrt ansteckt und einen Schlag bekommt?«

»Genauso«, gab ich zurück, »ganz genau! Haben Sie noch nie von einem derartigen Fall gehört?«

»Nicht gerade auf diese Weise ...«

»Wie denn?«

»Nun, ich meine – wenn man nachher nicht bezahlt hat. Ein Mann, den ich kenne, weigerte sich.« Ihre Stimme wurde leise und entsetzt. »Er kam in der Untergrundbahn um ... fiel von der Plattform, als der Zug eben einfuhr.«

»Das könnte ein Unfall gewesen sein.«

»O nein!« rief Poppy. »Das waren *sie*!«
Ich goß nochmals Champagner in ihr Glas. Hier war entschieden jemand, von dem mehr zu erfahren war – wenn es mir nur gelang, das Durcheinander in diesem Kopf einigermaßen zu klären. Das Pech war nur, daß ich nicht wußte, was für Fragen ich stellen sollte. Eine einzige falsche Bewegung von mir – und sie würde wieder verstummen.
Zögernd begann ich: »Meine Frau ist immer noch invalid, aber es scheint ihr nicht schlechter zu gehen.«
»Ach, das ist aber dumm«, meinte Poppy verständnisvoll, während sie an ihrem Glas nippte.
»Was kann ich denn nun tun?«
Poppy wußte das auch nicht.
»Kennen Sie denn keinen Menschen, der vielleicht etwas Näheres wüßte?«
»Eileen Brandon möglicherweise – aber ich bezweifle es.«
Dieser Name war vollkommen neu für mich. Ich fragte, wer diese Eileen Brandon sei.
»Oh, sie ist gräßlich, trägt nie hohe Absätze, und ihr Haar ist ganz strähnig. Sie ist wirklich das letzte! Ich ging mit ihr zur Schule, aber schon damals war sie so.«
»Was hat sie denn mit dem Fahlen Pferd zu tun?«
»Eigentlich nichts. Ihr ist nur etwas aufgefallen – und deshalb ging sie fort.«
»Was wollen Sie damit sagen?«
»Nun, sie gab ihre Stelle bei diesem M. F. I. auf.«
»Was bedeutet M. F. I.?«
»Das weiß ich nicht genau – etwas mit Marktforschung und so. Eine ganz kleine Firma.«
»Eileen Brandon arbeitete also für diese Leute? Was hatte sie denn zu tun?«
»Sie mußte einfach bei den Leuten herumgehen und fragen, welche Zahnpasta sie benutzen, welche Seife oder welchen Puder und ähnliches dummes Zeug – schrecklich langweilig. Wen kümmert das schon?«
»Anscheinend eben dieses M. F. I.« Ich fühlte ein leichtes Prickeln der Erregung.
Die Frau, die Pater Gorman an ihr Sterbebett gerufen hatte,

war bei einem derartigen Institut beschäftigt gewesen. Und – noch viel wichtiger: Jemand hatte auch Ginger solche Fragen gestellt.
Hier konnte vielleicht eine Verbindung bestehen.
»Weshalb hat Eileen Brandon die Stelle aufgegeben? Fand sie es langweilig?«
»Ich glaube nicht. Sie wurde sehr gut bezahlt. Aber sie hatte auf einmal das Gefühl, daß da etwas nicht stimmte.«
»Glaubte sie, es könnte mit dem Fahlen Pferd zu tun haben? War das der Grund?«
»Ich kann es wirklich nicht genau sagen – etwas Ähnliches mag es gewesen sein ... Auf jeden Fall arbeitet sie jetzt in einer Espressobar an der Tottenham Court Road.«
»Würden Sie mir ihre Adresse geben?«
»Eileen ist bestimmt nicht Ihr Typ.«
»Ich habe nicht die geringsten Absichten auf sie«, erklärte ich brutal. »Sie soll mir nur ein paar Auskünfte über dieses Marktforschungsinstitut geben. Vielleicht könnte ich ein paar Aktien kaufen, wenn mich die Sache interessiert.«
»Oh, das ist etwas anderes«, meinte Poppy, völlig zufrieden mit meiner fadenscheinigen Behauptung. Jedenfalls gab sie mir ohne Zögern die Adresse.
Ich hatte den Eindruck, Poppy sei am Ende ihrer Weisheit angelangt. Daher tranken wir unseren Champagner aus, und ich fuhr sie nach Hause und dankte für den angenehmen Abend.

35

Am nächsten Vormittag versuchte ich Lejeune zu erreichen, aber er war nicht im Büro. Dagegen gelang es mir nach einigen Schwierigkeiten, Jim Corrigan an den Apparat zu bekommen. Er versuchte mich zu beruhigen.
»Vergessen Sie nicht, Mark, daß Entzündungen der Bronchien zu dieser Jahreszeit eine völlig normale Sache sind; es braucht gar nichts ...«

»Ich weiß«, unterbrach ich ihn scharf. »Und es gibt auch verschiedene Leute auf einer gewissen Liste, die an einer solchen ›normalen‹ Entzündung starben. Reden Sie mir doch nichts ein, Jim!«
»Ich verstehe Ihre Gefühle – ja, aber was können wir tun?«
»Es geht ihr schlechter, nicht wahr?«
»Nun . . . ja . . .«
»Also *muß* etwas unternommen werden!«
»Was denn zum Beispiel?«
»Ich habe da zwei verschiedene Ideen. Entweder fahre ich zu Thyrza Grey und nehme sie so lange in die Mangel, bis sie die Verzauberung – oder was es nun ein mag – aufhebt und rückgängig macht . . .«
»Ja, das wäre vielleicht eine Möglichkeit«, meinte Corrigan zögernd.
». . . oder ich begebe mich direkt zu Venables.«
»Venables lassen Sie aus dem Spiel. Was sollte denn der Mann damit zu tun haben? Er ist doch ein Krüppel.«
»Sind Sie dessen so sicher? Ich traf zufällig in Much Deeping diesen kleinen Apotheker Osborne, und der sah die Sache von einem ganz anderen Standpunkt aus.«
Ich gab ihm eine kurze Schilderung von Osbornes Ansicht.
»Der Bursche hat einen Rappel«, erklärte Corrigan kurzerhand. »Er gehört zu der Kategorie von Menschen, die immer recht behalten wollen.«
»Zugegeben. Aber Corrigan, seien Sie ehrlich: Es könnte doch so sein, wie er sagt, oder?«
Nach längerem Überlegen meinte er zögernd: »Ja, ich muß zugeben, daß es nicht ganz ausgeschlossen wäre. Aber dann müßten mehrere Personen mit im Bunde sein . . . und schwer für ihr Schweigen bezahlt werden.«
»Nun, was weiter? Der Kerl kann sich im Geld wälzen. Hat Lejeune herausgefunden, wie er zu seinem Reichtum gekommen ist?«
»Nein, nicht genau. Irgend etwas stimmt wirklich nicht mit diesem Menschen – seine Vergangenheit scheint nicht ganz einwandfrei zu sein, aber bis wir das aufgeklärt haben . . . Soviel ich weiß, schnüffelt auch das Finanzamt bei ihm

herum. Aber er ist schlau. Was sollte er denn Ihrer Ansicht nach sein? Der leitende Kopf?«
»Genau das. Ich halte ihn für den Mann, der das Ganze plant.«
»Hm – am nötigen Verstand würde es ihm jedenfalls nicht fehlen. Aber er hätte sich bestimmt nicht dazu hergegeben, den armen Pater Gorman selbst um die Ecke zu bringen.«
»Weshalb nicht, wenn es sich um einen Notfall handelte? Der Pater mußte wahrscheinlich zum Schweigen gebracht werden, ehe er weitererzählen konnte, was diese Frau ihm auf dem Sterbebett anvertraut hatte.«
»Mark, Sie verrennen sich da in eine Sache ...«
»Lassen wir es vorläufig dabei bewenden, Jim. Ich habe keine Zeit mehr – muß zu einer Verabredung in eine Espressobar.«
»Nanu, was ...«
Ich legte den Hörer auf und warf einen Blick auf die Uhr. Ich war bereits an der Tür, als mein Telefon wieder klingelte.
Zögernd blieb ich stehen. Sollte ich mich von einem unwichtigen Anruf abhalten lassen? Nein! beschloß ich, und wandte mich wieder zum Gehen.
Aber das Klingeln war so durchdringend, daß es mir keine Ruhe ließ. Vielleicht war es ein Anruf aus dem Krankenhaus ... Ginger ...
Schon war ich am Apparat.
»Hallo?«
»Sind Sie das, Mark?«
»Ja, hier Easterbrook. Wer ist da?«
»Ich, natürlich«, erklang die Stimme vorwurfsvoll. »Hören Sie zu, Mark, ich muß Ihnen etwas Wichtiges erzählen.«
»Oh – Mrs. Oliver! Es tut mir leid, ich bin in großer Eile ... werde Sie später wieder anrufen.«
»Das werden Sie nicht tun, sondern mir jetzt zuhören«, erklärte die alte Dame höchst energisch. »Es ist wirklich wichtig.«
»Dann muß ich Sie bitten, sich zu beeilen. Ich habe eine Verabredung.«
»Pah ... Verabredung. Da kommen Sie eben etwas verspätet, das kann jedem Menschen passieren.«

»Nein, wirklich, ich ...«
»Machen Sie keine Faxen – es ist wichtig, ich weiß es ganz bestimmt ... kann gar nicht anders sein.«
Ich versuchte meine Ungeduld zu dämpfen. »Nun, so reden Sie schon.«
»Meine Milly hat eine schwere Mandelentzündung; ich mußte sie aufs Land schicken zu ihrer Schwester und ...«
Ich knirschte mit den Zähnen.
»Das tut mir sehr leid, aber ich ...«
»Hören Sie zu. Ich habe ja noch gar nicht begonnen. Wo war ich denn stehengeblieben? Ah ja. Also Milly mußte aufs Land, und ich rief die Vermittlungsstelle an, die mir immer Aushilfsmädchen beschafft – Regency heißt sie, so ein dummer Name, klingt wie im Kino ...«
»Mrs. Oliver, ich muß ...«
»Und wissen Sie, wen man mir schickte?«
»Keine Ahnung. Es interessiert mich ...«
»Eine Frau namens Edith Binns – komisch, nicht wahr? *Sie* kennen Sie nämlich.«
»Nein, ich habe den Namen noch nie gehört. Aber ich ...«
»Sie *kennen* sie und haben sie sogar erst vor kurzem gesehen, denn sie war jahrelang bei Ihrer Patin angestellt – bei Lady Hesketh-Dubois.«
»Oh – bei Tante Min!«
»Ja. Diese Edith Binns erzählte mir, Sie hätten vor kurzem dort ein paar Bilder abgeholt, die ...«
»Nun, das ist sehr nett, und ich nehme an, Sie sind froh, eine solche Perle gefunden zu haben. Ich weiß, daß meine Patin äußerst zufrieden mit ihrer Haushälterin war. Nun muß ich aber wirklich ...«
»So warten Sie doch! Ich bin ja noch gar nicht bei der Hauptsache. Also diese Edith Binns saß da und erzählte mir eine Menge über ihre frühere Herrin, über ihre letzte Krankheit und all das, weil solche Frauen doch immer gern über Krankheiten sprechen – und da sagte sie es!«
»Was sagte sie?« Ich konnte meine Ungeduld kaum mehr beherrschen.
»Eben das, was mich aufhorchen ließ. Sie schwatzte lauter

Zeug wie, ›ach, die gute arme Dame, daß sie so leiden mußte. Dieses Geschwür in ihrem Kopf, wie man sagte – und dabei war sie vorher immer ganz gesund. Sie tat einem so leid, dort im Krankenhaus. Und zu sehen, wie ihr die schönen grauen Haare in ganzen Büscheln ausfielen!‹ – Und da, Mark, da dachte ich an meine Freundin Mary Delafontaine. Auch ihr Haar fiel aus. Gleichzeitig kam mir in den Sinn, was Sie mir von einem jungen Mädchen in Chelsea erzählt hatten ... das Mädchen, das mit einem anderen in Streit geriet, und wie dieses ihm ganze Büschel von Haaren ausriß. Mark! Haare fallen nicht so leicht aus. Versuchen Sie es nur einmal selbst – zupfen Sie sich ein paar Haare mit den Wurzeln aus, und Sie werden es sehen! Mark, es ist unnatürlich, daß all diesen Leuten das gleiche geschah ... Haarausfall ... büschelweise! Da muß es sich um eine ganze besondere, neue Krankheit handeln – und es *muß etwas* zu bedeuten haben!«

Meine Hand krampfte sich um den Hörer, mein Kopf wirbelte. Halbvergessene Brocken von Gesprächen tauchten in meiner Erinnerung auf und verbanden sich miteinander. Rhoda mit ihrem Hund auf dem Rasen – ein Artikel, den ich in einer medizinischen Zeitschrift gelesen hatte ... o ja, natürlich, so mußte es sein!

Auf einmal wurde mir bewußt, daß Mrs. Oliver immer noch weiterschwatzte.

»Mrs. Oliver – Sie sind meine Rettung! Ich kann Ihnen nicht genug danken!«

Hastig legte ich den Hörer auf – nur um ihn gleich darauf wieder hochzunehmen. Ich wählte eine Nummer und hatte das Glück, diesmal direkt mit Inspektor Lejeune verbunden zu werden.

»Hören Sie zu, Inspektor«, fragte ich drängend, »fallen bei Ginger die Haare büschelweise aus?«

Er schien ziemlich erstaunt zu sein. »Ja, es ist tatsächlich so; wahrscheinlich eine Folge des Fiebers.«

»Quatsch – Fieber! Wissen Sie, worin Gingers Krankheit besteht? Thalliumvergiftung! Alle diese Leute starben an Thalliumvergiftung. Gebe Gott, daß wir noch rechtzeitig was unternehmen können!«

»Kommt die Hilfe noch rechtzeitig? Wird sie am Leben bleiben?«
Ruhelos wanderte ich auf und ab; ich konnte nicht sitzen.
Lejeune betrachtete mich gelassen und freundlich.
»Sie können sicher sein, daß alles menschenmögliche getan wird.«
Die alte, immer gleiche Antwort! Sie bot mir keinen Trost.
»Wissen die Ärzte auch, wie man eine Thalliumvergiftung behandelt?«
»Solche Fälle kommen sehr selten vor. Aber es wird alles versucht. Und wenn Sie meine Ansicht wissen wollen: Ich bin überzeugt, sie wird es überstehen.«
Ich schaute ihm starr in die Augen. Wie sollte ich wissen, ob er wirklich die Wahrheit sprach – oder mich bloß beschwichtigen wollte?
»Aber es ist festgestellt worden, daß es sich wirklich um Thallium handelt?«
»Ja, das wurde genau überprüft. Und es stimmt.«
»Das also ist es, was hinter dem Fahlen Pferd steckt! Ganz gewöhnliches Gift – keine Hexerei, kein Hypnotismus, keine wissenschaftlichen Todesstrahlen. Und dabei hat sie mir den Brocken direkt hingeworfen, zum Teufel auch! Hat sich lustig gemacht über mich.«
»Was schwatzen Sie da?«
»Thyrza Grey – an jenem Nachmittag, als ich zum Tee dort war. Sprach über die Borgias und den Mythos von ›seltenen, unerkennbaren Giften‹. Dann sagte sie selbst: ›Dabei handelte es sich um ganz gewöhnliches weißes Arsenik und nichts anderes.‹ Dies hier ist ebenso einfach. Der ganze Hokuspokus mit Trance, geschlachteten Hähnen, Pentagrammen und Feuerschalen wurde für die Abergläubischen aufgebaut – und die berühmte ›Kiste‹ sollte den Aufgeklärten Sand in die Augen streuen. Wir glauben heute nicht mehr an Geister und Zaubersprüche, aber wir sind genauso einfältig, sobald es sich um ›Strahlen‹ handelt. Das Fahle Pferd ist nichts anderes als fauler Zauber und nur dazu da, unsere

Aufmerksamkeit von dem wirklichen Verbrechen abzulenken. Dabei konnten sich diese drei Weiber völlig sicher fühlen. Thyrza Grey mochte in der ganzen Welt ausposaunen, über welche okkulte Kräfte sie verfüge – niemals hätte man sie dafür vor Gericht stellen und verurteilen können, denn der ganze Klimbim war ja tatsächlich harmlos. Man hätte die Kiste untersucht . . . und nichts gefunden. Basta!«
»Glauben Sie, daß alle drei daran beteiligt waren?« fragte Lejeune.
»Kaum. Ich würde sagen, daß Bella ernsthaft an ihre Zauberkunst glaubt. Sie ist stolz auf ihre Hexerei; ebenso Sybil. Diese besitzt tatsächlich gewisse mediale Kräfte; sie verfällt in Trance und weiß nicht, was um sie herum geschieht. Aber sie glaubt felsenfest an alles, was Thyrza ihr erzählt.«
»Demnach wäre Thyrza der Spiritus rector?«
Nachdenklich meinte ich: »Soweit es das Fahle Pferd betrifft – ja. Aber der wahre Organisator ist sie nie und nimmer. Der arbeitet unerkannt hinter den Kulissen – der planende Kopf. Jeder der anderen Beteiligten hat seine bestimmte Aufgabe und weiß wahrscheinlich nicht einmal, was weiter geschieht. Bradley in Birmingham bearbeitet die finanzielle Seite, sonst nichts. Natürlich wird er sehr gut bezahlt, ebenso wie Thyrza Grey.«
»Sie scheinen bereits das ganze Rätsel zu Ihrer Zufriedenheit gelöst zu haben«, bemerkte Lejeune trocken.
»Nein, noch nicht. Wir wissen nur die grundlegenden Tatsachen, die nackten, einfachen: Gift, der gute alte Todestrank.«
»Wie kamen Sie eigentlich auf Thallium?«
»Verschiedene Dinge kamen auf einmal zusammen. Für mich war der eigentliche Beginn jener Abend in Chelsea. Einer jungen Frau wurden die Haare büschelweise ausgerissen, und sie behauptete ganz nüchtern, nichts gespürt zu haben. Das war nicht Tapferkeit, wie ich damals annahm, sonder die reine Wahrheit; sie spürte es kaum.
Ich hatte früher einmal einen Artikel über Thalliumvergiftungen gelesen, als ich in Amerika war. In einer Fabrik starb ein Arbeiter nach dem andern, und ihr Tod wurde auf die

verschiedensten natürlichen Ursachen zurückgeführt: Paratyphus, Darmverstimmung, Gehirntumor und was weiß ich nicht noch alles. Die Symptome variierten sehr stark – aber eines geschah in sämtlichen Fällen: Die Haare fielen aus. Thallium wurde früher tatsächlich als Enthaarungsmittel verwendet, besonders bei Kindern, die Scherpilzflechten hatten. Dann aber fand man heraus, daß es gefährlich war. Gelegentlich wird es noch verabreicht, aber nur in ganz minimalen Dosen. Meistens aber wird es nur noch gegen Ratten eingesetzt. Es ist leicht löslich, geruchlos und ohne Schwierigkeiten zu kaufen.«

»Sie reden ja wie ein medizinisches Wörterbuch.«

»Ich habe auch alles darüber gelesen. Nur ein Punkt muß natürlich genau beachtet werden: Es darf kein Verdacht auf Gift entstehen.«

Lejeune nickte.

»Klar. Daher dringt Bradley darauf, daß der Auftraggeber nicht in die Nähe des Opfers kommt. Damit fällt jeder eventuelle Verdacht in sich zusammen. Der Erbe – oder Gatte, oder wer es auch sei – lebt weit entfernt von der Person, die ihm im Wege steht; er hat keine Möglichkeit, ihr etwas in die Speisen oder Getränke zu mischen. Es kann ihm auch kein Kauf von Thallium nachgewiesen werden – denn er besorgt die schmutzige Arbeit ja nicht selbst. Der eigentliche Täter jedoch hat mit dem Opfer überhaupt nichts zu tun. Er wird nur ein einziges Mal dort auftauchen, und dann nie wieder.«

Er unterbrach sich.

»Haben Sie sich auch darüber schon eine Meinung gebildet?«

»Nur eine Vermutung. Es gibt in allen Fällen *einen* gemeinsamen Faktor: eine völlig harmlos erscheinende Frau taucht auf mit dem Ausweis eines Marktforschungsinstituts und stellt die üblichen Fragen – welche Waschmittel, Kosmetika, Bohnerwachs verwendet werden ... nun, wie das heute so üblich ist.«

»Und Sie glauben, diese Frau praktiziert das Gift ins Haus? Als Warenmuster oder so?«

»Das bezweifle ich«, meinte ich nachdenklich. »Ich halte diese Frauen für uneingeweiht. Wie aber verhält es sich mit der Firma, bei der sie angestellt sind? Darüber könnten wir vielleicht etwas Genaueres erfahren, wenn wir mit einer Frau namens Eileen Brandon sprechen, die jetzt in einer Espressobar an der Tottenham Court Road arbeitet. Wollen Sie mitkommen?«

37

Poppy hatte Eileen Brandon von ihrem eigenen Standpunkt aus ziemlich richtig beschrieben. Ihr Haar sah nicht aus wie ein Vogelnest noch wie eine aufgeblühte Chrysantheme, sondern lag in einer leichten Welle eng am Kopf. Sie war kaum geschminkt, und ihre Füße steckten in Schuhen, die ich als vernünftig bezeichnen würde. Sie teilte uns mit, daß ihr Mann bei einem Verkehrsunfall ums Leben gekommen sei und sie mit zwei kleinen Kindern zurückgelassen habe. Ehe sie ihre jetzige Stellung antrat, war sie ein Jahr bei einem kleinen Marktforschungsinstitut beschäftigt gewesen. Dort hatte sie gekündigt, weil ihr die ganze Sache nicht behagte.
»Weshalb gefiel es Ihnen dort nicht, Mrs. Brandon?«
Sie sah Lejeune ernsthaft an. »Sie sind Polizeiinspektor, nicht wahr?«
»Ja.«
»Und Sie glauben, daß in dieser Firma nicht alles mit rechten Dingen zugeht?«
»Gerade darüber versuche ich Erkundigungen einzuziehen. Hatten Sie selbst irgendeinen Verdacht? Sind Sie deshalb fortgegangen?«
»Ich könnte darüber nichts *Bestimmtes* aussagen.«
»Das verstehe ich. Aber meine Frage ist streng vertraulich.«
»Trotzdem kann ich kaum Tatsachen berichten – ich hatte einfach so ein ungutes Gefühl.«
»Erzählen Sie mir ganz einfach, weshalb Sie die Stellung aufgaben.«

»Ich hatte das Empfinden, daß dort undurchsichtige Dinge vorgingen. Die Firma schien mir nicht ernsthaft geführt. Mir war immer, als stecke etwas ganz anderes dahinter. Was es aber sein könnte, weiß ich bis heute nicht.«
Lejeune stellte weitere Fragen. Wir erfuhren, daß ihr regelmäßig eine Liste ausgehändigt wurde mit den Adressen der Personen, die sie aufsuchen mußten, und den Fragen, die sie zu stellen hatten. Die Antworten wurden auf der gleichen Liste niedergeschrieben.
»Und was kam Ihnen denn dabei seltsam vor?«
»Die Fragen schienen zusammenhanglos, aus der Luft gegriffen – als dienten sie als Deckmantel für etwas anderes.«
»Haben Sie eine Ahnung, was dieses ›andere‹ sein könnte?«
»Nein . . . und eben das machte mich stutzig.«
Sie schwieg einen Augenblick und meinte dann zögernd:
»Eine Zeitlang fragte ich mich, ob es sich vielleicht um einen organisierten Diebstahl handeln könnte – sozusagen um das Auskundschaften der Lokalitäten. Doch dann verwarf ich diesen Gedanken wieder, denn wir wurden niemals über die Räumlichkeiten oder Türschlösser ausgefragt und auch nicht darüber, wann die Bewohner nicht zu Hause seien oder ähnliches.«
»Um welche Artikel ging es bei Ihren Fragen?«
»Das war ganz verschieden. Manchmal handelte es sich um Nahrungsmittel, Reis, Mehl und diese Dinge, manchmal um Seifenpulver und Fußbodenreiniger. Wieder andere Male ging es um Creme, Puder und Lippenstift. Auch über Hustentabletten, Schlafpillen oder Gurgelwasser mußten wir uns erkundigen.«
»Sie hatten jedoch niemals Muster gewisser Produkte auszuhändigen?« Lejeune brachte die Frage ganz nebensächlich vor.
»Nein – nie.«
»Sie stellten nur Fragen und schrieben die Antworten auf?«
»Ja.«
»Und worin bestand der Zweck dieser Fragen?«
»Das eben kam mir so merkwürdig vor. Man hat uns niemals eine richtige Auskunft darüber erteilt. Es hieß nur, ver-

schiedene Herstellerfirmen wollten darüber Bescheid wissen. Aber es war alles so . . . so laienhaft, so ohne System.«
»Halten Sie es für möglich, daß sich unter den Fragen eine wichtige befand und alles übrige nur Tarnung war?«
Sie überlegte eine Weile und nickte dann langsam.
»Ja, das würde eigentlich alles erklären. Aber ich weiß absolut nicht, *welche* Frage diese eine wichtige gewesen sein könnte.«
Lejeune blickte sie ernst an.
»Sicher steckt noch mehr dahinter, als Sie uns erzählt haben«, meinte er freundlich.
»Nein, wirklich nicht. Wie ich schon sagte: Ich hatte einfach ein unbehagliches Gefühl dabei. Und dann sprach ich einmal mit einer anderen Angestellten, einer Mrs. Davis . . .«
»Ja? Sie unterhielten sich also mit Mrs. Davis . . .?« Lejeunes Stimme klang unverändert.
»Es ging ihr genauso wie mir. Doch sie muß einmal etwas Bestimmtes gehört haben, nur wollte sie darüber nicht reden. ›Die Firma ist nicht, was sie zu sein scheint‹, so drückte sie sich aus. Doch dann fuhr sie fort: ›Nun, uns geht das weiter nichts an. Wir werden gut bezahlt und tun nichts, was gegen das Gesetz verstößt – also brauchen wir uns auch nicht weiter den Kopf zu zerbrechen.‹«
Lejeune zog ein Papier aus der Tasche und reichte es ihr.
»Sagt Ihnen einer der Namen auf dieser Liste etwas? Haben Sie die eine oder andere dieser Personen aufsuchen müssen?«
Sie nahm den Zettel, bemerkte aber gleichzeitig: »Ich werde mich kaum erinnern können – es waren so viele Namen, die ich nachher wieder vergaß . . .« Sie unterbrach sich. »Ormerod? Ein Mr. Ormerod wurde einmal von Mrs. Davis erwähnt. Er ist sehr plötzlich gestorben, nicht wahr? Gehirnblutung, wenn ich mich recht entsinne. Mrs. Davis war recht erregt darüber. Sie sagte: ›Der Ärmste stand vor vierzehn Tagen auf meiner Liste. Er sah aus wie die Gesundheit in Person.‹ Dann machte sie noch eine eigenartige Bemerkung. ›Einige meiner Kunden scheinen zu sterben, kaum daß sie einen Blick auf mich geworfen haben.‹ Aber sie lachte dar-

über und meinte, das sei natürlich bloß Zufall. Immerhin schien auch sie sich nicht ganz wohl dabei zu fühlen.«
»Das ist alles, was Sie uns berichten können?«
»Nun . . .«
»Erzählen Sie!«
»Ich sah Mrs. Davis längere Zeit nicht mehr. Dann traf ich sie einmal zufällig in einem Restaurant in Soho und erzählte ihr, daß ich meine Stellung beim M. F. I. aufgegeben habe und jetzt in einer Espressobar arbeite. Sie wollte wissen, weshalb, und ich sagte es ihr. Sie meinte darauf: ›Vielleicht haben Sie klug daran getan. Doch der Verdienst ist gut und die Arbeitszeit kurz. Schließlich müssen wir unsere Chancen im Leben wahrnehmen. Ich habe bisher nicht viel Glück gehabt . . . und weshalb sollte ich mich um andere Leute kümmern?‹ Auf meine Frage, ob denn wirklich bei dieser Firma etwas nicht in Ordnung sei, machte sie wieder eine seltsame Bemerkung: ›Ich weiß nichts Genaues – aber ich habe vor ein paar Tagen jemanden erkannt. Er kam aus einem Haus, in dem er nichts zu suchen hatte, und trug eine ganze Menge Werkzeuge bei sich. Ich möchte wohl wissen, was er damit wollte.‹ Außerdem erkundigte sie sich, ob ich eine Frau kenne, die ein Haus mit dem Namen ›Das Fahle Pferd‹ irgendwo auf dem Lande besitze. Ich habe diesen ungewöhnlichen Namen nicht vergessen können. Als ich sie dann fragte, was dieses fahle Pferd bedeute, lachte sie nur und sagte: ›Lesen Sie doch Ihre Bibel!‹ Was sie damit meinte, weiß ich nicht.«
Sie hielt mit ihrem Bericht inne und schloß dann:
»Seitdem habe ich Mrs. Davis nicht mehr gesehen. Ich weiß nicht, ob sie immer noch für das M. F. I. arbeitet.«
»Mrs. Davis ist tot«, erklärte Lejeune.
Eileen Brandon sah ihn erschrocken an.
»Tot! Und wie . . . woran ist sie gestorben?«
»Lungenentzündung. Sie starb vor etwa zwei Monaten.«
»Oh – das tut mir aber leid!«
»Können Sie uns wirklich nichts weiter erzählen, Mrs. Brandon?«
»Nein. Ich habe noch ein oder zwei Personen dieses fahle

Pferd erwähnen hören – aber wenn man sie danach fragt, verschließen sie sich wie eine Auster und geben vor, nichts zu wissen.«
Sie blickte uns verstört an.
»Ich ... ich möchte nicht in irgendeine gefährliche Sache verwickelt werden, Inspektor. Ich habe zwei kleine Kinder, und ... wirklich, ich kann Ihnen nichts weiter sagen.«
Er betrachtete sie eindringlich, dann nickte er freundlich und ließ sie gehen.
»Das bringt uns einen kleinen Schritt weiter«, meinte er, als sich Eileen Brandon entfernt hatte. »Mrs. Davis hat also zuviel gesehen. Sie versuchte ihre Augen davor zu verschließen, aber sie muß einen ziemlich ausgeprägten Verdacht gehabt haben über das, was in dieser Firma vor sich ging. Dann wurde sie plötzlich krank, und als sie fühlte, daß sie sterben würde, ließ sie einen Pfarrer kommen und berichtete ihm all ihre Befürchtungen. Ich nehme an, diese Namen, die Pater Gorman aufschrieb, waren eine Zusammenstellung von Kunden, die sie besuchen mußte und die bald darauf starben. Aber die große Frage ist jetzt: Wen sah sie aus dem Haus kommen, in dem er nichts zu suchen hatte und sich dabei als irgendein Arbeiter ausgab? Dieses Erkennen muß sie für den Betreffenden gefährlich gemacht haben. Und in dem Moment, da sie dieses Wissen an Pater Gorman weitergab, wurde es für den Verbrecher lebenswichtig, den guten Pater zum Schweigen zu bringen.«
Lejeune starrte mich an. »Sie sind doch der gleichen Meinung?«
»O ja, selbstverständlich.«
»Haben Sie eine Ahnung, wer der Mann sein könnte?«
»Ich habe wohl einen Verdacht, aber ...«
»Ich weiß – wir besitzen nicht den geringsten Beweis.«
Er verstummte und zeichnete Kreise auf den Tisch. Dann stand er mit plötzlicher Energie auf.
»Keine Sorge – wir werden ihn fassen! Sobald wir einmal wissen, wer es ist, gibt es auch Mittel und Wege. Und der Teufel soll mich holen, wenn wir nicht alles daransetzen.«

38

Etwa drei Wochen später fuhr ein Wagen die Auffahrt zu Prior's Court hinauf.
Vier Männer stiegen aus – ich war einer von ihnen. Außerdem waren da Inspektor Lejeune und Sergeant Lee. Der vierte war der kleine Apotheker Mr. Osborne, der kaum seine Begeisterung zu verhehlen vermochte über die Ehre, die ihm da zuteil wurde.
»Sie haben nichts anderes zu tun, als zu schweigen«, ermahnte ihn Lejeune noch einmal dringend.
»Sicher, Inspektor; Sie können sich völlig auf mich verlassen. Ich werde nicht ein Wort sagen.«
»Vergessen Sie das bitte auf keinen Fall!«
»Ich weiß das Vorrecht zu schätzen, das Sie mir da eingeräumt haben. Obwohl ich nicht ganz verstehe . . .«
Doch niemand ließ sich auf nähere Erklärungen ein.
Lejeune klingelte und fragte den Diener nach Mr. Venables. Wir machten den Eindruck einer kleinen Deputation, als wir ins Haus geführt wurden.
Wenn Mr. Venables angesichts unseres Besuchs überrascht war, so zeigte er es jedenfalls nicht. Sein Benehmen war äußerst korrekt und höflich. Er rollte seinen Stuhl etwas zurück und vergrößerte auf diese Weise den Kreis, der sich um ihn gebildet hatte. Mir fiel erneut auf, welch ausgeprägte Persönlichkeit dieser Mann war. Der Adamsapfel bewegte sich zwischen den zurückgeschlagenen Ecken seines steifen Kragens, das scharfe Profil mit der vorspringenden Hakennase erinnerte an einen Raubvogel. »Ich freue mich, Sie wiederzusehen, Easterbrook; Sie tauchen in letzter Zeit häufig in unserer verlassenen Gegend auf.«
Mir schien, als klinge ein leichter Spott in seiner Stimme. Doch er fuhr gelassen fort: »Und dies ist wohl Inspektor Lejeune? Ich muß gestehen, daß Ihr Besuch meine Neugierde erregt. In unserer friedlichen Weltabgeschiedenheit werden Sie wohl kaum Verbrecher anzutreffen hoffen – oder? Was kann ich für Sie tun, Inspektor?«
Lejeune zeigte sich sehr ruhig, sehr verbindlich.

»Es gibt da eine kleine Sache, in der Sie uns vielleicht behilflich sein könnten, Mr. Venables.«
»In welcher Beziehung sollte ich Ihnen helfen können?«
»Am 7. Oktober wurde ein Priester namens Pater Gorman in der West Street in Paddington ermordet. Mir wurde berichtet, daß Sie sich zu dieser Zeit in der Nähe befanden, zwischen 7.45 und 8.15 Uhr abends. Haben Sie damals etwas gesehen, das Ihnen auffällig vorkam?«
»Sollte ich wirklich dort gewesen sein? Ich bezweifle das, Inspektor – bezweifle es sehr stark. Soweit ich mich erinnere, war ich überhaupt niemals in dieser Gegend, und ich glaube auch nicht, daß ich mich am 7. Oktober in London aufhielt. Ich fahre wohl gelegentlich hin, wenn eine besonders interessante Versteigerung stattfindet, und ich suche auch jeden Monat meinen Arzt auf.«
»Das ist Sir William Dugdale in der Harley Street?«
Mr. Venables blickte ihn kalt lächelnd an.
»Sie sind sehr gut informiert, Inspektor.«
»Leider nicht ganz so gut, wie ich es möchte. Ich gestehe, daß ich recht enttäuscht bin, von Ihnen nicht die erhoffte Unterstützung zu finden. Aber ich halte es dennoch für nötig, Ihnen einige Einzelheiten in Zusammenhang mit Pater Gormans Tod zu unterbreiten.«
»Gewiß, wenn Sie es wünschen. Den Namen habe ich übrigens noch nie gehört.«
»Pater Gorman wurde an jenem nebligen Abend zu einer sterbenden Frau gerufen. Diese Frau stand mit einer Verbrecherorganisation in Verbindung – anfänglich ohne zu wissen, um was es sich handelte, später fielen ihr jedoch verschiedene Dinge auf, und sie wurde mißtrauisch. Wir wissen heute, daß es sich um eine ganze Gesellschaft handelt, die sich die Ausrottung mißliebiger Personen zum Ziel gesetzt hatte – selbstverständlich gegen enorme Bezahlung.«
»Der Gedanke ist nicht ganz neu«, murmelte Venables. »In Amerika . . .«
»Gewiß. Aber diese Organisation zeigte wirklich neue Aspekte. Erstens wurden diese . . . Beseitigungen offensichtlich herbeigeführt durch etwas, das wir als ›psychologi-

sches Mittel‹ bezeichnen können. Man behauptete, einfach die ›Todessehnsucht‹ zu aktivieren, die in jedem Menschen unbewußt vorhanden sei ...«

»So daß die betreffende Person liebenswürdigerweise Selbstmord beging? Mein lieber Inspektor, das scheint zu schön, um wahr zu sein.«

»Kein Selbstmord, Mr. Venables. Die Leute starben alle eines vollkommen natürlichen Todes.«

»Aber, aber! Daran glauben Sie tatsächlich? Das sieht unserer abgebrühten Polizeibehörde aber gar nicht ähnlich!«

»Das Hauptquartier dieser Organisation soll sich in einem Haus mit dem Namen Das fahle Pferd befinden.«

»Ah, jetzt beginne ich zu verstehen. Das also bringt Sie in unsere ländliche Gegend – meine gute Freundin Thyrza Grey und ihr Unsinn! Ich bin noch nicht dahintergekommen, ob sie selbst ernstlich daran glaubt oder nicht ... aber es ist nun einmal Humbug, da gibt es überhaupt keinen Zweifel. Sie hat eine ziemlich einfältige Freundin, die das Medium spielt, und eine als Dorfhexe bekannte Frau ist ihre Köchin. Die drei alten Frauen sind zu einer Art Lokalberühmtheit geworden. Sie wollen mir doch sicher nicht weismachen, Inspektor, daß Scotland Yard diesen okkulten Hokuspokus ernst nimmt?«

»Wir nehmen ihn sogar sehr ernst, Mr. Venables.«

»Sie glauben tatsächlich, Thyrza brauche nur ihre hochtrabenden Phrasen zu deklamieren, Sybil in Trance zu fallen und Bella etwas Schwarze Magie zu betreiben ... und dann stirbt irgendwo ein Mensch?«

»O nein, Mr. Venables, die Todesursache ist viel einfacher ...« Lejeune hielt einen Augenblick inne.

»Die Todesursache ist Thalliumvergiftung.«

Eine Weile herrschte tödliche Stille.

»*Was* sagen Sie da?« fragte Venables.

»Vergiftung durch Thalliumsalz. Ganz schlicht und einfach. Nur mußte die Sache gut getarnt werden, damit der Gedanke an Gift überhaupt nicht aufkam. Und was gäbe es da Besseres als eine pseudowissenschaftliche Aufmachung voll moderner Schlagwörter, verstärkt durch alten Aberglauben.

Tarnung, Mr. Venables, nichts anderes ... Ablenkung von der nüchternen Tatsache: Gift!«
»Thallium«, meinte Venables nachdenklich. »Ich glaube, darüber habe ich noch nie etwas gehört.«
»Nein? Meistens nimmt man es als Rattengift, gelegentlich auch zur Behandlung einer bestimmten Flechte. Zufällig ist ein Paket davon in einer Ecke Ihrer Vorratskammer versteckt.«
»In *meiner* Vorratskammer? Das kommt mir sehr unwahrscheinlich vor.«
»Es stimmt aber, Mr. Venables. Wir haben ein paar Körner davon sogar zu Versuchszwecken benutzt.«
Venables wurde sichtlich erregt.
»Dann muß es jemand absichtlich dort hingelegt haben. Ich weiß nichts davon, überhaupt nichts!«
»Tatsächlich? Sie sind doch ein reicher Mann, Mr. Venables, nicht wahr?«
»Was hat das mit diesem ... Thallium zu tun?«
»Das Finanzamt hat Ihnen kürzlich einige recht peinliche Fragen gestellt, stimmt's? Unter anderem wollte es wissen, woher Ihr großes Vermögen stammt.«
»Das Schlimmste in unserem Land ist das Steuersystem. Ich habe mir bereits ernsthaft überlegt, ob es nicht besser wäre, auf die Bermudas auszuwandern.«
»Ich glaube, das werden Sie vorläufig nicht tun, Mr. Venables.«
»Soll das eine Drohung sein? Wenn ja, dann ...«
»Keineswegs, Mr. Venables. Würde es Sie interessieren zu hören, wie diese Verbrechen ausgeführt wurden?«
Venables zuckte die Achseln. »Tun Sie sich keinen Zwang an, Inspektor.«
»Das Ganze ist ausgezeichnet organisiert. Die finanziellen Abmachungen werden durch einen Winkeladvokaten namens Bradley in Birmingham getätigt. Zu ihm kommen die Kunden zuerst und schließen eine Wette ab, ob eine bestimmte Person innerhalb einer festgelegten Zeitspanne sterben wird. Mr. Bradley – als leidenschaftlicher Wetter – ist überzeugt, daß der Tod eintritt. Der Kunde jedoch wettet

dagegen. Der Vertrag wird abgeschlossen ... allerdings zu etwas eigenartigen Bedingungen; eins zu fünfzehnhundert oder sogar zweitausend. Gewinnt Mr. Bradley, ist das Geld sofort zu zahlen, sonst muß der Kunde selbst mit einem leider tödlichen Unfall rechnen. Das ist alles, was Mr. Bradley dabei zu tun hat – eine Wette abschließen. Sehr einfach, nicht wahr?
Als nächstes begibt sich der Kunde nach Much Deeping ins Fahle Pferd. Miss Thyrza Grey und ihre Freundinnen laden ihn zu einer ihrer Séancen ein, die ihren Eindruck selten verfehlen.
Nun aber zu den einfachen Faktoren hinter den Kulissen. Gewisse harmlose Frauen, Angestellte eines kleinen Marktforschungsinstituts, haben mit einem Fragebogen die Haushaltungen einer bestimmten Straße aufzusuchen und dort die üblichen Erkundigungen einzuziehen: ›Welche Waschmittel benutzen Sie? Welche Toilettenartikel, welche Pillen und so weiter.‹ Heutzutage sind die Menschen an derartige Fragen gewöhnt.
Nun folgt der letzte Schritt. Er ist einfach, verwegen ... und erfolgreich. Aber er muß vom Erfinder des Schemas selbst ausgeführt werden. Einmal spielt er vielleicht den Gasmann, ein andermal einen Elektriker, einen Klempner oder irgendeinen Arbeiter, der etwas im Haus zu reparieren hat. Wen er aber auch verkörpern mag – sein Ziel ist immer das gleiche: Er tauscht einen der täglichen Gebrauchsgegenstände gegen einen genau gleichen aus. Die Angaben hierfür haben ihm die ausgefüllten Fragebogen ja geliefert. Danach verschwindet er und wird in der Gegend nie mehr gesehen.
Einige Tage mögen vergehen, ehe etwas geschieht. Doch früher oder später zeigen sich bei dem Opfer Krankheitssymptome. Ein Arzt wird gerufen, aber es gibt keinen Grund, unsaubere Machenschaften zu vermuten. Er mag sich sogar nach dem Essen und Trinken des Patienten erkundigen – wie aber sollte er auf den Gedanken kommen, die Seife oder Zahnpasta zu untersuchen, die der Kranke schon seit Jahren benutzt?
Sie erkennen die Vorteile dieses Plans, Mr. Venables? Der

einzige Mensch, der über die Tätigkeit des Kopfs der Organisation Bescheid weiß – ist dieser Kopf selbst! Niemand kann ihn verraten.«
»Wenn dem so ist – wieso sind *Ihnen* dann alle diese Tatsachen bekannt, Inspektor?« erkundigte sich Venables freundlich.
»Oh, wenn wir einmal einen Menschen in Verdacht haben, finden wir auch Mittel und Wege, um Gewißheit zu erlangen.«
»Was Sie nicht sagen! Zum Beispiel?«
»Wir brauchen sie nicht alle aufzuzählen. Aber da gibt es einmal die Kamera. Man kann einen Mann knipsen, ohne daß er eine Ahnung davon hat. Wir besitzen unter anderem ganz ausgezeichnete Bilder eines uniformierten Boten, eines Gasmannes, eines Klempners und anderer Arbeiter dieser Art. Natürlich gibt es falsche Schnurrbärte, Ersatzzähne und so fort, aber unser Mann ist von verschiedenen Personen identifiziert worden – so einmal von Miss Katherine Corrigan, dann auch von einer gewissen Edith Binns. Das Wiedererkennen eines Menschen ist ein recht aufschlußreiches Gebiet, Mr. Venables. Zum Beispiel ist dieser Herr hier, Mr. Osborne, bereit zu beschwören, daß er Sie am 7. Oktober um 8 Uhr an der Barton Street in London gesehen hat.«
»Ja, ich *habe* Sie gesehen!« Mr. Osborne lehnte sich vor; er bebte vor Erregung. »Und ich habe Sie beschreiben können – ganz genau!«
»Etwas zu genau vielleicht«, meinte Lejeune gelassen. »Denn eigentlich konnten Sie Mr. Venables gar nicht sehen ... *Sie* standen nämlich nicht vor Ihrem Geschäft, sondern gingen auf der anderen Straßenseite hinter Pater Gorman her bis zur West Street, und dort überfielen Sie ihn von hinten und schlugen ihn nieder.«
»*Was?*« schrie Mr. Zacharias Osborne.
Es hätte lächerlich aussehen können ... nein, es *war* lächerlich! Sein Kinn fiel haltlos schlaff herunter, die Augen starrten ...
»Mr. Venables, gestatten Sie, daß ich Ihnen Mr. Osborne vorstelle. Der Herr war Apotheker – in der Barton Street,

Paddington. Sie werden ein persönliches Interesse an ihm nehmen, wenn Sie erfahren, daß er es war, der ein Päckchen Thallium in Ihre Vorratskammer praktizierte. Da er von Ihrer Lähmung anfänglich nichts wußte, hatte er sich das Vergnügen gemacht, *Sie* bei der Polizei als den Schurken des Dramas zu denunzieren. Und da sein Eigensinn noch größer ist als seine Dummheit, wollte er nicht zugeben, daß er einen bösen Schnitzer begangen hatte.«

»Dummheit? Sie wagen es, *mich* dumm zu nennen? Wenn Sie wüßten, ... wenn Sie auch nur ahnten, was ich alles getan habe ... was ich tun kann, dann ...«

Der kleine Osborne platzte fast vor Wut.

Lejeune hob die Hand. »Sie hätten nicht versuchen sollen, gar zu schlau zu sein«, bemerkte er vorwurfsvoll. »Wenn Sie ruhig in Ihrem Laden geblieben wären und nicht versucht hätten, sich in den Vordergrund zu drängen, dann stünde ich jetzt nicht hier und müßte Sie nicht warnen, daß jedes Wort ...«

In diesem Moment begann Mr. Osborne haltlos zu kreischen.

39

»Es gibt allerlei, was Sie mir noch erklären müssen, Lejeune.«

Nachdem die Formalitäten erfüllt waren, saßen der Inspektor und ich uns bei einem Glas Bier gegenüber.

»Ja, Mr. Easterbrook? Ich bezweifle nicht, daß der Abschluß der Sache eine Überraschung für Sie war.«

»Das kann man wohl sagen! Ich hatte mich vollständig auf Mr. Venables eingestellt. Sie gaben mir aber auch nie nur den leisesten Hinweis.«

»Das konnte ich mir nicht leisten, Mr. Easterbrook. Solche Dinge müssen ganz im geheimen reifen, denn das Wissen um sie kann gefährlich werden. Wir hatten auch nicht viel, auf das wir bauen konnten. Deshalb mußte ich die ganze

Szene stellen – unter Mr. Venables Mitwirkung. Ich mußte Osborne in Sicherheit wiegen, um ihn dann ganz plötzlich zu überfallen ... in der Hoffnung, er würde zusammenbrechen. Und wie Sie sahen, ist es gelungen.«
»Ist der Mann verrückt?« fragte ich.
»Anfänglich bestimmt nicht. Aber jetzt ...? Seine Erfolge haben ihn größenwahnsinnig gemacht. Mord am laufenden Band – das kann seinen Einfluß auf den Menschen nicht verfehlen. Er begann sich allmächtig zu fühlen, und als dann sein ganzes Gebäude zusammenbrach ... Nun, Sie haben ihn ja gesehen.«
Ich nickte. »Venables war also an Ihrem Komplott beteiligt; war er denn so ohne weiteres damit einverstanden?«
»Ich glaube, es hat ihm Vergnügen gemacht«, gab Lejeune zurück. »Außerdem besaß er die Unverschämtheit, mir offen zu sagen, daß ein Dienst des anderen wert sei.«
»Was wollte er mit dieser geheimnisvollen Andeutung sagen?«
Der Inspektor lächelte. »Eigentlich dürfte ich nicht darüber sprechen, aber ... Vor etwa acht Jahren fanden verschiedene Bankeinbrüche statt. Die Technik war jedesmal die gleiche, und die Diebe entkamen mit ihrer Beute. Die Raubzüge waren sehr klug geplant – und zwar von einem Menschen, der sich an der Ausführung nicht beteiligte. Dieser Mann muß ein riesiges Vermögen eingesteckt haben. Wir hegten wohl gewisse Vermutungen, doch wir besaßen nicht die geringsten Beweise. Der Mann war zu schlau für uns. Vor allem aber war er klug genug, seinen Erfolg nicht dadurch zu gefährden, daß er weitere Einbrüche beging. Mehr will ich nicht sagen. Der Mann war ein gerissener Hochstapler, aber kein Mörder. Nie geriet ein Menschenleben in Gefahr.«
Meine Gedanken kehrten wieder zu Zacharias Osborne zurück.
»Haben Sie Osborne eigentlich von Anfang an verdächtigt?« erkundigte ich mich.
»Er war es selbst, der unsere Aufmerksamkeit auf sich zog. Wie ich schon sagte: Hätte er sich ruhig verhalten, wären

wir niemals auf die Idee gekommen, der ehrenwerte Apotheker, Mr. Zacharias Osborne, könnte mit den Verbrechen zu tun haben. Aber merkwürdigerweise bringen Mörder das nie fertig, die Götter mögen wissen, weshalb.«

»Eine Variante von Thyrza Greys Todessehnsucht vielleicht«, schlug ich vor.

»Je rascher Sie alles über Mrs. Thyrza Grey und ihre ganzen Machenschaften vergessen, desto besser für Sie«, erklärte Lejeune ernst. »Nein«, fuhr er nachdenklich fort, »ich glaube, Menschen wie Osborne ertragen es nicht, mit niemandem über ihre eigene Größe sprechen zu können. Das ist der springende Punkt.«

»Sie haben mir immer noch nicht gesagt, wann Sie Osborne zu verdächtigen begannen«, mahnte ich.

»Von dem Moment an, da er mit Lügen aufwartete. Auf unseren Anruf, wer Pater Gorman an dem betreffenden Abend gesehen habe, meldete er sich sofort – aber seine Aussage enthielt eine handfeste Lüge. Er beschrieb uns auf das genaueste einen Mann, der Pater Gorman gefolgt sei; doch er hätte unmöglich an einem derart nebligen Abend all jene Einzelheiten erkennen können. Eine vorspringende Hakennase – gut, das mochte noch angehen, niemals aber den starken Adamsapfel. Das war entschieden zuviel des Guten. Natürlich mochte diese Schwindelei ganz harmlos sein; viele Leute versuchen sich auf solche Weise wichtig zu machen. Aber immerhin richtete ich meine Aufmerksamkeit auf diesen Mr. Osborne und erkannte bald genug, daß er eine recht eigenartige Persönlichkeit war. Als ich ihn aufsuchte, begann er sofort, mir eine Menge über sich selbst zu erzählen. Sehr unklug von ihm! Er schilderte mir unbewußt das Porträt eines Menschen, der stets mehr sein wollte, als er wirklich war. Er hatte keine Lust, in das altmodische Geschäft seines Vaters einzutreten. Er wollte unbedingt Schauspieler werden, hatte aber anscheinend keinen Erfolg, wahrscheinlich schon aus dem Grunde nicht, weil er sich nicht unterordnen wollte. *Ihm* sollte niemand sagen, wie er seine Rolle zu spielen hatte! Dann schilderte er mir, wie brennend gern er einmal Hauptzeuge in einem Mordprozeß gewesen wäre.

Ich glaube, hier war er ehrlich; sein Geist dürfte sich sehr oft in dieser Richtung bewegt haben. Vielleicht basiert darauf sogar der Gedanke, selbst ein großer Verbrecher zu werden – ein so überwältigend kluger, daß er nie vor Gericht gestellt werden könnte.
Doch das ist alles nur Vermutung. Gehen wir also wieder zurück. Osbornes Beschreibung des Mannes, den er gesehen haben wollte, war recht aufschlußreich. Ganz offenbar beschrieb er eine Person, die er wirklich einmal beobachtet hatte. Die Schilderung war zu exakt, um einfach aus der Luft gegriffen zu sein. Ich schätze, er hat Venables einmal in seinem Auto in Bournemouth gesehen und konnte daher nicht wissen, daß dieser gelähmt war.
Ein anderer Grund, der mein Interesse an Mr. Osborne erweckte, lag darin, daß er Apotheker war. Ich hielt es anfänglich für möglich, daß Pater Gormans Liste etwas mit Rauschgifthandel zu tun haben könnte. Das war jedoch nicht der Fall, und mithin hätte ich Mr. Osborne vergessen können ... wenn er selbst es nicht anders beschlossen hätte. Er wollte nun einmal eine Rolle spielen, und natürlich lag ihm auch daran, zu erfahren, wie weit wir in der Angelegenheit gekommen waren. Deshalb schrieb er mir einen Brief, worin er angab, den fraglichen Mann auf einem Fest in Much Deeping gesehen zu haben. Immer noch wußte er nicht, daß Mr. Venables gelähmt war. Als er es erfuhr, hatte er nicht genügend Verstand, um sich zurückzuziehen und zuzugeben, er habe sich geirrt. Das ließ seine Eitelkeit nicht zu. Wie ein rechter Narr klammerte er sich an seine Behauptungen und stellte eine Menge unsinniger Theorien auf.«
»Und auf diese Theorien bin auch ich hereingefallen«, bemerkte ich bitter.
»Hm – nun, ich stattete ihm einen recht interessanten Besuch in Bournemouth ab. Schon der Name seines Bungalows hätte mir einen deutlichen Hinweis geben sollen: Everest nannte er das Häuschen, und in der Halle hing ein großes gerahmtes Bild des Mount Everest. Er erzählte mir des langen und breiten, welchen Anteil er an den Himalaja-Expeditionen nehme. Doch das war bloß ein billiger Scherz.

Ever rest, das war die eigentliche Bedeutung des Namens: Ewige Ruhe. Das war sein Geschäft, sein Beruf. Er verhalf den Menschen zur ewigen Ruhe ... vorausgesetzt, daß ihm ein gehöriger Brocken dafür bezahlt wurde. Seine Organisation war großartig aufgebaut, das muß man ihm lassen. Bradley in Birmingham und Thyrza Grey mit ihren Séancen in Much Deeping. Wer hätte jemals den harmlosen Apotheker Osborne verdächtigen sollen, der gar keine Verbindung mit Bradley und Thyrza Grey noch auch mit dem jeweiligen Opfer hatte? Die eigentliche Ausführung des Verbrechens, das Präparieren bestimmter Gegenstände, war für einen Apotheker natürlich ein Kinderspiel. Wie gesagt, hätte Mr. Osborne sich still verhalten, säße er jetzt nicht hinter Schloß und Riegel«
»Was fing er denn mit all dem Geld an? Schließlich beging er seine Verbrechen doch um des Geldes willen.«
»Natürlich. Wahrscheinlich sah er sich schon als großen Weltreisenden, als wichtige, einflußreiche Persönlichkeit. Nur war er nicht der Mensch, für den er sich hielt. Ich glaube, sein ganzer Machthunger wurde bereits durch die Ausführung der Verbrechen gestillt. Er war völlig benebelt von seiner Macht, einen Menschen nach dem anderen umbringen zu können. Er genoß die Situation – und ich möchte wetten, er wird sie noch auf der Anklagebank genießen: Er als Hauptperson, und alle Augen auf ihn gerichtet. Sie werden sehen, ob ich recht habe.«
»Ich weiß immer noch nicht, was er mit seinem Geld anfing.«
»Das ist sehr einfach. Der Mann war ein Geizkragen, wie er im Buche steht. Er liebte das Geld um des Geldes willen – nicht, um es auszugeben. Sein Bungalow war sehr spärlich und schäbig möbliert, und jedes Stück hatte er billig auf Versteigerungen erstanden.«
»Glauben Sie denn, er hat alles Geld auf die Bank getragen?«
»O nein, bestimmt nicht. Ich möchte behaupten, daß wir sein ganzes Vermögen unter den Fliesen seines Häuschens oder in einer Wand versteckt finden.«

Lejeune und ich blieben eine Weile stumm, während der ich über jene seltsame Kreatur nachdachte, die Zacharias Osborne hieß.

40

In Much Deeping war alles erfreulich normal. Rhoda war wieder einmal damit beschäftigt, ihre Hunde zu kurieren – ich glaube, diesmal handelt es sich um Wurmpulver. Sie schlug mir vor, ihr behilflich zu sein, doch ich weigerte mich und erkundigte mich nach Ginger.
»Sie ist zum Fahlen Pferd hinübergegangen.«
»Was?«
»Ja, sie wollte dort irgend etwas erledigen.«
»Aber das Haus steht doch leer.«
»Ich weiß.«
»Sie wird sich überanstrengen; sie ist noch nicht kräftig genug, um . . .«
»Mach doch keine solchen Geschichten, Mark. Ginger geht es ausgezeichnet. Hast du Mrs. Olivers neuestes Buch schon gesehen? Es heißt *The White Cockatoo* – liegt drüben in der Halle auf dem Tisch.«
»Gott segne Mrs. Oliver! Und auch Edith Binns.«
»Wer um alles in der Welt ist Edith Binns?«
»Eine herrliche Frau, die eine Fotografie erkannt hat. Außerdem war sie die selbstlose Betreuerin meiner verstorbenen Patin.«
»Mark, du sprichst in Rätseln. Was ist denn los mit dir?«
Ich gab keine Antwort mehr, sondern machte mich auf den Weg zum Fahlen Pferd. Kurz davor stieß ich auf Mrs. Dane Calthrop.
Sie begrüßte mich begeistert.
»Ich wußte doch die ganze Zeit schon, daß ich eine Riesendummheit gemacht hatte«, rief sie. »Aber ich sah nicht, *welche.* Sich so durch eine lächerliche Tarnung bluffen zu lassen! Es ist unfaßbar!«

Sie wies mit der Hand zu dem alten Haus hinüber, das friedlich in der winterlichen Sonne lag.
»Ginger ist dort. Kommen Sie mit, wir wollen sehen, was sie treibt.«
»Weshalb ist sie hergekommen?«
»Sie wollte irgend etwas reinigen.«
Wir gingen durch den niedrigen Torbogen. Sofort machte sich ein starker Terpentingeruch bemerkbar. Ginger war sehr beschäftigt mit Flaschen und Lappen. Bei unserem Eintritt blickte sie auf. Sie war noch sehr blaß und schmal. Ein Schal wand sich um ihren Kopf, dort, wo die Haare ausgegangen waren.
»*Ihr* geht es wieder gut«, bemerkte Mrs. Calthrop, die wie üblich sofort meine Gedanken gelesen hatte.
»Schaut!« rief Ginger triumphierend.
Sie zeigte auf das alte Wirtshausschild, an dem sie arbeitete. Der Schmutz der Jahrhunderte war entfernt, deutlich war die Gestalt eines Reiters erkennbar: ein grinsendes Skelett, das auf dem Pferde saß.
Hinter mir ertönte Mrs. Calthrops Stimme, tief und wohlklingend:
»Offenbarung, Kapitel sechs, Vers acht: *Und ich sah, und siehe, ein fahles Pferd. Und der darauf saß, dessen Name war: Der Tod, und die Hölle folgte ihm nach . . .*«
Wir schwiegen alle eine Zeitlang. Dann meinte Mrs. Calthrop, seelenruhig wieder ins Profane zurückfallend: »So ist das also . . .«, in einem Ton, der alles in den Papierkorb wischte.
»Ich muß jetzt gehen«, fuhr sie fort. »Mütterversammlung.«
Auf der Schwelle blieb sie stehen, nickte Ginger freundlich zu und erklärte mit Entschiedenheit: »Sie werden eine gute Mutter abgeben.«
Aus irgendeinem Grund wurde Ginger feuerrot.
»Ginger«, fragte ich leise. »Willst du?«
»Ob ich was will? Eine gute Mutter abgeben?«
»Du weißt genau, was ich meine.«
»Vielleicht . . . aber ich möchte es gern genauer wissen.«
Ich machte es ihr klar.

Nach diesem Zwischenspiel erkundigte Ginger sich:
»Bist du auch ganz sicher, daß du nicht dieses Hermia-Geschöpf heiraten möchtest?«
»Du liebe Zeit!« rief ich. »Das hatte ich völlig vergessen.« Damit zog ich ein Briefchen aus meiner Tasche.
»Das erhielt ich vor drei Tagen. Sie fragte an, ob ich mit ihr ins Old Vic gehen wolle zu einer Vorstellung von *Love's Labour's Lost.*«
Ginger nahm den Brief und zerriß ihn in kleine Fetzen.
»Wenn du in Zukunft ins Old Vic gehen willst, dann wirst du das mit mir tun.«

Stanley Ellin

Stanley Ellin, geboren 1916 in New York, arbeitete nach dem Studium in verschiedenen Berufen. Nach dem Zweiten Weltkrieg wurde er freier Schriftsteller.
Die Romane und Erzählungen des »Meisters des sanften Schreckens« haben ihm internationalen Ruhm eingetragen. Siebenmal wurde er mit dem Edgar-Allan-Poe-Preis ausgezeichnet, und 1975 erhielt er den »Grand Prix de la Littérature Policière«. Seine Werke wurden von Regisseuren wie Claude Chabrol, Joseph Losey und Alfred Hitchcock verfilmt.
Ellin hat sich vor allem mit seinen makaber-bösen Stories einen Namen gemacht, z. B. mit *Die Segensreich-Methode* oder *Die Spezialität des Hauses*. Er schuf damit ein völlig neues, psychologisch äußerst subtiles Genre des Kriminalromans.
Ellin starb am 31. Juli 1986 in New York.

Von Stanley Ellin sind erschienen:

Der Acht-Stunden-Mann
Im Kreis der Hölle
Die Millionen des Mr. Valentin
Nagelprobe mit einem Toten
Die schöne Dame von nebenan
Spezialitäten des Hauses
Die Tricks der alten Dame
Der Zweck heiligt die Mittel

Rex Stout

Rex Stout, geboren am 1. Dezember 1886 in Noblesville, USA, hat sich nach eigener Aussage in etwa 30 verschiedenen Berufen versucht, bis er genug Geld beisammen hatte, um in der Welt herumreisen zu können. Sein erstes Buch schrieb er Ende der zwanziger Jahre in Paris.
1932 begann er, Detektivgeschichten zu schreiben, und sein erster Nero-Wolfe-Roman (*Die Lanzenschlange*) erschien 1934. Mit der Detektivfigur des rundlichen, bequemen, biertrinkenden und orchideenzüchtenden Nero Wolfe wurde Rex Stout weltberühmt. Er wollte, wie er selbst einmal sagte, einen Detektiv agieren lassen, der in allem das genaue Gegenteil der gängigen Kollegen war.
Rex Stout starb 1975 – Nero Wolfe erweist sich bis heute als unsterblich.

Von Rex Stout sind erschienen:

Abendmahl mit Nero Wolfe
Blutige Blaubeeren
Heikle Gäste
Der Gutenacht-Krimi mit
Nero Wolfe
Nero Wolfe in Montenegro
Tod in zwei Raten
Das tönende Alibi
Verworrene Fäden
Verwünschte Geschichten
Die zerbrochene Vase

Dorothy Sayers

Dorothy Sayers, 1893 in Oxford als Tochter eines Pfarrers geboren, studierte Philologie und gehörte zu den ersten Frauen, die die berühmte Universität ihrer Heimatstadt mit dem Titel »Master of Arts« verließen. 1922 ging sie nach London, um ihren Lebensunterhalt mit Schreiben zu verdienen. Ihre berühmten Kriminalromane und Kurzgeschichten erschienen zwischen 1923 und 1939. Danach hatte sie es – bis zu ihrem Tod am 17. Dezember 1957 – nicht mehr nötig, für ihren Broterwerb zu arbeiten.
Mit der Figur des Lord Peter Wimsey hat Dorothy Sayers einen Detektiv geschaffen, der bis heute unvergleichlich ist, weil er (und seine Erfinderin) herkömmliche Fälle zu einem psychologisch außergewöhnlich interessanten, literarischen Leseerlebnis macht.

Von Dorothy Sayers sind erschienen:

Eines natürlichen Todes
Der Fall Harrison
Feuerwerk
Die Katze im Sack
Lord Peters schwerster Fall
Der Mann, der Bescheid wußte
Der Tote in der Badewanne

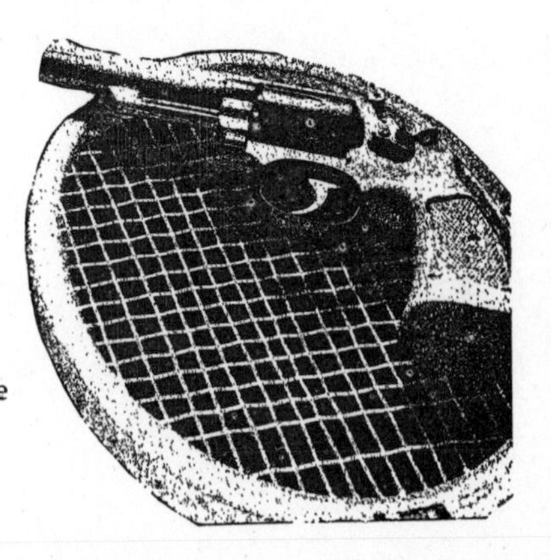